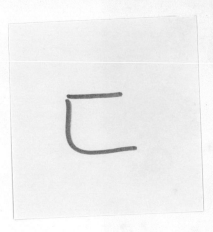

藝外風景

30對談錄

HEART TO HEART

本書收錄篇章集結自過去25年之《PAR 表演藝術》雜誌，謹以本書獻給30年來，爲臺灣舞台付出的所有工作者及觀眾

目錄

花的美麗，就是生命的美麗　大野一雄╳林懷民　008
21世紀？就快到了啊！　康寧漢╳林懷民　016
度過生命的難關，女人好自在！　張艾嘉╳羅曼菲　030
與鐵獅玉玲瓏的一場驚異派對　紀蔚然╳許效舜　044
台北茶館裡的禪人與好人　林谷芳╳濮存昕　058
詩人與指揮家的馬勒對話　陳黎╳簡文彬　072
極速時代裡的蘭亭一敘　周文中╳南方朔　084
醫生和舞者的冬日之歌　侯文詠╳許芳宜　096
喜劇．兩「國」論　吳興國╳李國修　110
他們的名字叫美麗　胡德夫╳布拉瑞揚　124

頭號張迷說愛玲　楊澤╳張小虹　140
戲台上深情扮愛侶　戲棚下慈母兼嚴師　孫翠鳳╳陳昭婷　154
從京劇到R&B　藝術三口之家　王復蓉╳陶大偉╳陶喆　166
包法利夫人給現代名媛的五堂課　林奕華╳郝譽翔　180
歌仔戲．情人．夢　楊麗花╳許秀年　192
恩客與酒家女——台灣歐吉桑的情與義　吳念真╳李永豐　204
獵人與黑心廚師的故事　人生路上的四手聯彈　黃韻玲╳黃韻貞　218
劇場的聲音　聲音的劇場　雷光夏╳陳建騏　232
同窗慈父的藝術與愛　馬水龍╳邱再興　244
兩位「不務正業」的藝術園丁　朱宗慶╳嚴長壽　254

創作，在路上——旅行中的人生風景　王偉忠╳賴聲川　266
如夢之始的創作靈光　賴聲川╳黃哲倫　278
我們，就是自己的困境　蔡柏璋╳魏雋展　288
「胖」達人的重量級心聲　駱以軍╳李銘宸　302
交手卅五年 鋼琴上的雙人世界　魏樂富╳葉綠娜　314
中年男子的純情告白　陳昇╳吳天章　324
帶頭的首席，也是背後的靠山　李宜錦╳姜智譯╳薛志璋　334
賽場上南征北討 台灣囝仔訂下未來之約　莊東杰╳曾宇謙　350
愛，也是修行　劉若瑀╳黃誌群　364
從生活中觀想 撿拾你我的遺忘　林強╳鄭宗龍　376

大野一雄 林懷民

花的美麗，就是生命的美麗

時間——一九九四年六月六日
地點——登琨艷工作室
主持——林懷民（雲門舞集藝術總監）
出席——大野一雄（舞踏家）、大野慶人（舞踏家）
薩爾・穆吉揚托（印尼舞蹈家、國立藝術學院客席教授）
日文翻譯——謝安（攝影家、社會工作者）
英文翻譯——李靜君（雲門舞集資深舞者）
列席——林靜芸（《表演藝術》主編）
記錄、整理——黃尹瑩
攝影——許斌

• 原刊載於第 21 期，1994 年 7 月號

上個月，舞踏大師大野一雄和其次子大野慶人翩然抵達台灣，爲我們帶來兩套舞碼《睡蓮》、《死海》，和三場極爲動人的演出。此外，他們在藝術學院舉辦了一場舞蹈講座，在教室中領著學員婆娑起舞，給學員許多啓發。我們更趁著這個千載難逢的機會，邀請雲門舞集的林懷民、藝術學院客席教授薩爾穆吉揚托和大野父子進行了一場精彩的對談。

建築家登琨艶的工作室有滿屋子古色古香的明朝家具，四面牆上掛著素雅的卷軸水墨，爲了迎接大野父子的到來，主人買了數朵長梗白色姬百合插在水瓶中。大野一雄進門就被桌子上一尊美麗的觀音頭像所吸引，他走到頭像面前，即興舞了兩三分鐘。舞畢，他在眾人吃驚的目光中走回座位。他說，台北有青山圍繞，起伏的山巒像斜躺的觀音，感覺是台北受著觀音的保護似的。他到台北來的精神、演出都順利，觀音也保佑了他。因此看到了觀音像就很自然地想走過去回禮、問好。他提及當年還在日本體操大學唸書時，住在宿舍二樓，同層有三、四名台灣留學生，他常和他們無拘無束地交談。這次他到台灣演出，這種感覺好像又回來了，是一種很親切的感覺。

林懷民（以下簡稱林）：您在舞台上的表演，把嬰兒般的純眞和歲月的滄桑不可思議地合爲一體。我很好奇您跳舞時，頭腦裡想些什麼？

大野一雄（以下簡稱雄）：使用頭腦的工作要讓給政治家和經濟學者。跳舞時我只用「心」來跳。

林：（大笑）我同意。如果跳舞時大腦仍想事情，那就不是純粹的舞蹈了。

薩爾・穆吉揚托（以下簡稱薩）：兩年前我在紐約看過您的演出，當時您已八十六歲，此回再度觀賞您的演出，仍是感動不已。我想請教大野先生在舞了這麼多年後，您認爲舞蹈是什麼呢？

雄：簡潔地講，我覺得舞蹈就是一種對「自己」或是「生命」非常珍惜的心情。

大野慶人（以下簡稱慶）：除了珍惜活著的人，已死的人，他也一樣地看待。在他的哲學中，死後還有生命，活著的人和死去的人相互珍惜，舞蹈的意義就會彰顯。

林：請問您們在演出前如何準備自己，以進入演出的情緒？

雄：我總是平常就先儘可能做好準備，而非等到上台前。

林：平常我們常用「化妝」來進入一個角色，或者「暖身」，甚至有人要「打坐」，您完全沒有這類的儀式嗎？

雄：（很肯定地）對，我從來沒有準備過。

慶：家父很強調這一點，他總是上台就很自然地演出了。他認爲在表演的當下只要「忠實」自己就行了，他也的確可以達到此種境界。

我自己則在剛站上舞台時想像我正面對著許多過世的人，並向他們行禮。我們認爲自己背負著前人的智慧、傳統，沒有那些逝去的人，就沒有我們。

林：許多民族在跳舞前也有向祖先祈禱的儀式，表示對死者的敬重。請問和亡魂的親密關係，和對死者的敬重是屬於先生個人的哲學呢，還是日本文化中本有的特色？

大野一雄｜日本舞踏家（圖左，右為其子大野慶人）

林懷民｜編舞家，雲門舞集創辦人暨藝術總監

慶：父親的俳句老師曾告訴他：「人是由傳統累積而成的，既然從前人那裡接受東西，就該對他們常存有感激之心。」他也總是記得這件事。日本人有個紀念死者的「盂蘭節」在每年的七月十四到十六舉行。在這三天中，人們把已去世的亡魂接回家中來，並把他們生前愛吃的、愛看的都一一擺出來。在日本文化中，活著的人和死去的人本來就有著極親近的關係。

林：這就是我們農曆七月十五的中元節吧。

花的美麗 就是生命的美麗

薩：我非常羨慕您們父子倆可以一起到世界各地旅行，同台演出。我也想請教大野慶人先生三個問題。第一是您和父親跳了這麼久的舞，您從父親那裡學到了什麼？第二是爸爸教了您什麼？第三，您爲什麼要跳舞，而且還隨爸爸步上舞踏表演者的生涯？

慶：童年時我曾隨土方巽先生習舞，若不是土方先生的引導，我也許不會走上舞台，成爲舞者。至於我從父親那裡學到什麼？這我不敢說，因爲總覺得沒完全做到父親的要求，仍沒辦法完全地專注，心境還是會受到周遭事物的影響，必須再花上幾年的歲月才能略有領會罷。記得父親曾要求我模擬花的心境跳舞，當時我很生氣，心中暗想如果我能跳好一朵花，那麼，我不如就做一朵花好了，何必來跳舞呢？直到七年前，我生了一場大病。在養病那段日子中，我突然領悟了，原來父親說的花的美麗，其實指的是生命的美麗。

薩：這使我想起下午大野父子在藝術學院給學生上的課。大野一雄先生告訴學生跳舞不要只重視外形，應把注意力轉到內心的感受上，對學生相當地有啓發性。前天晚上，兩位先生半即興的演出，有著很強的表達力量，相當地撼人，可以請問您是如何做到的嗎？

雄：我在一九二九年曾於東京帝國劇場觀賞被稱爲「西班牙之女」（La Argentina）的舞蹈家 Antonia Merce 的演出。她是一位很認眞工作的人。她的表演觸動了我獻身舞蹈的想法，也給我非常深遠的影響。我無法忘懷她跳舞的樣子，即使是現在，當我站上舞台時，她彷彿仍站在那兒而對我說：「來吧！來吧！和我一起跳舞！」

我以爲生命的誕生必伴隨著死亡，生和死是共存的。就好像嬰兒在母胎中時是靠著胎盤經由母體提供養分，母親以血肉之軀供養幼兒，幼兒每成長一吋，母親的生命力、生命期就消耗一尺。死而後生、週而復始，這是宇宙亙久不變的眞理。

我的舞蹈也和母親有深刻的關係。小時候我是個非常任性的孩子，常吵著母親買這買那，但很多時候並非因爲我喜歡那樣東西，只是想藉此引起母親的注意，渴望和母親合爲一體。母親辭世後，我常惡夢連連，夢見母親變成一條毛毛蟲，全身毛茸茸的，目光炯炯有神，醒過來後，看到別人的手指頭還會誤以爲是母親顯靈呢！我後悔以往太過任性，如果孝順一些，也許今日就不會有夢見母親變成毛毛蟲的可怕下場了。但若不是我的驕縱任性，對母親的感念也就不會這麼刻骨銘心吧！

我清楚記得母親在家中走動、吃飯、坐在角落裡補衣的種種情景。我在舞台上假扮她，想進入她的靈魂。她現在在夢什麼、想什麼呢？我相信死去的人也做夢。

和著童年聽過的音樂起舞

林：從一九六七年到一九七六年，您有七年的時間完全沒有出現在舞台上，請問那些年您在做什麼呢？

慶：家父在那段時間拍了三部關於他自己的電影，分別爲《O氏的肖像》、《O氏之曼陀羅——遊行夢華》、《O氏的死者之舞》。這些影片沒有情節性的敘述結構，而是由詩意且富有超現實意味的畫面所組成。

林：一九八○年在海外成名之前，您完全沒有政府補助，請問那時您靠什麼過日子？

雄：年輕時我擔任高中女校的體育教師，並以此收入來維持舞蹈創作。

林：可否描述令尊成名前的情景？

慶：舞踏本來是一種地下的活動，不受政府鼓勵。許多反體制的人很關心這樣的藝術活動，這些觀眾是支持我們表演的力量。家父在一九五九年開始舉行「舞踏發表會」，在戰後不久的當時這被認爲是非常奢侈的活動，要課百分之一百五十的稅，往往票房越好，賠進去的也就更多。有一回我向母親借錢，母親告訴我家中的錢因爲父親的舞蹈，已經揮霍光了。

林：您被稱爲「舞踏之父」，您是否在乎您所跳的是不是「舞踏」呢？

雄：我被稱爲「舞踏之父」或許是由於年紀的關係吧！但不管是「現代舞」還是「舞踏」，重要是你是否不斷地累積經驗。隨著歲月，肉體日漸衰弱，甚至死去，精神卻會不斷往上提昇，即使死去，我的精神仍將繼續跳下去。

林：對日本其他的舞踏團體您有什麼看法嗎？

雄：如果勉強要說，就是太「系統化」或「定型化」了些。許多人都把舞踏當成一種技巧來學習，違背了舞踏的創始精神：打破特定舞蹈技巧規範，讓身體自由的表達自己。

薩：我覺得在您的舞蹈裡面經常有著長時間的靜止，是非常有力、簡潔的表達。另外一個我覺得非常好而印象深刻的是您對音樂的詮釋，不管是現代機器做出來的音樂，或是古典音樂，它們彼此的結合或和舞蹈的結合都非常的自然，好到已使人忘掉音樂是東方的還是西方的、古代的或今天的。我的問題是您本來就喜歡這些音樂嗎？您舞作的靈感是否取自這些音樂？想請教您的舞蹈和音樂的關係。

雄：我總是特別去找出童年時代聽過的音樂。因爲那些音樂已進入我的身體和細胞中，所以我在使用這些音樂時一點都不會覺得不自然。並非先有音樂，然後有舞蹈。而是先有舞蹈，然後再去找出我小時候聽過的音樂。

我成長於日本北海道的函館。初中一年級的時候，我剛好有機會去聽貝多芬、蕭邦等人的音樂。在街上則可以聽到三味線的演奏，我擷取在日常生活裡聽到的東西，並不理會是外國的還是日本的音樂。有一回，正好碰上有歌舞伎到函館來演出，我也清楚的記得曾經走到後台，仔細窺視歌舞伎藝人們的世界。我也曾被老婦人牽著手，帶到廟裡去玩，聽人念誦佛經。這些都是我跳舞音樂的泉源。

慶：今天下午在和學生一起上課的時候，我可以很深刻的感受到他們的東方氣質。什麼是東方的氣質呢？正如這些掛在我們四周牆壁上的水墨花卉吧，不論是花還是樹木，都給人一種非常脆弱、纖細的感覺，但它們卻支撐到最後才會屈服。這種強韌的生命力，一定撐到最後一秒才枯盡的精神，正是東方和西方大不相同的地方。

林：我想這和文化與生活都有關係。藝術和生活一體是東方很重要的傳統。今天我們穿著牛仔褲、吃漢堡，但身體裡面仍然有一點那樣的東方。我上課常常跟同學講：「不要再學跳舞」或者「不要再學編舞了，那學不來，去生活。」在看過大野先生的演出和演講後，也許我該說讓我們「認眞地」去生活。兩位先生的拜訪給了我們這樣的啓示和肯定，在此特別謝謝您們。

21世紀？就快到了啊！

康寧漢
林懷民

時間——一九九五年四月十四日
翻譯整理——林亞婷
攝影——許斌

- 原刊載於第32期，1995年6月號

時隔十一年，現代舞大師摩斯．康寧漢（Merce Cunningham）以七十六高齡於四月再度訪台。爲了將這個歷史性的事件留下紀錄，我們特別透過康寧漢舞團經理唐娜（Donna Richard）從中聯絡，敲定一個中午的半小時，安排大師與台灣編舞家、雲門舞集藝術總監林懷民對談。

十二點廿分，我提早到了國家戲劇院的後台，卻遍尋不著大師蹤影，才從技術人員口中得知他正在舞台上「上課」。我最初以爲他在爲團員上課，悄悄走了過去偷瞄一眼，訝異地見到他老人家正在角落裡，手扶著特別爲他擺的芭蕾練習扶把，專心跟著舞團的資深舞者Chris Komar的指示做一些曲膝、延伸的動作——他是眞的在「上課」，像個「一般的」舞者。

從關渡趕來的林懷民，也一旁靜靜地坐著欣賞這位七十六歲的老人家的一舉一動——邊看邊微笑。雖然我們與康寧漢約的十二點半已過了，但是誰都不願意唐娜去打斷康寧漢。據唐娜說，康寧漢每天一定會騰出一小時來練舞，即使在巡迴時也不例外。

此時，舞團的課已逐漸激烈，康寧漢在扶把旁的椅子上坐了下來，嚴厲地盯著舞者們，唐娜過去把康寧漢請到後台來，與我們見面。支著他長年風濕的腿一跛一跛地走出來，康寧漢微笑地與林懷民打招呼……

摩斯・康寧漢｜美國前衛編舞家

摩斯・康寧漢（以下簡稱康）：你好，林！很高興再度碰面。近來工作順利嗎？

林懷民（以下簡稱林）：很好，但跟以往一樣艱苦。我們今年會到BAM（Brooklyn Academy of Music，布魯克林音樂學院，爲美國重要的「下一波藝術節」之主要演出場所）演出。可惜唐娜說你們不能來看。

康：是在什麼時候？

林：十月份。聽說你們那時正在法國巡迴演出。

康：眞不巧。我們近來巡演還眞不少。

林：你喜歡巡演嗎？

康：其實，那是很累人的。上個月（三月）我們在紐約市才剛演完一季，之後就接著去莫斯科教課。回紐約兩、三天，就又飛到台北來……

回想往日與今昔的巡演點滴

林：回想到以前你們巡演時，是靠著約翰・凱吉（John Cage）以參加一個關於蘑菇的有獎徵答電視節目所得來的錢買來的一部小巴士。如今，你們卻以飛機爲交通工具，做全球性的巡演。你感覺有什麼不同嗎？

林懷民｜編舞家，雲門舞集創辦人暨藝術總監

康：其實沒有。以前可能是開車到鄰近的紐澤西州，現在則是要到另一個國家如台灣……只是距離上的區別。

林：巡演方式相信還是有所區別的，你比較偏好哪一種呢？

康：區別是有，但未必哪一種較好，小巴士的時代很苦、坐得很擠，不過那種經驗確實很有趣。

林：你們那時像一家人。每位舞者都非常有自己的獨特性，身材高矮胖瘦不一。如今的舞者們都似乎更年輕了。

康：可是他們也是各種身材都有啊，有的這樣（手比寬度）多些，有的那樣（手比長度）多些……（兩人大笑）

林：那麼你跟他們工作的方式有改變嗎？

康：我認爲基本上沒什麼變。區別一定會有，但是我們仍舊上午上課，如你剛才所看到的，而下午排舞，只不過現在表演的機會多了，所以許多時間都花在臨走前的準備以及回來後的恢復上面。

進入電腦編舞的新時代

林：近幾年你開始用電腦來編舞，這個方法編起舞來比較快嗎？

康：不，未必。Life Form 這套軟體很新，許多複雜的動作，只能簡單地呈現，但它能產生許多可能性，那是我所喜歡的。更何況目前指令已較簡化，但是如何完全掌握所要的動作仍然不容易。譬如，如果你要讓電腦裡的人跌倒，做是做得出來，但就必須對每個細節都有所指示。再加上跌倒時，身體各部分都縮在一起，所以比較難完全掌握……但我有幾次成功過。

林：是因爲重心的問題嗎？

康：對，重心，加上身體各部位的考量。你必須設計手、腳的姿勢，以及它們的順序。雖然費時，但是電腦做得到。

林：這麼說，電腦只提供你元素？

康：對，但是這些動作可以儲存在記憶體，所以即使舞者已經休息了，我還可以把電腦叫出來繼續編舞。如此就不必仰賴費心去記的筆記，而且更清楚。對於簡單的練習動作，電腦很好用，很方便教學，但對我而言，我喜歡用它的原因在於它刺激我產生新的想法。

林：我們可以從這次帶來的舞碼看到你運用電腦的成果囉！

康：可以，我想想看，第一場的《沙鷗》*Beach Bird*、《雙擲》*Doubletoss*、《分微事件》*Min Event* 中的一段……以及《群眾驅導者》*CRWDSPCR* 這四支舞開始編時，都用到了這套軟體。

林：那麼之後你再將這些動作銜接上嗎？

康：別人可能有別種做法，我的方式是將一段段的動作存下來，再經由機率編舞法則來決定順序。甚至在選擇讓電腦裡的舞者跳什麼動作時，也可透過機率法來決定，所以可能性很大，只是很費時。

不過我現在速度加快了喔！（兩人笑）只不過在我們經常巡演的情況下，簡直沒時間編舞。要是一天能空出一小時來專心編舞就好了。但這眞的很不容易……

林：我完全理解這種情況。別人可能無法相信一個編舞家一天竟然不能撥出一小時的時間來編舞……一個編舞家耶！

康：對啊，不要被打擾……

康寧漢的編舞祕訣：不斷求新

林：哎……那你的祕訣呢？

康：沒有啊！

林：當然有！我要問的是你如何長期在舞台上表演，並且保持你永遠前衛的編舞家地位？

康：我不覺得有什麼祕訣，我只是不斷地做下去！……我對新的可能性永遠保持一種興趣，所以我會刻意去尋找新觀念。例如，很久以前，我有一支作品《夏日空間》*Summerspace*（林：「那是支很美的舞！」康寧漢報以微笑）主要是使用機率法則來探討空間的概念。當時，我可以用同樣的手法編許多其他舞作，但是我不希望重複用過的概念。因此，下個作品，我就用了另一個創作方式……我相信永遠都有新的東西在等待著你，只要你懂得怎樣去尋獲它。

林：你的舞團至今也有四十三年的歷史了吧？

康：應該是，大部分的人都以在黑山學院（Black Mountain College）的演出為創團之始，而那就是在一九五三年。

21世紀？就快到了啊！

以應變求生存

林：這樣歷史悠久的舞團也經歷不少困難，如一些財務或其他方面的危機吧？

康：哦……永遠永遠，財務問題是永遠存在的。

我記得早在四、五〇年代，約翰和我兩人一起借朋友的車到美國各大學巡演，開車時，約翰就說：「我們不能讓經濟困難阻撓我們。」

的確，沒錢時，我們要設法應變，去想在那種情況下能做什麼，而不只是抱怨沒錢，因爲沒錢是一個永遠存在的事實。所以當有點錢時，我們都感到很高興。

林：但是當時只有你們兩個人開著車巡演，如今你們可是一個國際知名的大舞團，負擔不是更大了嗎？

康：我們永遠在想辦法尋找贊助，希望會有人能協助我們……

林：康寧漢舞團有今天的聲望，你認爲你們已穩定地朝向正確目標邁進了嗎？

康：我認爲一個長期以演出爲主的舞團是不可能「穩定」的。但是在這種大家都不穩定的狀況下，我們算過得還不錯。如同美國女詩人艾蜜莉．迪金生（Emily Dickson）的美麗詩詞中所寫的：「常久的喜樂來自於所處的不安」（In insecurity to lie is joy's ensuring quality）。

林：眞美的一句話。

康：的確很美，我也這麼認爲。其實，當情況不如所願，我們應該要有彈性地去面對，去應變。如果只是很倔強地堅持自己的看法，那一定完蛋。此路不通就換道！約翰和我早期的工作態度如此，如今亦同。

林：例如呢？

康：例如，今年夏天維也納邀請了我及合拍舞蹈影片的導演艾略特．克普蘭（Elliot Caplan）一起去講授十天的課。我無法全程參與，但是與其一口否決，我卻答應去參加其中三天。這就是設法去達成一件事的方式，也是當今在社會上的處事方法。

一年到頭忙不停

林：沒有人找過你們去拍電視廣告嗎？

康：啊，好像有，但是我們沒去。

林：爲什麼呢？

康：嗯……好像我們最後決定不拍的，而對方也發現他們並不眞正想找我們了！（兩人大笑）因爲我們一直忙於上課與排舞，沒什麼空檔。喔！但有一季在紐約，除了每晚的演出，外加週末的下午場之外，中心還問我們能否增加一個上午十一點的特別演出，以配合他們推廣中學教育的活動。

林：那當然！

康：對，但是這對我們是個負擔，不過經過大家同意，還是接下了這個計畫。兩千五百名紐約市中小學的學生，我想到就怕！不過，當一部部遊覽車送他們來時，我們在後台聽到了他們的喧嘩，年輕人麼，也難免……開始時，那天我們表演的是一種迷你「事件」，就像這次在台北的一支舞一樣。我們的一位樂師麥可就上場打了一段很大聲但很精彩的鼓，那些學生完全被嚇呆了！他們崇拜極了！雖然之後他們未必完全靜下來，但是我想那場演出從頭到尾都吸引了他們的注意力。承辦人對成果非常滿意。

當初我們大可不去甩這件事，但我們還是答應了，所以囉，我們必須有一種通融的胸懷……另外我們也經常在各種不同的場地演出。

林：現在還如此嗎？

康：當然。去年五月，我們在阿姆斯特丹演《海洋》*Ocean*……

林：那是一支很美的舞，很多人都非常稱讚。

康：但也很難完成，因爲它必須在圓形的劇場呈現——舞者在圓形舞台演出，由觀眾包圍、再由最外層的一百一十二名樂師包圍。

林：哇！

康：這是個大工程，很昂貴，我們大可一開始就不要做，但是我們不但後來在布魯塞爾又演了一場，今年在威尼斯的一個大劇場又將演出四場。所以……

到俄羅斯散播現代舞種子

康：另外，唐娜、羅伯（Robert Swinston，舞團資深舞者）和我在兩週前——好像是昨天的事！去莫斯科教課的事也一樣。當我第一次聽說時，我想，天啊！我根本不想去……我們去了之後，爲一群基礎參差不齊的人上課，有些很棒，受過波修瓦（Bolshoi，俄國式芭蕾體系）訓練，但有些好像從街上晃進來！沒有任何經驗……不過我們仍然做了。

林：很難想像俄國居然會請康寧漢您去拜訪！

康：俄羅斯的情況現在很複雜，根本無法組織籌劃任何事情，但是請我們去的文化交流機構坦承地說，要是我能去，舞團往後也可能有機會去俄國演出，於是我答應了。

當時，飛機坐了很久，到那兒之後，天氣又冷又下雪，你知道我腳踝不好，所以爲了可以欣賞到一些名勝古蹟，唐娜借了一把輪椅給我坐。

林：輪椅會出現在你的下一支新作嗎？

康：不、不、不，絕不會，我寧願用……「電動通道」（motor pass）！

林：嗯，很有趣！或是腳踏車？椅子？……

康：那些我倒用過了。電動通道會很有趣，可以持續久一點。我還可以一邊前進，一邊掂起腳尖，慢慢地昇起來。（I'll last longer, even through the relevé, on my way! 康寧漢藉此押韻開了一個小玩笑。）嗯，的確很有趣！謝謝你給我的靈感。

舞蹈教室地點與地位均獨特

林：你們在 Westbeth 的舞蹈教室，好像是所有舞蹈教室中最美的……

康：實在是棒極了。四周的景觀極佳，一邊是哈德遜河，另一邊則是紐約市中心。那邊光線很好，也很寬敞。我們確實很幸運。

林：我有一個疑問，當時有一群跟著詹姆士．華林（James Waring，美國五〇年代的前衛編舞家）習舞的學生在那兒上課，後來成爲著名的傑德森教堂（Judson Church）舞者……

康：不是這個教室，我知道你在說著名的傑德森教堂（後現代）舞者，他們是借用我們之前在十四街的小教室，冬天很冷。

林：那時，好像發生過一件不愉快的事。你和約翰被邀請去參加一場他們的發表會，結果好像他們做了一些讓你不愉快的事……約翰．凱吉勸你出面說說話，但你寧願悄悄離去……

康：我不記得有離開，我相信我們留了下來。我對他們所做的很好奇……

林：他們做了什麼呢？

康：我不記得了。

林：好極了！哈！

康：他們一起工作時，是在我的舞蹈教室上課，後來因爲羅伯．鄧（Robert Dunn，另一位帶動後現代舞蹈的人）找到另一個場地——傑德森教堂，於是就搬走了。那時候我會去看看他們在做些什麼。回想起來，當時依芃．雷納（Yvonne Rainer）的作品最有趣。如今她也拍攝許多好影片。你看過嗎？

林：沒有，我很想看看……

啊！我想起來了，去年我們在維也納演出時，依芃也受邀放映她的影片。那是我第一次知道她成爲導演了……

康：是的……

對廿一世紀的前瞻

林：最後一個重要的問題。你對廿一世紀的看法是什麼？

康：它就快要到了啊！而且是阻擋不了的。我希望那時候我仍在！哈哈……

至於在舞蹈方面，我個人相信將有更多的可能性，只要你能尋出自己的方向。Life Form 這套軟體就爲我證明科技能夠拓廣我們的視野。以前電視發揮了這個功能，如今又有光碟等等……舞蹈是一種必須用「看」的藝術。科技正可以提供更多這方面的可能性。

我知道很多舞者恐懼科技，因爲他們認爲科技會奪走人的情感等等。但這怎麼可能？即時在他們說這句話時，他們就已摻入了自己的情感。這就像是說我們不要汽車，要繼續用馬車，因爲汽車會破壞人的情感一樣……

林：但是，我就沒你幸運，我對科技一竅不通，笨手笨腳的。

康：我也是啊！

林：怎麼會呢？你是領先科技的人耶！

康：那只因爲它很有趣。科技吸引我，所以我願意花心思和它奮鬥。以前我對電腦也很害怕啊，以爲按錯鍵就可能會爆炸！（兩人大笑……）還好結果並非如此，所以我繼續學下去。對我而言，學習是沒有止境的。我很喜歡一句名言：「學習是一輩子的事。」世上永遠都會有值得學習的新事物。

例如，我對俄文一直很感興趣，並且有點涉獵。所以我這次去俄國，就能在教學時用上一點，如數拍子等等，不過身旁當然還有一位翻譯員。臨走前，我甚至用俄文告訴他們：「你們必須學習改變你們的想法」。

我認爲害怕是沒有用的。不如以幽默去面對新事物。只要你能從另一個角度去想，就會有所收穫。當然，一個人要學習問該問的問題。

林：你這句話是對我說的嗎？（兩人大笑……）

我相信你在廿一世紀時，仍然忙碌且快樂。並且希望你能再回到這個劇院演出。謝謝！也預祝你生日快樂！

21 世紀？就快到了啊！

舞團應把握任何演出機會

康：謝謝你，林。很高興你的舞團能到各處巡演。其實，重點就是要能找機會發表自己的東西。無論情況有多糟糕，只要想想以前要發表而沒機會時，今天的這種情況就是一種改進了。

林：也代表將有更多的難題！不過我們喜歡面對難題，對吧！

康：我不知道我們喜不喜歡，但我們總是會有許多難題的！

林：我們必須喜歡「難題」，否則我們就不會進這一行（business）了！

康：的確，舞蹈確實很迷人，但我不視它爲一種 business（帶有商業色彩的行業），而是一種 occupation（職業）。既然踏進來了，就應該繼續走下去。

林：其實舞蹈根本不能算是一種專業（profession），而只是一種很占據（occupy）時間的職業（occupation）……

很感謝你今天抽空與我們談……你爲台灣帶來很大的啓示。謝謝！

由於原本約定的半小時已到，唐娜前來提醒說康寧漢該吃飯了。但是康寧漢似乎還談得很愉快，因此在依依不捨地詢問雲門舞集的近況之後，才道別，走進他的休息室。

據承辦人透露，康寧漢來台的三餐特別叮囑安排清淡的菜單：早餐——由蒸餾水煮的麥片及由蒸餾水泡的茶，配上一根香蕉。晚餐則來一份蒸的雞或魚肉（但不能加任何的油），配上糙米、綠色蔬菜、豆類和海苔、烤蕃薯，以及一整顆的大蒜，一些百香草（thyme）等健康香料。新鮮水果或餅乾可有可無，但點心絕對不能含任何的糖，紅酒亦可。至於他和林懷民談完話，進到休息室裡享用的午餐，其實也是一份由一種圓形有口袋的麵包（pita bread）配上中東式的豆醬（homous），和蒸餾水及葡萄乾而已。

度過生命的難關，女人好自在！

張艾嘉 羅曼菲

時　間｜二〇〇四年三月十一日
地　點｜羅曼菲的家
主　持｜盧健英
攝　影｜許培鴻
記錄整理｜楊莉玲

• 原刊載於第 136 期，2004 年 4 月號

羅曼菲和張艾嘉曾經見面的次數不多，對彼此的了解多來自報章雜誌，但彼此間的惺惺相惜早已存在。前年聽聞羅曼菲一場大病，張艾嘉託人交代羅曼菲要常吃地瓜，這天，兩人見面相擁之後，第一句話，張艾嘉便問：「還在吃地瓜嗎？」削瘦但清爽的曼菲笑著點頭。

地瓜養生法，難怪羅曼菲家中廚房別的沒有，大陶碗裡始終擺著一顆大地瓜。

都有豐富多變的表情，靈動清澈的眼神，這一天，兩個女人分享了自己的人生故事，誠懇而動人。愛情，讓她們的人生故事都染上同樣浪漫的粉彩；而各自不同的磨難經歷，反映在她們近期作品中，也竟有著同樣「退一步海闊天空」的淡然與幽默。

家，是羅曼菲最想待的地方，也歡迎朋友一起來分享；家也是張艾嘉最重要的生活重心。在羅曼菲分享的家中客廳裡，第一次，張艾嘉吐露了兒子奧斯卡被綁架時，身為母親的當下心情；第一次，羅曼菲坦然談起了朋友都認為「如果不是因為愛情，就不會發生，如果沒有愛情，也不會痊癒」的那場病。

歷盡愛情、折難與病痛，兩個女人都簡單，都自在，都漂亮！

二十・三十・四十

盧健英（以下簡稱盧）：艾嘉的《20・30・40》剛上演，就從這部電影談起吧，請兩位先談談從二十歲到三十歲，再到四十歲的心境轉變。

張艾嘉（以下簡稱張）：二十歲對我來講已經是滿遙遠的了，不過在導這部片子的時候，我坐下來想想我二十歲的時候，其實精采度是比戲裡面的李心潔還要多很多的；劇中的李心潔就是一個充滿了夢想的女孩、心裡充滿了熱情、好像很多事情要在一剎那全部做完的那種衝動。這種衝動到了三十歲、四十歲已經愈來愈減少，可是說不定到了五十歲它又回來了。

戲裡面李心潔跟那個女朋友的感情，我可以理解，不過我也並不覺得她們之間就是所謂的同性戀，因爲在我們年輕時都可能會有這樣的經驗。到了三十歲，因爲的確是每個人都開始忙碌事業，身邊眞正能夠有機會講到話的就是老朋友，大家都急急忙忙在做人生的選擇，這時候朋友的重要性比較少。

四十歲還是有幾個專門替我出餿主意的朋友，可是我不是很喜歡寫那種三姑六婆的東西，所以我把它寫到最輕，但其實四十歲心裡還是有很多話，不過因爲別人都有家庭，她們就會以傳統家庭的角度看，給妳的忠告未必是對的，或許我們就會把心裡的困惑、壓抑跟一個陌生人講，找一個心理醫生也是一種發洩，妳寧願去找一個不知道妳一切的人，妳反而可以坦誠地把話說出來。

盧：我看過一篇文章說，現在最好的心理醫生反而不是專業的心理醫生，而是妳健身房的教練、或定期見面的美髮師，因爲不是親近的關係，反而能說親近的話。

張：所以四十多歲的女人常發生一些外遇，是莫名其妙的。

羅曼菲｜舞蹈家、編舞家、雲門舞集2創團藝術總監

羅曼菲（以下簡稱羅）：有呀，就像網球教練。（《20．30．40》）中張艾嘉飾演的 Lily 與任賢齊飾演的網球教練發生戀情）

年輕時的挫折

盧：在外界看來，兩位都是才貌兼具的天之驕女，廿歲那個時候是否有挫折過呢？

張：我覺得我們相似的地方，是我們對自己喜歡的事充滿熱情，而那個熱情不只出現在廿歲，並且是持續一輩子，一直不退的。

我的家庭環境其實很複雜，父親在我一歲時過世，母親改嫁，十一歲以前我們和祖父母同住。從小家就經常搬來搬去，所以我很早熟，從小就知道自己必須在不同的家庭中生存。十三歲就出來工作賺錢，在當時工作賺錢對我很重要，但我其實並不清楚自己是塊什麼料，只知道不是個唸書的料。

對我來講，辛苦、困難都是生活的一部分。我哥哥就跟我完全不一樣，他常會埋怨父親的早逝，以致他如今如何如何。但我就覺得父親死了又不是誰的錯，這是事實，怎麼辦呢？所以我從小就覺得沒有什麼事情是過不了的。可能是上天給了我一份從小就歷練的心，讓我可以幽默，從小就是個快樂的女孩。

我祖父母雖然疼愛我們，但不准我們與母親私下見面，甚至打電話，一旦被發現，就會被打得半死，但我每次都是那個被哥哥慫恿去打電話催媽媽來接我們的，所以我最常被打。

直到我十一歲，我覺得我需要母親教導我成長，我們決定要求跟母親住在一起，後來祖父母終於同意了。離開的那一天，祖父把我們三個孩子平日使用的三雙筷子和飯碗，擺在父親牌位前，叫我們跪下磕頭，磕完了頭，然後對我們說：「以後走出這個家門，就再也不是張家的人了。」對一個十一歲的女孩而言，要面對這麼大的抉擇，妳說是不是很痛苦？當時的震撼現在回想起

張艾嘉｜演員、編劇暨電影導演

來是很大的。我的一生就是這樣，很多事情來了，我就是去面對它，可是我也沒有覺得這是件很糟糕的事。包括後來的失戀，我都勇於面對的。

羅：跟艾嘉不同的是，我從小生長在一個很純樸的環境——宜蘭五結鄉四結村，其實家裡也並不眞的優渥，眞正的優渥是精神上的，我的自信，是來自於父母兄弟姊妹的愛，因爲是老么，前面的路其實哥哥姊姊都走好了，只知道要努力考上大學。

我對未來一直是很混沌的，想也許大學畢業找個人嫁了。上了大學，可以談戀愛，在談戀愛這件事情上我也是勇往直前的，也眞的在那個時候就結婚了。但人生目標太快達到，最後發現那不是我要的，然後，就發現跳舞最重要。但是連跳舞對我而言，都是很快就可以做到的。一路的順利，讓我在年輕時最大的痛苦，是覺得自己爲什麼沒有痛苦！

我一直對自己想做的事，是奮不顧身的。對擺在面前的非常好的「歸宿」不要，而要去找那個會讓妳撞個頭破血流的。所以跳舞可能只是手段，其實還是對於未知的好奇。那時候多多少少有點浪漫情懷，當時我便選擇了舞蹈，而最能實現理想的地方，就是紐約。隻身前往紐約，一圓成爲紐約舞者的夢想。

第一次的痛苦絕對是跟感情有關。因爲我其實唸書、跳舞都很順，我也從來沒有面臨過親人的離去，包括死亡。跟艾嘉比起來，我從家庭得到的只有愛，跟完全的關懷。失戀，讓我嘗到痛苦，但我一直相信我的自癒能力，即便在當時痛苦得不得了，但在哭得死去活來的同時，我心裡其實很清楚，大概三個月後就ＯＫ了。

我也是碰到什麼事情會趕快去面對它，我不太喜歡不清楚的狀態，所以在處理很多感情上的問題時，我有時候反而是斬斷下去的那個人。

回頭看我的人生，我覺得精采，沒有後悔，就是那些痛苦、摔跤啊，讓我撞得頭破血流的東西，讓我覺得我沒有白活。

愛情與創作

盧：二十幾歲當時的感情經驗是否投射到作品中？

羅：那我是最笨的啦，我第一個作品就叫《兩人之間》，妳想也知道是爲什麼。（大笑）因爲當時自己就陷在感情的糾葛裡面，可是那時編這個舞給我很大的挫折：怎麼感情這麼充沛，編出來的舞這麼爛！那時候才知道創作跟自己是有距離的，並不是你想編就可以編得出來。後來會想做的題材大概都是這方面的。

張：這點我們兩個倒比較像，我第一部導演的《某年某月某一天》，故事是前輩導演屠忠訓過世前完成的，不過拿到自己手上我有再改過，可是我導完以後也是覺得：哇！好爛喔！然後我就在記者招待會上喝醉了，跟記者講說我拍了一部很爛的電影，被電影公司罵死了，怎麼有人這樣宣傳！不過，我才發現原來我的想像，跟實際差很遠，還是乖乖回去再學習吧，原來藝術創作，不單單只是心裡有熱情就可以完成的，這時候也才覺得電影是可以做一輩子，表演藝術可以學一輩子。

盧：在妳接手執導《某年某月某一天》後，有哪些跟原來的不一樣？

張：其實我老覺得以前導演的戲，愛情都有點虛無縹緲，故事就是兩個人年輕時談戀愛，談完戀愛結婚，以爲結婚之後一切美好；但其實結了婚之後，丈夫在外面工作，太太在家裡，逐漸地兩個人的距離就開始出現。而那個女主角還是那麼單純，沒辦法接受丈夫在商業場上愈變愈俗氣，最後兩個人想法愈來愈遠，美好的一段愛情就變成了「破碎的臉」，當年主題曲就是由蔡琴唱的。

羅：那個時候妳已經歷過第一段婚姻？

張：嗯，第一次婚姻……年紀比我長很多，很穩重，對我非常好，我覺得我可以安心地跟他在一起。但……

盧：後來感情的體驗，跟三十多歲時拍的電影《最愛》是否有相關性？

張：我的人生中，其實朋友是很重要的，可能是因爲剛說過的童年家庭多變的關係，我年輕時的朋友可以維繫很久，到現在我都還跟幼稚園、小學同學很好。有一天我在洗澡的時候，突然想到：到底在一個女人的生命中，如果當她必須選擇的時候，她會選男人？還是朋友？說不定我會選擇朋友，所以就拍出《最愛》這樣的故事。

自己在愛情的路上，做過人家的第三者，自己也遭遇過第三者，大概因爲什麼位子都坐過，什麼角色都扮演過，就會很明瞭，愛情就是這麼一回事，不能單方面、單角度去看，所以現在能冷靜地處理、看待，也覺得沒什麼大不了。

盧：許多認識曼菲的人，在看妳的作品《心之安放》時，心裡其實會有戚戚然，替妳心疼，舞蹈中有很多的不安，可否談談這支妳三十多歲時的作品？

羅：當時一方面是自己在感情上的不確定，另一方面我也把我身邊一些人的經驗，放在裡面。二十幾歲時拚命往前衝，三十幾歲開始第一次感覺到孤獨，也是第一次面對孤獨，我不斷在思考、體會孤獨對我的意義。

和艾嘉不同的是，因爲沒有小孩，一個人住的時候，就有很多時間是孤獨的，當然我一方面開始享受孤獨，也發覺創作需要孤獨，可還是會有不安的時候，會有想要抓到什麼東西的時候。

就是這樣的心情編了《心之安放》這個作品。

張：我覺得生命中的每一段感情，多多少少都會留下痕跡，從中會學到很多東西，不管是好的壞的，我覺得都是一個女人的成長。

羅：我也覺得，我生命中的每個男人都是我的老師，（兩人相視大笑）有我對不起的，有他對不起我的，但都是老師。

羅：我想，跟艾嘉一樣，我們眞的是愛情學分修得還滿多的。（大笑）

盧：對兩位愛情高材生而言，什麼是「轟轟烈烈的愛情」？

張：年輕時可能是刻骨銘心，愛情來的時候不顧一切投入，現在的話，可能不需要開花結果吧。

羅：明知不可爲而爲之的愛情絕對轟轟烈烈，以前會飛蛾撲火，現在呢……不曉得，我覺得愛情學分修得多未必會拿好成績。

盧：兩位都曾經歷過攸關生死的難關，在那個難關當頭，你們是如何面對它的？

張：其實，當我的孩子的事情發生時，我覺得人眞的是無助的、弱小的，可能大家會認爲妳到達某種程度之後，什麼事情都會有答案，但我可以說，這一次我沒有答案。生命無法控制，太多事無法料到，我學會將很多事情「交出去」。

羅：比起艾嘉，我想我的難關是比較容易的。因爲我是發生在自己身上，其實沒有什麼最難過的部分，可能最不捨的是，是把妳愛的人留下來，會替他不捨。所以我才說艾嘉比我難過，因爲，走掉的人是比較容易的。

我看到了愛我的人受苦，這對我來說比較難，所以我會思考，我如果走了，那他怎麼辦？可是後來我比較放開了這點，我發覺，之前感情愈好的伴侶，當其中一個人走了，另一個人可能可以過得好，反而之前感情愈不好，活著的那個人可能會有很多的罪疚感。所以不必去擔心，因爲妳已經把最好的部分給了他。

嗯……跟死亡比起來，我比較怕老……

張：我害怕痛！

羅：我也是害怕痛，跟老年。該走的時候就要走，我覺得自己也做好了準備，我常比方人生是個 party，我只不過是累了先回家睡覺，朋友不必爲我悲傷。所以會比較豁達，因爲眞的是沒什麼好計較的。

張：我想正因爲熱愛生命，因而很難放手，需要一段時間調適。其實有段時間我自己肝不好、甲狀腺、憂鬱症一起來，看西醫一天要呑十幾顆藥，每隔兩個禮拜要驗血，忐忑不安地以爲我就要跟大家 bye bye 了。直到後來我很幸運地碰到一個氣功師父，他只幫我通筋脈，但很快地可以睡了，聲音也回來了，身體也ＯＫ了。

我開始對自己的身體慢慢認識，聽師父講一些道理，發現人眞的很笨，我們都在跟大自然對抗，很固執，執善也就算了，還執惡。其實要吃什麼菜？到菜市場去看哪種菜最便宜就是了，太陽下山就該睡覺，就是這麼簡單。還有一個師父講，妳們自己去冥想自己身體的器官，比方說哪邊不好，就去想那裡有陽光照著它，它受到滋潤，這有百分之五十的功效，人心平氣和，可以把氣運到那個部位，這就是療養。

情緒對健康也很重要，當困擾來，我覺得目前我解決不了的時候，我就停下來，不解決，我走開一下下，眞的是退一步海闊天空。

小孩的事情不一樣，像曼菲講的，我是面對另一個生命的生死，那種割捨的痛苦我是沒辦法講出來的，我只能抱著一個信念，我是天主教徒，我把全部交給天主。我不是個喜歡傳教的人，不過在那個事情上，天主最後一天給我的 answer 是嚇人的清楚。

事情發生到第七天，我跪在地上祈禱：「請迴給我一個 sign——他會不會回來？」話才說完，我們家的鬧鐘就噹～噹～噹響起來，那是悅耳的聲音，當下我就知道他會回來——半個小時以後警方電話打進來，說找到我兒子了！

羅：哇，我起雞皮疙瘩……

張：當然妳可以說是巧遇，但我只知道上帝眞的是聽到我講話。人可能在一生中需要某種信仰，不一定是天主教或什麼教，一定有某一種心中的 belief，甚至妳全都不信，也是一種信，我覺得人心中一定要有一種清楚的意念，這可以帶領你走很多困難的時候。還有，身體要好，一個人只有身體好，心情是健康的時候，思考才會是健康的。

引領新人

盧：兩位在四十歲過後都開始引領新人，像曼菲帶出新生代編舞家布拉瑞揚、許芳宜及雲門舞集２；艾嘉也一直帶著劉若英與李心潔，可否談談動機，以及選擇新人的方法？

羅：主要是我看到有才氣的創作者與作品時會很興奮，當然希望他們可以繼續做。培育新人很開心，跟自己上台演出有不同的成就感。

張：剛開始是有點不服氣，總覺得這個行業自己不尊重自己人，就希望能給有潛力與才華的新人一點點引導，說不定他們就可以待在這個行業更久一點，少走點冤枉路。熱情、勤勞是基本的條件，另外，找到自己的定位很重要，不能每個人都是侯孝賢、楊德昌或是王菲、張惠妹，必須發現自己的位置，清楚自己的特質，然後將它發揚光大。

紀蔚然 許效舜

與鐵獅玉玲瓏的一場驚異派對

時　間——二〇〇四年四月二十八日
地　點——許效舜工作室
主　持——盧健英
攝　影——陳建仲
記錄整理——盧健英、陳思涵

• 原刊載於第 139 期，2004 年 7 月號

鬱鬱蔥蔥的仁愛路安全島上，不相識的兩個人倒談開了起來，肢體、表情變化豐富，兩個人的笑聲穿越隆隆的汽車聲。一個劇作家與一個演員的第一次見面，讓身爲主人的我們反倒成了局外人，連見縫插針的機會都沒有。

見了面，才知兩個人都在基隆長大，紀蔚然在市區裡的廟口夜市旁，許效舜是暖暖鄉下的雜貨店之子；紀蔚然是看電視長大的都會雅痞，在電視或電影裡學習西方大眾文化，在麻將桌上錘鍊即興多變的語言交鋒；許效舜則是在廟口的戲台腳下，在野台說書江湖賣藝空氣裡打滾，學習鄉里俚俗成韻的語言功力；不爲別的。一齣《鐵獅玉玲瓏》讓紀蔚然在乏味的電視遙控器裡找到亮眼的對象。

紀蔚然是六〇年代在西方文化浪潮下成長的一代，中產階級的頹廢與都會男人的困頓，在他多齣劇本裡一覽無遺；而許效舜有過好勇鬥狠的青澀歲月，但「把每一天玩出血與汗」的想法，奠定了他今日喜劇表演上往往出奇創新的功力，特別是在語言功力及傳統素材的豐沛運用。前者是都會式的語言暴力，後者是鄉里俚俗的快人快語，但，見面了，兩個人倒也有寬厚與謙虛。

鐵獅玉玲瓏與玉獅鐵玲瓏

紀蔚然（以下簡稱紀）：你那個「玉獅鐵玲瓏」……

許效舜（以下簡稱舜）：不是，是「鐵獅玉玲瓏」啦！

紀：哈哈，爲什麼不講「玉獅鐵玲瓏」？

舜：最近要改名叫「鐵支一條龍」，但是你拿了鐵支就不可能有一條龍。所以這是兩個不同的節目。

紀：你們那個節目受到的迴響其實很大，甚至有學者拿你們這個做戲劇研究，我自己也很想研究。我比較想知道的是，這些是怎麼開始的？

舜：當初做《黃金夜總會》時，差不多每兩年就要更新節目內容，那時候就想不出一個節奏可以讓我和澎哥好好發揮。短劇演了不知道幾千齣了，演到看劇本就知道是從什麼東西抄過來的，了無新意。有一天晚上我在看電視，沒事一直轉台轉台，突然「嚇！」看到兩個中年女人，穿著一式傳統鳳仙裝，手持樂器，剛好我那天看到的是《陳三五娘》，唱一唱這兩人就哭了起來，引起我很認眞地去看她們兩人。

紀：是客家文化節目嗎？

舜：不是不是，她們是正港的、很早的那種唱歌仔戲的歐巴桑，她們那種聲音都是要慢慢用喉嚨「割」出來的。這就是標準的歌仔戲聲音。她們也不是一齣戲，就是兩個人即興亂講，因爲很認眞，所以就變得好笑，我就想，如果我來講一定更好笑。

澎哥看完之後很懷疑，怕人家不能接受。我說，我們試著從「廖添丁」的故事開始。台灣人對廖添丁最熟悉了，一定沒問題，所以我們就開始黑白講。它的架構是來自於開心的情緒。以前都是導播導演叫我演什麼，我就演什麼。很不開心，像上班。

紀：不過你還是有個劇本吧？

舜：對，但劇本只是架構，好的是從裡面「多」出來的東西。

紀：有看大字報嗎？

舜：有，因爲大字報有個架構在。不需要先背，你只要錄之前看一次就好了。因爲我們的編劇已經被我們訓練到知道我們的慣口語言是什麼。

紀：編劇很年輕嗎？

舜：滿年輕的，三十歲左右。他聽得懂我要什麼。一開始我自己也寫了滿多本的，挑我擅長的內容寫，比如說台灣故事、神明傳說啦。在學校念那麼久的書，誰會給你教這些有的沒的，這都是神來一筆跳出來的。有些東西在劇本基礎架構下是沒有的，突然就給他生出來。例如，一個叫「人」，兩個叫「双」，那麼一個「團體」有多少人，有二十個人。爲什麼，因爲「twenty」，所以叫「團體」！這誰會教你？都是我現場想出來的。

紀：你們的表演形式和相聲有沒有什麼淵源？

舜：其實它是有一點像，但相聲也很少是兩個人坐在那邊又談又唱。我從來就沒有想過它像誰，如果我有那個想法，我可能就會受限於某種表演形式。

爲什麼我要畫一個白鼻心？節目推出第一個月時，畫白鼻心這個造型被大家很不看好，老闆甚至認爲這個節目低俗，我們播的第一個月，就被說要停掉，還好製作人覺得，他做節目做這麼久，從來沒有發現這麼有生命力的東西，力挺，它才會留下來。

畫那個白鼻心的想法，是要讓觀眾看到這張臉就可以聯想某一種表演的人物。有次臉上畫了一個圓圈，工作人員問「你這次是阿圓嗎」？我說「是阿Q」，哪裡有阿Q？（許效舜往右邊

吐出舌頭，果然是一張「Q」字臉，眾人大笑）。

紀：我覺得這個節目又有點野台戲的味道，變來變去的。也讓我想到一些傳統戲曲的東西。像這樣的節目讓我聯想到六〇年代在美國看過的東西。當初美國在五〇年代，電視還是黑白的時候，有類似的東西。他們不一定彈奏音樂，但是他們講笑話，也很無厘頭。你們有想過像勞萊與哈台那個年代的東西嗎？

舜：其實我們就是很直接的。其實在我們的表演裡面，爲什麼常會跑出那麼多「出軌」的東西，都不是設定好的，是氣氛到了就上身了，駕輕就熟後更是如此。澎哥按哪個和弦，我大概就知道他要彈什麼歌了。

紀：眞的？他會彈的有限吧？

舜：哈哈哈哈！

盧健英（以下簡稱盧）：如果今天不是澎哥，你還演得下去嗎？

舜：我覺得滿難的……

流星花園與榮星花園

紀：我有個夢想，但……應不會成眞啦！想去顚覆現在的電視劇。特別是把現在偶像劇的架構，把那些不會演戲的呆子都抽掉，換成你啊、郭子、澎哥這些人，會變得很有意思。因爲你們會演戲……

舜：澎哥以前也是李國修老師帶的。

紀：對，我看過他演嚴肅的東西，你好像也演過「榮星花園」之類的……（眾人大笑！）

紀蔚然｜劇作家，台灣大學戲劇學系教授

舜：榮星花園旁邊的恩主公嗎！不是啦，是「流星花園」！

紀：你跟王月嘛！

舜：王月演那個媽媽，我是演一個西班牙酒莊裡面的工作人員。

紀：說穿了，那個戲就是難看嘛！不過你跟王月看得出來就是有受過訓練的，其他的主角就是鬼打架。如果台灣電視劇能打破「主角一定要帥」的這種迷思……我不是說你不帥，哎……

舜：我自己知道我是誰。（哈哈哈哈哈）

紀：就像日本有個偶像劇「一千零一夜」……

舜：不是，是「一零一次求婚」啦！

紀：對，我覺得那個節目就很好，台灣可以走到那個方向嗎？有可能嗎？

舜：絕對可能啊！但商業電視台往往有下個星期沒生出東西就會活不下去的痛苦。像我們最近也遇到這種情形。遇到政治氣氛高漲，可能一些很綜藝的、很搞笑的節目就切不進去了。收視率下降，那個節目就做不下去。

紀：你們的「鐵獅玉玲瓏」，……我認爲是太早結束了。是生態的問題嗎？還是眞的覺得夠了？

舜：我們自己覺得累了，不是夠了。它永遠不夠的，現在只是要休息一下。其實劇本也會因爲播映次數的頻繁稀釋掉它的強度。

紀：「鐵獅玉玲瓏」最後有點公式化了，你喜歡那個公式就喜歡，

許效舜｜演員，主持人

如果你開始到那個公式後，新鮮感可能就……

舜：就被掌握到了。所以說在一幅畫裡面要找到一兩個敗筆是簡單，但難在最初時的構圖。

舜：我常思考在喜劇的創作上，是必須去掌握生活裡「常理」與「現象」的區別。常理就像每天拎著包包去上班，公務員如何在常理中再找到現象，找不到就鈍了。但秦楊的「一筒汽油和一根火柴棒」則是現象，那是有效應的，我們不能抹滅它背後的意義與價值，可是若長遠來看，就要看他下一步還能做什麼。

「鐵獅玉玲瓏」的準備工作是隨時在組合、套裝不同的東西。最近一次「鐵獅玉玲瓏」的表演是去年十月，在國立歷史博物館，針對他們的館藏文物，我和澎哥用「鐵獅玉玲瓏」的方式講解並錄成錄音帶：今天我們要看的古物是什麼？這些古物又有什麼故事？什麼人因爲這些東西發生戰爭？觀眾進去就拿著耳機，或在網路上去看。

紀：我有一個觀察，現在很多節目主持人講話都很快，主持節目的速度也很快，好像節奏就是內容，根本不知道在講什麼。他們講話的樣態啦，小小的幽默，觀眾聽得很高興。可是你眞正仔細看他們講了什麼，其實什麼都沒有。

舜：流行啊！大家要追收視率。台灣滿慘的，收視率主導了商業生態，但你沒有那個商業在背後支持的話，節目根本做不下去。

紀：當然是這樣，不過有時候美國也會出一些好東西，雖然他們也是商業掛帥，但還是有一些好的東西。「鐵獅玉玲瓏」是好的節目，可是你要等多久才會出現這樣的東西，你不覺得可惜嗎？

舜：其實是沒有辦法的，我們就像是在泥沼中抓泥鰍的，大家都很認眞在抓，抓到今天晚上就有東西可以吃。正如你不喜歡電視製作的方法，李國修也曾說過一句話：「你哪天在哪個電視上看到我，就表示我錢出問題了。」我是從蘭陵出身的，有時候也會聽到同期的跟我說：「爭氣一點，爲什麼還在那裡打滾？」但我不是拿貞操主義過日子的人，我在生活裡面找最自然最直接的方式過日子。

表演的養分與緣分

舜：我是在廟旁邊長大的，以前娛樂事業沒那麼發達，沒有那麼多電影、電視，就是只有廟會，很多江湖術士，環肥燕瘦各種團都有。從懂事以來，我就常走廟會看他們口沫橫飛的表演，一直看到這些江湖術士團被電視、電影、電子花車擠到消失爲止。在這些廟會表演上，我有很多不一樣的吸收，有變魔術賣藥的，空中這樣捏捏捏，煙就出來了，宣稱那個磁場和功力很強，其實都是利用化學藥劑，我念國中時就知道了。結果那些阿媽都吃到乒乓叫！

紀：那種廣播賣藥的，四十歲以下應該都不會講了吧？

舜：大概四十歲以後的人都沒有那種經歷吧。我爸爸有一個朋友叫張宗榮，因爲他小時候在我們基隆地區有個廣播節目，從小聽他講，也特別喜歡這些東西，所以我很會寫押韻的語言，台灣語調的風格！

我家是個很大的家族，曾祖父是礦主，親戚一大堆的大戶人家。到我們這一代，我們家開雜貨店，所以也吸收了很多三姑六婆的生活。你知道以前的人罵髒話不像現在，用俚語形容髒話才好笑。這在外面很少聽得到，但是在我們那個地區卻蔚爲風氣。

盧：你爸是全力培養你走這條路嗎？

舜：哪有全力培養什麼，不要培養出一個混蛋就好了。我高中唸基隆海事常惹事，有一回，他在洗臉，我在旁邊刷牙，因爲我們兩個通常是王不見王的。那一次他突然回頭問我：「你以後是要用什麼養妻兒啊？書也沒念，什麼都不知道……」等漱完口，我說：「用這張嘴」。話一說完他毛巾濕濕的，就這樣甩「啪！」打過來，全部都麻。

其實，我以前就是愛看電視，看中視電影院、金像獎電影院之類的，那時候我很小。爸爸還去買了一部 RCA 給我，那是我專用的收音機，像廖添丁那樣的故事，都是我小時候聽的。我爸還因爲我吵著看錄影帶，花了七萬四千塊去買了 Toshiba 錄影機給我，那個時候的七萬四千是大的數目。這些都是我的養分來源。一直到國中參加童子軍，我開始有機會在晚會裡面當主持人，慢慢地，從沒有麥克風到有麥克風，從有線的到無線的，那些都是我跟表演的緣分。

我眞是太愛表演了。八歲就跟我阿媽說我一定會上電視拿麥克風。我阿媽當時打我的頭罵：「死孩子，生得像便當一樣，還想上電視。」所以後來眞上電視了，我問我阿媽：「有沒有看到一個便當走來走去？」

當兵要退伍的時候，我寫了一封信給李國修老師，信上寫：「有一個武林高手即將出現江湖，你如果能得到他的話，你將來會坐擁天下。」這封信到現在還沒有回。這麼久了，我碰到國修老師時都說，老師你嘛回一下信。

我是很努力在玩的，我覺得每天都要玩出血和汗，要不然就不叫一天。

紀：你到什麼時候才離開基隆？

舜：我二十八歲才到台北來，在基隆當過五年的法警。

紀：我覺得一個創作的人，要是在一個地方待得夠久，養分就用不完。

舜：我在法院的時候，剛好在華視編劇班。我就用那幾年讀書。後來就去考蘭陵劇坊，我記得面試時，三分鐘我演了八個角色。

盧：主考官是誰？

舜：那時候主考官有吳興國、李國修、金士傑、卓明等人，哇，非常緊張，不過我一上舞台就神經病了，成長背景的一些來源就倒出來了。

紀：我從小是在基隆廟口長大的，野台戲看很多。我阿媽帶我去看野台戲，野台戲你知道下面都是有賭博的，等我阿媽一坐定，我就衝到戲台底下去看人家賭博，哈！所以從沒有看完過一齣戲。當年要是看完，現在劇本會寫得比較好。

這一輩子……不算我成家之後的搬家的話，我們家在我大學畢業二十二歲之前，大概搬了十幾次。像許效舜二十八歲才離家眞棒。我就是一直搬一直搬，搬了十幾次，好不容易熟悉這個環境，又要搬了，因爲我爸爸背了債，要躲討債的，所以就搬來搬去。一直在流浪流浪，就造成某種不安的印象，沒有安全感，常常焦慮。搞到我現在結婚有小孩，雖然喜歡安定，但是我三年就想搬一次家。

舜：ㄟ～習慣了？

紀：對，這是很矛盾的心情。我以前抱怨從小沒有根，現在有根了，三年而已卻覺得這個根不好，想換一個。這影響到我的個性，以及我的創作。我因爲常搬家，精神常在那種焦慮的狀態。

其實我選擇「忘記」。後來這成了一種自我保護的機制，搬到一個地方即使我滿喜歡的，可是我不敢喜歡太多。任何愉快的、不愉快的我都不記得。大部人對小時候的記憶會很清楚，可是我都忘得差不多了，可能是被我故意壓在記憶底下的。你講到野台戲，我就想起這些語言，但我平常不會去想它，因爲我通常選擇「忘記」。

盧：難怪你的戲裡常會有「留美學人」回來。

紀：雖然說選擇遺忘，但是年紀大了，才發現想忘也忘不了。過去的陰影還是會影響到現在。最近比較嘗試去記憶它，不過很多眞的忘了。很痛苦地過來，我就知道不要再去追究。我的教育眞的是很中產階級式的。我高中時，家裡就有一台小電視，日本製的，我喜歡一個人看電視，我是看好萊塢電影長大的。所以我對電視的機制不是絕對的鄙夷。

舜：其實我做「鐵獅玉玲瓏」的時候，也是在做世代的牽引動作。我覺得過去那個已經太遠了。你叫現在的孩子來看「傳統」，這個眞是罪過，他們台語聽都聽不懂。台語已經在這個世代被稀釋，直到最近幾年才有台語教育。我朋友住洛杉磯，因此常常要飛來飛去，有一回我在機場遇到一個很老的旅美台僑，過來跟我說：「謝謝你，謝謝你。」他說：「我孫子一直都聽不懂台語，因爲你的節目才開始要學。」要不然他們家勸了多少次他也不肯學。

紀：若用學理來說，「鐵獅玉玲瓏」眞的是結合了前現代的社會和後現代的社會。結合得幾乎是完美。你知道我意思嗎？它融入了野台戲、俚俗的東西，再加上你們造型，那造型眞是誇張，還有電子音樂，眞的是……非常後現代的東西。

盧：還有一個問題想問你們。演員站上了台，對一個喜劇演員來說，觀眾沒有笑，會不會是你們最怕的事情？或是你寫劇本安排了一些笑點，萬一搬上了台以後，沒有人笑，那你們會怎麼辦？

舜：以前剛進演藝圈會，會覺得沒人看，聽不懂，那我們這麼努力是幹麼？但現在已經成熟到根本不在乎少數人的反應。因爲也有人一定會罵你「那是什麼碗糕？」，像《鐵獅玉玲瓏》在走紅的時候，苦苓就曾公開說：「這種節目能夠走紅，那這個社會完了。」

紀：我記得這個，看過報導。

舜：在分眾這麼細的時代，我們沒有辦法選擇觀眾，是觀眾來選擇我們。

盧：那紀老師的經驗呢？

紀：我會內心尷尬。寫了這麼多年，當然也會有不準的時候，那就會罵自己自作聰明，耍嘴皮子，以後不可以這樣。我跟演員說演到這邊觀眾一定笑，所以你要停一下。演員說不可能，那我們來打賭。結果通常是我輸了，因爲演員爲了要贏，故意講得不好笑。

臺北茶館裡的禪人與好人

林谷芳
濮存昕

時間—二〇〇四年七月六日
地點—臺北紫藤廬
主持—盧健英
攝影—許培鴻
記錄整理—盧健英、鄭雅蓮

• 原刊載於第140期，2004年8月號

他們因爲弘一法師而結緣。因爲電影《一輪明月》的宣傳，及主演電視劇《天下第一樓》的效應，七月初隨北京人民藝術劇院來台演出《茶館》的濮存昕成了媒體追逐的明星之一。「師奶殺手」之稱從對岸飄到台灣。

但濮存昕一來臺北，倒急著找從未謀面的文化學者林谷芳，因爲拍《一輪明月》期間，濮存昕閱讀到最重要的一篇關於弘一法師的文章，正是出自林谷芳之筆。「林先生的文章開示了我從藝術家的角度去認識弘一，即使他進入佛門、當了和尚，仍然是個藝術家，回到人，而非聖人的本位，於是，這個角色便親切了。」

林谷芳，一位城市禪者，他可以談音樂、可以談文化、談社會科學、甚至參與藍綠陣營的文化白皮書建構，在跨領域的許多場合裡，總見他一派悠然參與，立論中見強悍的熱情，但身段裡又見隱士之清淡；受邀演講的內容從中國音樂、政治到喝茶，很難定義他的專業，多年來他最接受定義自己的方式就是「禪人」。

禪人這回卻對濮存昕有著高度好奇，前一晚在電視上看濮存昕上綜藝節目，在浮鬧的訪問中，「見到他在應答間的不動如山」，林谷芳說。

師奶殺手與鶴髮禪人，會有什麼樣的交鋒！

一今一古，但兩人都在入世中修「人生」之道，一位是「六歲有感於死生」，一位在逆境中永遠以「好人」自許；禪人曾有當官的機會，他如何看待權力的誘惑？好人面對演藝事業的名與利，他又如何在金錢的誘惑裡理出自己的座標？六〇年代裡，分別在北大荒成長的濮存昕與臺北牯嶺街歲月的林谷芳，如何看自己的成長？又如何給下一代發展成長座標的價值空間？

紫藤廬的角落，彷彿又見知識份子清談闊論的身影。

權力與金錢

林谷芳（以下簡稱林）：前兩天，我們去食養文化天地吃飯的時候，餐廳主人炳輝對我說：「欸！老師，怪物耶！一九五三年生的！」

濮存昕（以下簡稱濮）：怪物？

林：是「好的」怪物，指你都不顯老。（算算林谷芳和濮存昕只差三歲。）而我則總是少年老成，同輩朋友常有我比他們長一輪的錯覺。（笑）

盧健英（以下簡稱盧）：把二位邀請一起對談，實在是天上掉下來的想法。兩位可以說是因弘一法師而結緣。如果回頭追溯，兩位都有著自學過程，請問兩位如何去看待自己的出身？

林：我沒有家世背景，我們家也不是知識分子家庭，我父親小學畢業，母親一輩子不識字，以嚴格定義來看，我家唯一的知識分子是我，再加上我弟算半個知識分子。我常在自我介紹時，說自己「六歲有感於死生」，前面說我看起來比較「少年老成」，可能是我天生就帶著歷史的蒼茫之情，佛教說，人是帶著因緣，帶著稟賦而來，對於這種「蒼茫之情」，我自己也很難解釋。蒼茫就像是我與生俱來的一種情緒。也因此從小時候開始，我就不把自己放在一時一地來看，也就從不焦急。（濮存昕低頭筆記）

若是習慣從歷史的長河去看問題，看事情的座標就會是很大的。包括兩岸之間這幾年的紛擾，我都覺得這只是歷史長河的泡沫而已，所以不會像其他人那麼焦急。

濮：小的時候跟父親不是很親，因爲他就搞他的專業，但我也很崇拜他，他和朋友在家裡一談起劇院的事，每個小孩都豎起了耳朵聽，劇院就是我們家生活的軸心。所以我還不懂事的時候就在看戲，覺得臺上的人眞是了不得。

小學畢業後遇到文革，我沒再上學，英語就只會一句：「毛主席萬歲！」，數學只會到小數點兒，後來就下鄉了。我是自願到黑龍江的，而且因爲當時中蘇邊境糾紛，去黑龍江是要穿軍服打仗的，父親爲這事幾乎與我決裂。這一去就去了七年半。這七年半，看了很多，是我這輩子受益匪淺的一段經歷。

林：因爲我總是冷眼在看事物，所以像濮存昕這樣能引起我興趣的人其實不多。那一天，我太太突然在電視上看到你上陶子的節目，趕快叫我看，看完後我的印象是，此人還眞「不動如山」。

往往栽進演藝圈的人，就以爲自己是名人，而相對於其他人在此所表現的浮動，濮存昕則是守住自己的立場——這個立場就是我在《演員濮存昕》這本書中看到的：「戲比天大」，就是一個作爲演員的基點。這個原點如果存在的話，外界的種種褒貶也都只是現象而已。

我也時時在檢視自己的基點是否「不動如山」。但我的基點是行者的基點，修行人的基點，我平日對國家、對文化的關懷所寫的文章，我也須回過頭來驗證自己是否有悖於其中所寫，是否誠實？面對外界的浮動，我更須自我期許能「不動」。

我曾有數度進入官場的機會。第一次有人問我要不要當官時，我竟然猶豫了幾十秒鐘，這幾十秒鐘的猶豫，讓我有很深的感觸；會猶豫這幾十秒，就會猶豫幾分鐘，就會猶豫幾小時，也就可能猶豫幾天，最後，就會自失立場。那一次讓我覺得我平日對權力的觀照，其實沒有我自己想像的透澈，這個刺激讓我對權力有了重新的觀照。

我的生活裡也有誘惑，舉例來說，我最大的誘惑其實是「大師」的誘惑，在某些道場中，我往往與信徒們所謂的「大師」平起平坐，因此我有時也會想何不弄一個道場，讓大家也覺得這是一個了不起的禪宗大家。（笑）

但相對之下，我這些誘惑還只是較單向的，不像演員的世界，誘惑從各方面衝擊而來，比如金錢的誘惑、名利的誘惑、媒體的誘惑等。

我這幾天認識的濮存昕，如果只是用「師奶殺手」來形容，其實是看扁了這個人，是不瞭解這個人而加的封號，雖然他的確有這樣的魅力，但他如何能「不動如山」，才是我最感興趣的問題。

濮：對於錢的誘惑，我也是抵抗不了的，因為我要照顧妻子、孩子，我也想過有衛生間的生活。在一九九九年以前，我還住在沒有衛生間的房子，每天要走五十米的路去上公共廁所，我一蹲下來，旁邊賣菜的就講：「欸！這不是電視演員嗎？」（笑！）

突然間有一個偶然的機會，人家說你可以拍廣告了，我第一次拍廣告拿到十六萬塊的酬勞，心裡怦怦跳。我坦率地說，我禁不起錢的誘惑，我拍電影、拍電視，也是會為五斗米折腰的。

後來我解釋了自己看待財富的心態，形成了三句話，即是「該掙錢的地方，一定掙錢；不該掙錢的時候，一分都不能掙；該掏錢的時候，一定要掏錢」，這成了我的財富觀。

其實不要覺得自己了不起，大家都在同一個輪迴中，大家都是平等的。這也是我後來去做公益的原因，去回報人世的因緣。

林：我從濮存昕身上看到一個演員的堅持，這堅持不是硬邦邦的東西，而是一個人觀照到自己角色定位，關心這當中的平衡。比如他今天去演電視劇，是因爲他曉得自己也要掙錢，他會有自己的底線。如果今天有劇評家告訴他，我覺得你演電視劇不如你演話劇，他自己也很了然，就因爲電視必須受制於許多外在環境。因爲了然，所以也不會失眞，或失去自我的平衡。

林谷芳｜禪者，音樂家，文化評論人

濮存昕｜大陸演員

不著急與不批評

盧：林谷芳是三年級生，濮存昕是四年級生，但你們兩人事實上只差三歲，出生的時代差不多，你覺得你們那個時代的精神價值是什麼？與現代的年輕人有什麼不同的地方？

林：現在的七年級生，當然也有自己的價值，例如去追求個人的成就。但我們那時代所認定、追求的價值，是可以放到歷史的大座標去看的。從一開始，我們就已經把歷史時空中一些人的價值，內化到自己身上，即使當年濮存昕在黑龍江，而我在台灣，但我們都有一個歷史長河的價值來做我們未來的座標，我覺得現代的年輕人就缺少這個座標。

盧：你覺得這個座標是由什麼架構而成？

林：一是很自然的興趣、傾向，如我對中國文化的喜好；另一個，則是特殊的時空刺激，例如當時大陸的文革和台灣的中華文化復興運動。台灣在五〇年代，就一直有著文化論戰，有人主張全面西化，有人主張中西折衷，無論現在覺得成不成熟，這個論戰對當時的知識分子有著很大的衝擊。這也是爲什麼當年我有考上外文系的成績，卻去唸了最冷門的台大考古人類學系。我們這一代人，是跟歷史共生的，前人做過的事物，一直活在我們的生活中，使得我們這一輩擁有歷史的大座標，因爲生命的座標大，我們這一代會爲了社會文化而獻身。

盧：在八月的父親節話題裡，我們想問兩位如何看待自己身爲父親的這個角色？

濮：林老師曾提到的「不著急」眞是有意思，不著急不是不做，而是去營造文化傳承的環境。我常要求自己，對於孩子的管教，盡量做到「只批評一句」。

我給孩子一個自由的環境，不著急。她在初中的時候，對家人板臉，對同學就笑臉，跟家裡的人說話很不尊重，我們也不舒服。但這些我們盡量不去理會她，承受她的變異，相信她一定還會再轉回來。

林：當我們座標大的時候，我們不僅會把自己放到大座標，也會把孩子放到大座標上教育，所以從來不急。老子說：「反者，道之動。」也就是說沒有相對的事物，道是動不起來的。孩子的叛逆，其實也可以看成是一種創發。

濮：「反者，道之動」有意思。孩子跟父母吵架了，雖然嘴硬不承認自己錯，但他的心裡已經在思考父母說的話是什麼意思，這樣他才能反駁，所以反動其實也是一種學習。

盧：難道你們從來都沒有跟孩子發生過非常嚴重的衝突嗎？

林：我和我兒子每次的衝突其實都是刹那的，當我對孩子吼的時候，那一刹那間不只是父子關係，甚至還會回到權力關係，我會驚覺我怎麼會以擁有權力的角色，去跟我的孩子說話，而不是以父親的角色，所以我馬上會退回來。

我對孩子只有兩項大原則：一是自己做的事要自己擔當；二是沒有任何不勞而獲的事。只要遵守這兩項原則，沒有什麼是我不能忍受的。

我太太曾經發現孩子在上色情網站，讓她很緊張。我問孩子有沒有上色情網站，他說沒有，我也不想問得太清楚，我對他說，你可能覺得有點尷尬，不過那是人生必經的過程，「但你跟爸爸走過這麼多路，曉得人生應該不是只有這種東西這麼簡單吧？」，他說：「我知道。」我笑笑的說：「那就好。」

濮：我確實打過孩子，只因爲很小的事情，孩子在家鬧脾氣，一直喊著「討厭、討厭」，討厭是她的口頭禪，我火了，打了她兩巴掌。就這一次，她深深地記住了，而我也記住了，這成了一個警示，讓我知道不應該這樣做。我想通了，有些是必須放手讓她自己去體會。

我在大陸做預防愛滋病的工作，推動安全套意識，我女兒是大學生了，也交男朋友了，去年她回來時，我也給我女兒安全套，說妳可以帶在身邊。結果她說「我不要，我沒用」，我也不好意思說太透，就對她說「妳不用，但可以帶著」。我是父親，不好意思說太多，等她走了之後，她媽媽告訴我她還是不帶，不過我畢竟做了我該做的事。

盧：濮存昕基本上是在文革中長大的，在你那個時代，閱讀是被限制的，在那個過程中，你是怎麼去學習的？

濮：在謬誤中也是有利生的可能，謬誤也會有生和滅的過程，當它滅的時候，代表「道」更加強烈了。所以不怕失誤，在無法逆轉謬誤的時代，不著急。生命受到枯竭的時候，自然會去找水喝。

文革之後，我知道我受到了很大的嘲弄，那時我廿四歲。

在黑龍江插隊時，我有一個外號叫「極左」。我是喊著「扎根邊疆」口號到黑龍江的紅衛兵，那個時候是共青團代表。我是知識青年裡的模範，積極要求入黨，當楷模。「極左」使得每一個人都不理我，說我假惺惺，一來就講道理，事一來誰都不敢跟我說，就怕我打小報告，我一個人被孤立著。

但是生活是活生生的，那時不論是體力上或是心靈上，都處於貧瘠痛苦的狀態。忽然間拿到了一本葉爾的《兄弟》，點著油燈，我看得津津有味，到現在我還能記得情節，後來又有一天拿到了托爾斯泰的《復活》，忽然覺得從饑渴中找到了甘泉。覺得這兩本書是很「解渴」的。我當時和一個女青年談戀愛，在下雨的午夜裡，我們集體擠坐在夜車裡，當時爲了替她擋雨，而有了第一次肢體的碰觸。那種性的萌動，青春相許，當時很純潔的，相處一年，抱在一起，還不知嘴對嘴這回事，只覺得割麥子時想幫她多割一點，願意多挨著她一點。

但有一天我必須離開她了，心裡覺得對不起她。很長的時間，我生活在痛苦中，當時我看了托爾斯泰的書，就更覺得自己要懺悔，覺得我的靈魂不乾淨，可是突然有一天我發現她跟別人好了，我心裡全解放了，放心了。文學帶給我生活中很多這種過程，我特別愛看書。

「極左」這個稱號，表現了我生命慣性想要去當「模範」的這件事。也就是我一生中想要做個「好人」、做個有出息的人的自我期許。但在那段時代裡的謬誤，其實也給了一些啓迪。

林：當紅衛兵是荒謬，當時台灣處於蔣介石的威權下也是荒謬的，但如果在當下能找到一個機緣或一個點，或許就能讓負面的東西反而成爲滋養。如果濮存昕一出生就是明星，一出生就錦衣玉食，他怎能感覺一無所有的苦痛？

不問死與不服輸

盧：林谷芳說自己「六歲有感於死生」，究竟六歲時發生了什麼事，這麼嚴重？

林：我六歲的時候和一群同伴到曬穀場玩，一個五十幾歲的男子投環上吊，屍體被擺在曬穀場板凳上，嘴巴微張，舌頭有點吐出來。其實也不可怕，但是我那天看到這種景象後，頓然覺得不快樂，一個六歲的孩子拖著沉重的步伐走回家，我覺得我走了好久好久。而十六年後我再回那個地方看，發現那個曬穀場離我家其實也只有七十公尺。

我當時還是小孩子，只知道那種渾沌的感覺，卻無法用抽象的語言去形容，如果用我現在的語言形容，當時我感受到的是「生命如果是剎那的，那它的價值何在？」之後我就很怕死，因爲死之後一切都會化爲烏有，正所謂「死若烏有，生又何歡？」所以小時候我最崇拜的英雄是不會死的孫悟空。

因爲怕死，小學六年級之後，我就去學道家練氣。專看道家修行的書，一直到在牯嶺街舊書攤找到一本佛書，書中一句話打動我：「有起必有落，有生必有死，欲求無死，不如無生」，我頓時豁然，也就開始學禪。而這幾年我尤其能體會生命「存在」的意義，瞭解「不死」其實是一種折磨，因爲不死人就會開始荒廢，如果我們有無窮的時間，我們就不會把握當下，所以現在我也就更能坦然地面對生死。

盧：那濮存昕呢？聽說你小時候得小兒痲痺，現在一點兒也看不出來，你是怎麼做到的呢？

濮：我小時候得過小兒痲痺，所有同學都看不起我，「濮瘸子」的外號一直伴隨著我到小學畢業，體育課的接力賽，所有的人都不要我，這讓我一度想死。我不能胖，不然兩腿的力量會不平衡。因爲我不服輸，不想讓人看出我的殘疾，於是我拚命地跑，拚命地運動。後來我太太跟我說：「你呀！要是沒有一點殘疾，還說不定是什麼樣子」。

因此，我從不覺得自己行。但我又不可能淡泊名利，我眞的想名、眞的想利，我曾經急得摳牆，想著自己「怎麼就不成功呢？」但我成功了之後，又開始害怕，怕自己不自知，我曾經瞧不起得獎的人，那別人會不會瞧不起我呢？

現在世界的手是向我張開的，允許我上臺演戲，而老前輩們老了，觀眾們希望保留一個美好的回憶，不允許他們上臺了。這個時候我知道我有權力，這個時代是我的，但也不用去比較，因爲我自知比不過前人，但我有我的時代使命，是無法跟前人相比的。

北京人藝要我當領導，我婉拒了。因爲這樣我是演不好戲的。這輩子當演員是我最大的事。做了領導，我只能坐在二樓的辦公層，上不了三樓的排練層。有時明明大客車沒坐滿，人家偏偏要給我派個奧迪車，我說我要坐大客車，可是他們堅持說「不、不，您坐這個可以快點到。」快點到要幹麼，四點鐘的飛機，十二點出發，你要我到機場幹麼？孤獨，就是從這樣開始。做了領導，人家見了我都不敢講話，這樣我怎麼跟大伙演戲，我還想當演員呀！很苦惱。

我也問自己我這種作法對不對，但是我還是決定要忠於自己，北京人藝最重要的核心就是人才，沒有人才，觀眾就不來，如果硬要我當領導，很可能泯滅我這個人才。

詩人與指揮家的馬勒對話

陳黎

簡文彬

時　間｜二〇〇四年九月十八日
地　點｜國家交響樂團排練室
攝　影｜許斌
記錄整理｜鄭雅蓮

• 原刊載於第 143 期，2004 年 11 月號

這次的主題很清楚，就是「馬勒」。用筆創作的陳黎與用指揮棒創作的簡文彬，相遇在國家交響樂團的排練室。

對談當天是國家交響樂團演出「馬勒系列」第一場音樂會的前夕，早上剛經過多次排練的排練室，挑高兩層樓的空間裡，似乎仍殘留著許多馬勒的音符。

工作了一早上、有點倦容的簡文彬，爲了讓自己放輕鬆，特地換上短褲拖鞋，與特地從花蓮北上、在要去台南當文學獎評審的路上抽空參加對談的陳黎，腳上帶著旅塵的拖鞋，還眞是兩相輝映。

其實兩個人只通過一次電話，但對於對談的邀約，一聽是對方，一聽題目是「馬勒」，隨即答應。陳黎極忙，在教書與文學活動間奔波，卻是個極重度的古典樂迷，爲了對談，預先做的功課，竟已有上萬字。

簡文彬說自己之所以對馬勒感興趣，是源於學生時代看的李哲洋翻譯的威納爾（Vinal）的《馬勒》一書，說時遲那時快，陳黎就從書包裡翻出同樣一本、看來頗有歷史的《馬勒》，當下，相視莞爾。

陳黎（以下簡稱陳）：在台灣，從來沒有過這麼密集地演出馬勒一系列作品，這次可說是破天荒之舉，是什麼樣的想法，讓你想把馬勒介紹給台灣觀眾？

簡文彬（以下簡稱簡）：基本上，我覺得「馬勒」這兩個字就很「屌」！讀藝專的時候我們都會胡思亂想，除了自己的樂器之外，會想接觸一些很「酷」的東西，像哲學、史賓諾沙之類的，事實上也不懂他講些什麼東西，但是就覺得要去看。我覺得馬勒也是扮演這樣的角色，但是他的音樂很長，那個時候根本就聽不完。

第一次現場接觸馬勒是去看臺北市立交響樂團的排練，那時只覺得「音樂很長」。後來自己在樂團裡演奏馬勒《第一號交響曲》，負責打鑼打鈸，但那個時候對馬勒並沒有什麼特別的感覺。當學生的時候，我就開始聽一些馬勒的作品，但聽不下去，常常聽一聽就睡著了。我接觸到李哲洋翻譯的《馬勒》之後，卻欲罷不能地一直看下去，還在書旁寫或畫了一大堆心得。等到比較老一點，思緒慢慢拉得比較長、想得比較多，就開始覺得自己有一點點可以去欣賞馬勒的作品。

到了維也納後，有一次和朋友們到郊外去看馬勒的墓碑，受到很大的震撼。我還記得那天是禮拜天早上，天氣有點陰陰的，看到墓碑上寫著「Gustav Mahler, 1860-1911」，我整個人呆住了。在李哲洋譯的那本書中，把馬勒寫得多偉大，死後大家多傷心，還有兒童合唱團來爲他演唱，但是馬勒的墓碑卻只簡簡單單告訴你：「我叫 Gustav Mahler」，完全不跟你廢話，我覺得這太厲害了。那個時候心裡滿激動的，我們還做了一件蠢事，拿了紙寫上「某某某到此一遊，希望某年後還可以再見馬勒的墓碑」，然後用香菸外面的透明套把紙包起來，塞到墳墓旁邊。

在維也納看了很多表演，發現維也納的同時，也開始認識馬勒。雖然維也納國立歌劇院經歷二次大戰破壞後重建，已經不是馬勒當時演出的舞台，但畢竟還是在這個地方，維也納音樂廳也掛了一個馬勒的浮雕像，就這樣覺得自己慢慢在接近馬勒中，那時我才眞正地去聽馬勒的音樂。

當時我就開始想「以後一定要在台灣要弄一次馬勒」，但是當時的想法其實是想要看到很多樂團、指揮、歌手，大家來弄一個馬勒音樂節，就像一九二〇年在阿姆斯特丹舉行的第一次「馬勒音樂節」一樣，那次的演出很驚人，幾乎每兩天就表演一部作品，非常密集。

我覺得馬勒是一個里程碑。就像貝多芬的九大交響曲銜接了古典與浪漫，並拓展出未來的路，到了馬勒又做了一次收成，導引出一些不同的路。

陳：一九七一年，義大利導演維斯康堤（Luchino Visconti）改編拍攝德國小說家湯瑪斯・曼（Thomas Mann）的《魂斷威尼斯》，書中本來敘述一位年老的作家，爲了一個少年，不顧瘟疫，堅持逗留於威尼斯，維斯康堤將作家改成音樂家，電影配樂從頭到尾都使用馬勒《第五號交響曲》第四樂章，顯然有強烈的馬勒影子存在。這部電影在好萊塢試片時，製片聽到配樂覺得很不錯，問是誰作，旁邊的人答說馬勒，製片說：「下週找他來簽約。」那時馬勒早已不在人世！可見馬勒在一九七〇年代的美國也還未廣爲人知，我們現在演出馬勒系列，其實也不算晚。馬勒的作品以「冗長」見稱，在你涉獵馬勒的過程中，是從哪些作品開始一步步接觸馬勒？

簡：一開始接觸馬勒是因爲《大地之歌》，覺得這首歌眞是太厲害了，裡面採用了很多中國的詩詞，先是被翻成法文，後又被翻成德文，但是很有趣的是，歌曲的基本意境依舊存在。

剛開始我是先接觸純器樂作品，像第一號、第五號這樣比較熱鬧的交響曲。歌曲是在我到維也納之後，幫一些聲樂學生伴奏，覺得馬勒的作品很難彈，於是開始去找一些資料。像《大地之歌》，馬勒就曾經寫過兩個版本，一個是專門寫給鋼琴伴奏，以前的音樂學者對這份文獻的設定有點偏差，認爲這份樂曲只是鋼琴總譜，可是後來經過推敲，找到其他資料佐證，馬勒眞的有心要譜一首給兩個歌手及鋼琴伴奏的版本。鋼琴伴奏的版本跟現在的版本有很大的差別，有的甚至整段曲調都不一樣，我當時研究這些資料，就覺得很有趣。經由伴奏的過程，我才開始去接觸馬勒那些沒有被編成管絃樂的曲子，後來簡直愛死《年輕旅人之歌》與《呂克特之歌》。

陳：你覺得馬勒的哪些作品是你很喜歡而且覺得很「安全」，可以推薦給聽眾當作接觸馬勒的入門音樂？

簡：《年輕旅人之歌》應該是不錯，你覺得呢？

陳：我自己也滿喜歡的。

簡：一開始叫大家聽《千人交響曲》（第八號交響曲）應該會「ㄘㄨㄚˋ」起來。

陳：我也很喜歡《呂克特之歌》，尤其是其中的〈我被世界遺棄〉，歌詞本身就很深刻。但我的最愛還是《年輕旅人之歌》，《年輕旅人之歌》的歌詞只有第一首是從德國民謠詩集《少年魔號》轉化而成，其他都是馬勒自己寫的，像〈伊人的一對藍眼睛〉寫著：「路旁立著一棵菩提樹，／我在那兒休息，第一次睡著了。／躺在那菩提樹下，落花／撒在我身上，／我忘卻了生命的苦痛，／一切，一切又復原了！／一切，一切！愛與悲傷，／世界與夢！」這眞迷人，而且很「安全」，可以聽得懂，聽得喜歡。我推薦這部作品。如果要到一個荒島上，你會選擇帶馬勒的哪一部交響曲去？

簡：大概是第十號交響曲吧！因爲它讓你有想像的空間，馬勒留下的手稿中，只能算勉強完成了第一樂章。還有像《大地之歌》最後一樂章也很厲害，慘到不得了；以及《呂克特之歌》的〈我被世界遺棄〉。看起來好像我比較黑暗面，都喜歡這種比較慘的音樂。

陳：提到馬勒，我們的印象似乎停留後期浪漫主義龐大編制的樂曲，但是馬勒所創作的龐大

陳黎｜詩人

交響樂中，同時又兼顧了許多小細節，使得他的作品有一種親密性的特質。馬勒的天才，結合了宏偉的音樂架構與室內樂般親密的氣氛，我覺得這是馬勒與其他後期浪漫主義作曲家很不同的地方。

在馬勒的作品或生平中，我們可以很清楚地見到一種「二元性」，而這其中被提到最多的，則是他死前一年向精神分析大師佛洛依德的告解。馬勒的爸爸是個很粗暴的人，與妻子的關係並不好，使馬勒從小就生活在家庭暴力的陰影下。有一次馬勒的父母又開始爭吵，馬勒受不了便奪門而出，到街上卻聽到手搖風琴奏出的流行曲調〈噢，親愛的奧古斯丁〉（即中譯〈當我們同在一起〉）。逃出家裡的爭吵，卻在街上聽見歡樂的歌謠，這是一種很大的情境轉變，此種人生至大不幸與俚俗娛樂的交錯並置，自此即深植在馬勒腦中。可以說，馬勒在還沒認識生命之前，就已認識了「反諷」。我上次看一部影片，提到幼年馬勒的第一首習作，前半部用了「送葬進行曲」，後半部用了「波卡舞曲」，可見他小時候就知道生命的矛盾與衝突，「二元性」的標誌從小就貼在他的作品中。「二元性」表現在馬勒很多作品上，如簡單與複雜的並置、高雅對應俗豔、混亂對應抒情、狂喜對應鬱悶，他有很多旋律是很官能的，但目標卻是想理智地傳遞某些東西。

作爲一個音樂家，馬勒這種「二元性」特質，對你在詮釋他的作品時，有沒有什麼意義存在？

簡文彬｜指揮家，訪談時任國家交響樂團音樂總監

簡：在布魯克納的作品就已經可以看到「二元性」的作法，像他會在一段段農村歡樂氣氛的音樂中，突然出現神聖的管風琴音樂，布魯克納自己形容「就像是在鄉村中遇見一個教堂」。

陳：我們現在講到馬勒的第一號交響曲《巨人》，會覺得很熱鬧，但在當時首演時，觀眾的反應卻很冷漠。在《巨人交響曲》中，先是呈現森林般的舒緩樂曲；但到了第三樂章，馬勒居然把波西米亞的民謠《兩隻老虎》，轉成怪誕的送葬進行曲；送葬曲完了之後，又突然出現醉酒般的搖擺節奏，當時的聽眾覺得這樣的樂章實在太怪異了。就算以今日後現代的標準來看，馬勒的音樂讓人感受依舊強烈，他並置、拼貼了許多的不同事物。

簡：我覺得是因爲那個時候沒有電影，馬勒的音樂是有故事、畫面的。

陳：你覺得馬勒的音樂是比較偏向標題，還是比較純粹、抽象？

簡：有人說馬勒的音樂是「指揮的音樂」（Kapellmeistermusik），我比較能體會這種感覺。在馬勒的作品中，有一個很重要的關鍵，就是他同時身爲一位職業指揮的經驗，而且是在大型歌劇院裡面。在指揮的時候，頭腦必須非常冷靜，因爲指揮家必須主控全場，馬勒不但有這些經驗，而且他非常清楚效果，知道怎麼去營造氣氛。雖然馬勒的《第一號交響曲》首演並不成功，但他自己也在修正，後期的曲子首演都滿成功的，《第八號交響曲》就更不用說了，根本是歡聲雷動。

陳：我覺得每個時代、每個階段都有可能重新去「再發現」一個作曲家，像《第五號交響曲》成了維斯康堤電影中的配樂，因而受到歡迎。前幾天我看了伍迪．艾倫的《大家都說我愛你》，片中茱莉亞．蘿勃茲飾演一個對婚姻不滿的女子，而伍迪．艾倫的女兒正巧偷聽到她與心理醫師的談話，所以知道茱莉亞內心所有的想法。在女兒幫助下，離婚的伍迪．艾倫開始追求茱莉亞．蘿勃茲。電影中有一幕是伍迪．艾倫假裝巧遇茱莉亞．蘿勃茲，並在談話中提到自己喜歡古典樂，特別是馬勒的第四號交響曲，以投茱莉亞．蘿勃茲所好。伍迪．艾倫是個諷刺家，他在編寫這句台詞時，當然也是在諷刺那些對馬勒《第四號交響曲》充滿浪漫想法的人。但這種諷刺未必適合台灣，在台灣的聽眾還沒有充分聽過《第四號交響曲》之前，這種諷刺沒什麼意思。所以我覺得舉辦「發現馬勒」系列很好，這幾乎是一生的功課。

在馬勒的交響曲中，第七號的評價很特別。一九〇二年馬勒跟愛爾瑪結婚，這應該是他生命中最愉快的階段，可是他卻寫下了第五號、第六號、第七號這樣具有強烈悲劇預感的樂曲。我本來沒有特別注意《第七號交響曲》，直到有一次在小耳朵上看到阿巴多在二〇〇一年指揮柏林愛樂的演奏，嚇了一跳，覺得這音樂非常純粹、音樂性很高，跟馬勒其他作品不同，真是迷人。在我自己發現馬勒的過程中，第七號是讓我覺得很棒的一部作品。

爲什麼我會覺得《第七號交響曲》迷人？其實就像我自己寫詩一樣，我在一九八〇年以〈最後的王木七〉得到時報文學獎詩首獎，詩中描寫了礦工們愁慘的生活以及宿命的認知。那時可能還年輕吧！年紀增長後覺得藝術這東西，不能、也不必負擔太多現實或政治的使命。內心的抽象表現是藝術很重要的部分，當詩的聲音、韻律、氣氛都營造好後，就是自身俱足的作品，很好的藝術了。所以當我聽到《第七號交響曲》這樣純粹的音樂時，覺得實在很棒。我聽阿巴多指揮的第七號，一聽到第四樂章馬勒把銅管樂器、打擊樂器都拿掉，改加上曼陀鈴和吉他，我心裡就浮現：「這是魏本！」後來重看李哲洋譯的《馬勒》，才知道這個樂章預告了魏本作品十《五首管絃樂小品》的音響。馬勒對音色的開發，明顯地影響到荀白克、魏本、貝爾格這些二十世紀的現代音樂作曲家。

你覺得馬勒的音樂是比較多十九世紀末的「後期浪漫派音樂」，還是二十世紀初的「表現主義音樂」？

簡：我覺得馬勒承接了十九世紀發展的成果，並爲未來留了好幾條大道，就像他自己也講「我的時代終於來臨了」。以實際面來說，馬勒有一個我滿尊敬的地方，就是他在維也納宮廷歌劇院擔任總監時，提攜了非常多人，這很了不起。

陳：我覺得以詞曲來看，馬勒比較多是十九世紀的浪漫主義，還沒有像無調性這麼絕對的作品產生，但是如果他再活下去的話，我相信他的音樂會跟二十世紀嶄新的表現方式不謀而合。講到《第七號交響曲》，據說馬勒當初一直擔心樂團的管樂首席沒辦法把《第七號交響曲》處理好。

簡：對呀！因爲銅管很重，所以通常管樂會在第一部加一個助理，可是馬勒在指揮《第七號交響曲》的時候，要求第一部、第三部都要加助理，完全是沒有信心。

陳：時代隔了一百年，這種擔心會不會比較少一點？

簡：當然會！不要忘記馬勒第一次首演《第七號交響曲》是在東歐的布拉格，如果跟當時的維也納愛樂比起來是比較差。

陳：對於詮釋馬勒，你有沒有什麼自己的心得或觀察？

簡：就是一直把馬勒的東西裝進腦子，這樣就更能了解他的背景、思想。其實最重要的還是形式問題，作一個指揮很重要的是要能掌控全曲，如果心忽然不見了，就會不知道怎麼接下去，這很恐怖。在碰到樂團之前，指揮家就已經要完全掌握曲子了，有時候是自己敲鍵盤、有時候是聽別人演奏，透過這些方法來增加對曲譜的掌握。

陳：馬勒在音樂中描繪了很多鳥的聲音，而梅湘更是號稱「鳥人」；愛爾瑪對馬勒的音樂有很大的影響，而梅湘夫人 Yvonne Loriod-Messiaen 則是梅湘音樂的首演者。你覺得這兩個人可以相比較嗎？

簡：這樣的比較很有趣，但在音樂上我想兩人還是不同。梅湘的音樂從管風琴出發，講求音樂的「色澤」，像陳郁秀（鋼琴家、前文建會主委）說她在法國上梅湘的樂曲分析，第一堂課梅湘就在鋼琴上任意彈一個音，然後問他們這是什麼顏色。而馬勒作曲則是完全走實際面，講求與管絃樂團的互動，他的作品中不會出現那種沒辦法演奏的東西。

陳：像梅湘那種神祕主義者，跟馬勒的悲觀神經質，當然是很不一樣，但是他們都很在意音色。馬勒很少像華格納或布魯克納一樣，動輒讓所有樂器齊奏高鳴，力量全出，他往往把力量分成好幾股，在適當時候再發揮全力，造成更精采的對比效果。

簡：馬勒跟梅湘都很重視音色，但是出發點不一樣。梅湘是在找一個聲音，可是馬勒是用音色來表達他的情感。馬勒常常會要求管樂手把樂器舉起來，讓聲音忽然變得很亮，這不只是爲了作秀，而是一個「表情記號」。像《大地之歌》就有碰到這種情況，小喇叭必須表現一個不可能吹出來的低音，這時馬勒忽然要樂手把喇叭舉高，用動作來表達音色。馬勒用所有的媒介在傳達他的感情，不論是樂器的動作或音色。

陳：感謝你讓我們有機會發現馬勒。

簡：我覺得這是一個接軌的問題，馬勒系列人家一九二〇年就做了。像梅湘的《愛的交響曲》已經首演了五十幾年，我們這邊還沒聽過，更別說我們還有更多的音樂沒聽過，所以，我想要多介紹這樣的音樂。

周文中 南方朔

極速時代裡的蘭亭一敘

時間——二〇〇四年十月
地點——晶華酒店蘭亭
主持——盧健英
攝影——許培鴻
記錄整理——鄭雅蓮

• 原刊載於第 145 期，2005 年 1 月號

感覺上這是一場「老千」的對談。

「大師」南方朔從一開始就居心叵測，有備而來。在一個談音響多於談音樂，談假象多於談本質的時代，面對八十一歲的「亞洲音樂教父」周文中，南方朔——台灣文化界最受歡迎的專欄作家，最具影響力的導讀權威，「只問小問題，不問大問題。」

八十一歲的周文中，與建築師貝聿銘、畫家趙無極三人同列爲華人世界三大藝術家，一九七七年，美國太空人登陸月球並埋下一筒「地球文化音像微縮文件」，其中包括一首最能代表東方文化的古琴名曲《流水》，即是周文中應美國國務院之諮詢所挑選出的曲目。周文中影響中國現代音樂的教育與發展至鉅，特別是在強調文化本源的音樂思考上，更成爲東方音樂後進者的精神導師，知名的華人作曲家譚盾、瞿小松、盛宗亮及台灣作曲家潘世姬都是其弟子，也在西方樂壇上燃起一股東方熱。

看起來，舉重若輕，是南方大師今天的策略。

他批判社會現象，剖析西方思潮，筆下擲地有聲。但今天他的釣竿拋出長線，這一條長線繞著嚴肅音樂/娛樂音樂，商業包裝/人文本質，「可不可以不要那麼固執？」、「不能有一點點妥協嗎？」長線另一端的周文中一頭華髮，精神奕奕，他堅守純粹，「我們的文化從哪裡來？」「我們的文化將來到哪裡去？」一個採攻勢，一個採守勢，談商業操控裡的音樂假象，全球化錢潮下的藝術思維，大師與大師，一拉一拖，在悲觀中有解嘲，還有無限的期許與呼籲。

台北的深秋，談話空間的大牆面上，嵌印著王羲之遒勁瀟灑的〈蘭亭敘〉全文，雖無「絲竹管絃」，「茂林修竹」，大師對談，在茶盞之間，蘭亭當日的流觴曲水似乎漸浮眼前，「後之視今，亦猶今之視昔」，南方朔的「爲什麼不？」，周文中的「回到原點看自己」，極速時代裡的變化，什麼是堅持？什麼是平衡？「雖世殊事異，所以興懷，其致一也。」

固執與妥協

南方朔（以下簡稱南）：你會建議關心音樂、關心中西文化交流的人去聽哪些音樂？要怎麼聽？

周文中（以下簡稱周）：這是一個很難的問題，也是一個非常重要的問題。如果以音樂的內容來區分，主要可以分成古典性音樂、商業化音樂兩大類。古典性音樂是作曲家爲了表現他個人的感覺，傳達個人對社會、自然的反應，而以嚴肅的態度來表現其思維；商業化音樂則是娛樂性的音樂。古典化音樂、商業化音樂哪個重要？我覺得如果只是需要娛樂性的音響效果，那當然聽娛樂音樂，但我認爲講求娛樂、音響和節奏上的刺激力量是一時的。我們最需要的還是精神上的食糧。古典音樂對思想上、精神上能產生刺激，它需要聽眾去了解音樂裡面的內容及其所表

周文中｜美籍華裔作曲家，為譚盾、盛宗亮等作曲家的老師

南方朔｜作家、評論家暨新聞工作者

現的情緒，娛樂性音樂就不需要如此了，那是吃飯、跳舞、享受的時候所聽的音樂。

南：但是現在聽古典音樂的人口一直在減少，人數比例占城市人口最多的好像是維也納吧！但也只有百分之十一左右。

周：在美國百分之零點五都不到。

南：所以有很多嚴肅的東西必須用商業來包裝。

周：這是個大的問題。

南：你很排斥這種事情？

周：但問題是這種事情很多。就算是非營利性的交響樂團，實際上還是個營利組織，因爲它需要有人願意放錢進去，因此樂團對指揮家要求很多。前一陣子芝加哥交響樂團的著名指揮家巴倫波因（Daniel Barenboim）就抱怨商業活動占據他太多時間。這麼重要的一個樂團，請了這麼好的一個指揮家，還是要指揮家去做大量的商業工作，這表示我們的社會有個大問題，對我來說幾乎是文化破產。

一個作曲家花一輩子的工夫，研究如何表現音樂情緒，等到有地位、有貢獻的時候，人家卻說：「那不重要！重要的是你能爲我們做什麼宣傳。」我覺得這樣很糟。

南：可是都不能妥協一點點嗎？我打個比方好了，台北今年（二〇〇四年）發生件有趣的事情。原本崑劇都沒有人在聽了，但是今年白先勇找了年輕的俊男美女來演《牡丹亭》，服飾設計得非常漂亮，這很商業，可是也使觀眾對這東西有興趣，慢慢造就了一股崑劇風。有時候透過一點點包裝，讓大家產生興趣，有了興趣之後才會更上層樓，所以是不是可以不要這麼固執，有一點妥協？

周：我覺得不是妥協呀！演出加入吸引人的元素進去，卻又能有很好的藝術表現，這當然是很好，但是問題是，要怎樣找到中庸之點？我認爲現在的問題是，我們沒有中庸，只有極端。美國的商業化情形是極端的，我舉一個例子，商業化的音樂也好、嚴肅性音樂也好，都需要有唱片、CD 來播放，五、六〇年代的時候，商業文化還不太顯著，那時有很多唱片公司，作曲家要灌錄音樂有很多選擇。現在不然，只剩 SONY、BMG 兩家唱片公司，最近這兩家又合併爲一家，造成唱片市場獨霸的情形，有資本的唱片公司不但可以壟斷，還可以製造出將來了不得的大明星。

一九九七年，有個英國唱片公司再三要求我跟倫敦愛樂合作灌錄我的作品，講了很久我都不肯，後來他們的負責人告訴我，這是公司最後一次做這樣大規模的現代音樂錄音，以後不會再有了，就算以後再有，也只不過是將過去的音樂重新錄製。我聽了就相信他，跟他合作，果然，那之後就沒有灌過眞正的新唱片。

全球化有什麼不好？

南：我讀音樂史發現，十九世紀「活著的音樂家」都很有地位，可以直接指揮自己的音樂，然後被他那時代所推崇。到了現在，我們的唱片都只出一些死掉的音樂家，活著的音樂家很少人理，這是哪裡出了問題？

周：現在我們只有「死的作曲家」，所以我說：「你眞正要出名，你得死呀！」（笑）

南：問題可能是作曲家不肯死！（笑）這是哪裡出了問題？

周：十八、十九世紀的歐洲社會，作曲家其實也有他商業化的成分在，作曲家都是有主人翁的，他不能死！死了主人翁請吃飯就沒人彈音樂了（笑）。那個時候流行有錢人在家裡請一個作曲家、演奏家及一個樂班，當時整個銷路環境跟現在不同所以很難比較。十九世紀末，貴族就變得比較沒有勢力了，商業社會開始，行銷不再針對貴族，而是有消費能力的人。

南：卡拉揚過世之後，很多外國的書和雜誌都有一些批評。很多人認爲在卡拉揚以前是「活音樂家」的時代，就像卡拉揚本人就很有地位，很多人把對音樂家的尊重視爲是一種文化習慣。

周：我認爲不只是文化習慣那麼簡單而已。一個交響樂團如果沒有政府支持、沒有文化背景，經費怎麼來？過去有貴族支持，現在貴族也沒有了，只好靠兩方面來支持：一是個人，很多的個人；二是商業。現在美國的大樂團都是靠個人，有錢的人每年定期贊助，另外再加上票房以及捐助。我認爲這是一種很混亂的經濟支持方式。

南：你這麼悲觀？那你身爲一個東方音樂家，又要努力用西方的方法來表現東方音樂，促成音樂交流，那發展空間不是更小嗎？

周：空間其實並不小，就像太空，我們還沒去看過呢！空間太大了。但是我們現在都想非要商業化不可，大家思想混亂。全球化，每個人定義不同，這是很複雜的問題，但全球化也是給商人抓在手裡的。像 Sony 這麼大的商業巨人，它講出一句話來，花很多錢宣傳，馬上全世界都發表，一下子就成爲全球化文化、文化全球化。

南：我還是覺得你太悲觀了。我打個比方好了，據我所知台灣有一群小孩子，喜歡一種很奇怪的「噪音音樂」，講求聲音的效果。我說你們的音樂好難聽喔！我問他們：「這在全台灣大概沒有幾個人聽吧！」他們說：「在台灣是沒幾個，可是現在是網路時代，透過網路把全世界連起來，我們的唱片可以賣個五、六千張！」所以我的意思是說，全球化有時候好像也不是那麼糟糕吧？

以前文化間有歧視的問題，現在在全球化的市場之下，這種因爲不瞭解而出現的歧視減少了，由於對別人的東西有點好奇，會把你的東西找一點來賣。雖然我們不喜歡這樣被賣來賣去，因爲並不是把我的音樂眞正地呈現出來，你是拿我的音樂元素來賣，但是這總比你不理我、看不起我好多了吧！全球化之後，我們的聲音至少能出來一點點，至少不會被歧視，比以前好多了，所以我不是這麼討厭全球化耶！

周：我也不是討厭全球化。我是認爲我們要了解，全球化的定義是什麼？對於全球化，我的了解是，在八〇年代「全球」這兩個字第一次被提出，意思主要是貿易全球化。那個時候全世界的商業制度完全不相同，所以商品出售的過程成本很高。因此商人想出一個辦法，就是把貨物分種類貼上條碼，全球都使用一樣的條碼。這目標是什麼？就是促進商人的營利。

全球化可以是很好的，但在音樂發展上全球化卻造成扭曲；美國的娛樂音樂基本上就是他們的搖擺音樂，商人利用別地區的音樂材料，造就一種新的差異。就像印度音樂在五〇年代後期傳到美國，變得很了不得，大家都要去聽，很快的，假的印度音樂都出來了，娛樂音樂全部都是印度音樂的音響。商人利用印度音樂的新奇，製成流行音樂，廣泛的銷售到全世界。

所以全球化音樂就變成用簡單的方法，來處理各文化的音樂特色，然後銷售到各個國家，包括這個音樂源自的文化社會。

南：但是，你看，這樣他們對印度音樂至少多了一點皮毛的認識，因爲這樣子，印度的音樂家不是多了一些機會嗎？

周：但是，多數的印度音樂家並不能享受到這優惠，觀眾並不一定要聽眞正的印度音樂。最大的問題是，娛樂音樂所用的材料常常是比較表面的，很多都是不可靠的。有一次印尼的年輕作曲家拿著他的樂譜請我看，我說：「爲什麼你的音樂全都像極限主義的音樂？」他說他所知道的現代音樂，就是這東西。印尼過去將傳統音樂保存得很好，但現在下降了，年輕人已經不太懂甘美朗（Gamelan）音樂了，如此一來，它的全面性沒有了，只知道很小的那部分空間。全球化好或不好？嚴肅地看來，造成的結果是很壞的。這位年輕作曲家事實上是很有天份的，但是他以爲這樣做音樂是時髦的、是全球化音樂。

在環境裡找自己的語言

南：我去了江南，看到江南園林，能體會江南絲竹就是在這種情況下產生的音樂。可是現代人並不生活在那樣的環境之下，所以現在再聽這樣的音樂，可能就沒有感覺了。意思就是說，每一個獨特的國家傳統，都會因過去生活環境的消逝而受影響。譬如以前看國畫裡的黃山，台灣人看了，覺得山怎麼是這樣畫的？因爲台灣沒有這種山，直到見到黃山，才知道眞的有這種山。所以藝術跟人的環境是有關係的，可是現在環境不在了怎麼辦呢？

周：這裡有兩個大問題：一是什麼是藝術？二是藝術與環境的關係。現在我們不知道什麼是藝術，而且我保證有五個人就有五個關於什麼是藝術的意見，這表示我們的社會、文化不安定。因此就像我剛剛說的，社會上要有人物出來，他能夠對這問題特別研究，而人們相信他的看法，過去中國文人精神就是在這裡。這樣的人不是爲了個人利益，而是繼承、發展文化，我們現在沒有這種人，因此混亂。

你剛才講到環境的問題，讓我想到兩個例子。一個例子是有一次一個學生跟我討論音樂，我覺得他的音樂沒有組合、沒有內在思想，我說：「也許你應該想到自然之美？」他說：「我從來就沒接觸過自然。」我說：「你有你的環境，如果我是你的話，我就去看那些城市裡高樓大廈裡面有什麼東西。」

我記得有一次我做了個很怪的夢，夢到很多有意思的音樂，我很高興，趕快醒了，一醒才知道，那些音樂是我在地下鐵聽到的，在夢境裡聽那聲音竟覺得美得不得了。環境可以美化，你去聽各種聲音，深入去聽它內在究竟在哪裡，然後你才會知道它有很具意義的一面。

第二次大戰期間，我從上海逃出來，要爬過很多山，有一天爬到雲上面，周圍有很多山頭跟樹，風吹得很厲害，那音響效果很有意思。我雖然是在逃難，但卻驚奇得不得了，想要為它寫一首曲，這表示在壞的環境裡，也可以取其精華。

我們聽到城市裡種種不自然的、機械性的聲音，並不表示它就是機械性，我們必須了解其內在的組合，所以問題不在有很美的環境，很美的環境是藝術創造出來的。這也是教育的問題、社會問題，是不是有人能幫我們，讓我們能在雜誌上、書本上看到這些問題？

南：這是不是你這幾年來把心力移轉至教育的原因？

周：對！基本上我剛剛說的教育不只是老師的問題、課本的問題，是整個社會態度的問題。現在我們有兩個極端，一個是中國的極端，就是文人精神，雖然現在也不成了；另一個是西方的極端，就是商業化。問題是這兩個要怎麼結合？商業是我們需要的，但我們面臨的不只是經濟問題，還有例如生態問題，生態不好，經濟再好也沒用。在美國，文化是從經濟演變出來的，經濟需要什麼，就製成什麼文化；但是反過以文化為主，按文化需要來發展經濟，那商業當然要失敗。所以經濟與文化是兩個極端，要在中間找一個平衡。

你騙，我騙，他也騙

南：你理想中的藝術教育、文人教育，應該要教些什麼東西？

周：我認爲教育改革是社會改革，社會改革就是整個社會要有認知的態度，沒有的話就不可能改革。拿美國社會來講，改革就很困難，你的問題，不可能有一個很簡單的答案。

南：你如果是十年前講這些東西，大概沒有人理你，可是現在跟你講一樣話的人愈來愈多了。從八〇年代開始，我們考慮任何事情都是從市場出發，所以政治也是市場、文化也是市場、大學教育也是市場。政治是市場，講謊話、搞宣傳變成眞理；大學變成「產業」，這很莫名其妙嘛！所以美國現在開了很多課，稱之爲「科學免實驗」、「莎士比亞輕鬆讀」，讓大家快樂學習！

我覺得這些問題大家都看到了，但一定要有些人去做出東西來，找出比較好的方法，所以我才會問一個很白痴的問題，就是要怎樣培養出一個具有文人氣息的學生？他們應該學些什麼東西？看什麼？聽什麼？

周：可以看的東西、聽的東西太多了，只是大部分聽不到也看不到。我認爲一下子要將整個社會改革不太容易，我悲觀的是，要達到比較理想的情況，可能需要兩代以上，第一代要培養好的老師，第二代才能培養好的學生。

我如果提出要讀什麼，基本上不太容易找到。舉個例子，我很喜歡講古琴，它算容易找的，然而唱片也許很多，但如果不是商業化的就常常找不著了；再者，也許古琴家本身很優秀，但他彈的卻不是原來的音樂，就是一個很大的問題了。現在二胡、琵琶全改了，跟原來中國的味道根本不同，作曲家接觸西方的東西，大量地表現疊音、滑音，還要有豐富的表情。中國以前才不用！以前音樂不表現在臉上，而是在內心，只有西方跳搖擺舞的人才把表情表現在臉上，彈二胡、琵琶還要做表情，肉麻得不得了。

南：所以你應該減少外務，趕快把你的那些想法寫出來。

周：是啊。就像現在我就問我自己爲什麼坐在這裡，應該回去寫音樂才對！（笑！）現在中國人寫音樂是個大問題，我勸作曲家不要以有一天會成爲「東方的貝多芬」，在沒有自己的語言之前，是不可能成爲「大家」的。誰能告訴我們中國現代音樂的語言是什麼？這是一個大問題，這個問題我十八歲時就開始想，到現在我八十一歲了，還是想不出答案。在這種情形之下，我寫多或寫少不重要，重要的是我如何逐漸發掘我們語言，或者幫助找尋，我所花的時間，每個作品都在探討如何從中國過去的文化根源找出新的語言；新的語言不是搖身一變出來的，是一步步探索的。

用不用中國樂器是沒有關係的；關係在於內在的美感思想。我從書法及山水畫裡，事實上得到很多啓發，我認爲中國音樂的語言也是要從那裡來的，因爲在中國文化裡，不同的藝術其實源自相通的美學觀。我剛在哥倫比亞大學教書時，一九六四年，我和學生談了各種不同的藝術美學，就有同事對我說，我們這兒不講非音樂的問題，哦，我說：是這樣嗎？那個時候不講音樂不可能，但到了現在，什麼都可以是「藝術」，什麼都講，就是不講音樂了。鋼琴亂打也可以了，沒有音樂都行。

我講一個故事，一九五幾年，我在紐約寫了一些作品，有一點兒小名氣了，有人邀我去認識一位在美國樂壇上很有影響力的人，他對我說：「你是中國人，爲什麼不做一點『怪』的事情？」我納悶，中國人爲什麼要做「怪」一點兒的事？我說：「怎麼做呢？」「比方說，可以試試看在舞台上把中國的鑼丟到地上去！」我說：「這倒是很好的想法。」謝謝他就走了。（眾笑）像這樣的事，後來當然有人做。大家騙來騙去，你騙，我騙，他也騙，音樂家講謊話，就算是嚴肅音樂的作曲家也一樣，謊話講得越大越多人相信。這種情形之下，你教我怎麼不悲觀，很多音樂現象和音樂本身是沒有關係的。

侯文詠 許芳宜

醫生和舞者的冬日之歌

時　　間｜二○○四年十二月
地　　點｜羅曼菲住家
主　　持｜盧健英
攝　　影｜許培鴻
記錄整理｜鄭雅蓮

• 原刊載於第 147 期，2005 年 3 月號

情商在羅曼菲的北投家中進行這場對話，因爲她是侯文詠的好友，許芳宜的老師，在這個圈中好友熟悉的空間裡，其實更像是一場聚會。

醫生的專業是盡量減少身體的損壞，舞者的專業則在盡量增加身體的極限，醫生透過死亡認識生命，舞者卻可能以生命詮釋死亡。這一場對話，醫生對舞者的好奇，似乎多於舞者對醫生的好奇，醫生作家侯文詠侃侃而談的時候多，芳宜則一邊在思考中反覆挑戰原本的答案。侯文詠曾經說過，人生最重要的是問問題，答案反而是其次；侯文詠對許芳宜提出的身體問題是：究竟是什麼讓你支撐下去？「我覺得芳宜是個很『不守分』的舞者，那種決心不是表現在她的動作或表情上，但是就是可以感覺到，她要超越那個『分』的企圖。」

距離上次芳宜回台灣約有八個月，目前是葛蘭姆舞團首席舞者的她，才在今年一月成爲美國《舞蹈雜誌》（*Dance Magazine*）「二○○五年二十五位最受矚目的舞蹈工作者」之一，同時成爲當期雜誌的封面，在紐約成爲舞評人指定要看的舞者，但芳宜說：「我眞的很喜歡跳舞，但我也眞的很想回家。」

這其實是侯文詠與舞者對談的第二次經驗，上一次是和羅曼菲，在不斷和癌症對抗的過程中，愈來愈充滿生命熱力的她，在這場對話進行時，舒適地靜坐一隅，她在上次和侯文詠的談話中說：「我想要當一棵樹，因為樹的根是很深地扎入地面，可是在樹枝的部分卻又是很自由的。」一棵大樹才有安靜自在的潛能，同時協助新的枝枒繼續開展。

第一次上台經驗

侯文詠（以下簡稱侯）：我覺得 writer 跟 dancer 眞的很不一樣。做一個 writer 人家看不到我的身體，對我來講這是很舒服的。但是，我開始想，我的人生是怎樣一步一步地離舞者越來越遠？

我小學二年級時第一次上台跳舞，跳山地舞。我在班上每次都是第一名，可是跳舞是按身高排，我就不是王子、也不是酋長，更不是公主，大概只能是二頭目或三頭目。因為不是重要角色，所以有時我不用排舞，就被派去採香蕉葉。

那時我們對原住民不太有概念，就想原住民應該是穿香蕉葉做的裙子。老師還特別交代，那天男生都只能穿內褲外面套香蕉葉。第一次要在同學面前穿內褲，我很尷尬，就去問每一個男生：「你的內褲什麼顏色？」結果每個男生都是藍色內褲，可是我的內褲是白的，所以就跟我媽哭要一條藍色的內褲！我媽根本不把它當一回事，隨便借了一件內褲給我穿。

表演當天是聖誕節晚上，很冷，我媽又怪異地要求我要穿絲襪。那天我一上台大家就大笑，因為我藍內褲顏色比人家淺，又套上絲襪，哪有原住民穿絲襪跳山地舞！音樂一開始我就慌了，跳得亂七八糟，那天晚上只有我覺得羞辱，其他人都覺得很值得回憶。後來就對上台跳舞覺得很害怕。

後來又想，我是怎樣成爲作家？

每次聽到訓導主任在朝會上透過麥克風訓人，就覺得那支麥克風很威風，心想，要是能用這支麥克風講我想講的事，每個人都聽，那有多好？

一次我寫了篇「我的志願」，說我要當個董事長，坐直昇機去上班。沒想到老師居然很喜歡，朝會被叫上台唸那篇作文，那是我第一次得到官方允許用那支麥克風。我上台唸文章也不覺得丟臉，因爲那是我眞的想講的話，感覺很過癮。

我想芳宜的人生歷程一定和我很不一樣，所以你成爲一個 dancer，而我註定成不了一個 dancer。

許芳宜（以下簡稱許）：你唸那個文章時覺得很過癮，因爲你說了自己想說的話，我也一樣，我用身體向觀眾表達我想說的話，在那一刹也是很過癮。

你可以發表不同的文章，我可以扮演不同的角色。

常有人問我，走到台上，你都不怕嗎？肯定要怕的！再優秀的舞者，上台前如果沒有那份緊張的話，一定不一樣。我第一次上台是參加民族舞蹈比賽，當時我不是跳最好的舞者，但很奇妙的是，上台的那一刹那，燈光亮起，我好像換了一個角色在扮演別人、說別人的故事，那瞬間壓力空掉了，舒服得讓我忘了緊張。那是我第一次覺得上台是件舒服的事。

侯：妳上台跳舞的時候應該是有舞碼、有節奏，得按腳本的吧？怎麼會舒服？

許：以我最近在瑪莎．葛蘭姆舞團的作品《心之洞穴》爲例，我在裡面飾演 Medea（米蒂亞）。《心之洞穴》是由葛蘭姆改編自希臘神話故事，故事敘述 Medea 的先生愛上了另一位公主，這在講一個女人的忌妒、一個女人的陰暗面。

對我來講，尋找角色和發覺自己內心最深層的部分，兩者過程是相同的，Medea 的故事是所有女人內心最掙扎、最煎熬，在現實生活中最不允許出現的部分，我相信那種陰暗面每個人都有，只是你內在願意打開多少？

所以當我扮演 Medea 的時候，那份過癮可能是觀眾很難體會的事。觀眾在台下看表演，可能跟著我一起發抖、停止呼吸、覺得我很恐怖、讓他有窒息的感覺，但對於我而言，那時在台上的我，是可以百分之百放肆地去呈現 Medea 的個性和角色。

侯：聽起來妳比較像個旅行者。我們活的空間其實很窄，但是每次的演出對妳來說可能都是一趟旅行，把妳帶入一個有趣的空間跟角色。妳剛剛說到表達自己，我想多了解妳所謂的「表達」是什麼？是妳找到一個空間了，或是妳可以藉此創造出一些東西？

許：我現在在葛蘭姆舞團演出的作品，都是古典作品，所以作品本身有它的精神，一代一代傳下來。我甚至不知道它是不是最原始的東西了，只能看錄影帶揣摩。如果真的要傳達些什麼，我只能盡量、盡量傳達舞作本身最基本的意念。

我希望觀眾看完舞蹈之後，是有感覺的，甚至還希望他可以被震撼到。其實跳舞對我來說是一件很自私的事情，我並不是真的期待觀眾怎麼想。

侯：喔？這很矛盾！

許：在現實中，我希望觀眾是接受和喜歡的，像在紐約跳舞，有很多評論的壓力，每次翻報紙的時候壓力其實滿大的。可是！在演出時，我會盡量盡量地把這壓力先放到旁邊。

跳舞這件事對我來講，可能是很自私、很自戀、很單純的。像我在跳《水月》的時候，林懷民老師要求的身體、感覺，我都會盡量做到，但上台那一刻你會發現，這些東西其實根本就是妳

的，當燈光籠罩在身上的時候，那份溫暖的感覺，是林老師這輩子可能都無法體會的。

孤單與短暫

侯：扮演某個角色去滿足妳生命不同的空間，我認爲那是有趣的，可是我發現妳在舞台上不只是如此而已，它有一塊我無法清楚描述、卻很感動人的地方。

許：你覺得我是用舞蹈在旅行，扮演不同角色，然後跟某人說話滿足我的生涯。但其實那是因爲我的生活裡面很孤單，我不懂得怎麼過生活，我也不知道和我不同的人是怎樣過日子的。我不會過日子！我必須靠跳舞來塡滿我每一天的時間。當我沒跳舞的時候我會沒有安全感、暴躁，就算我不排練，我可以無聊到去教室上課，那就是我打發時間的方式。

侯：那讓妳可以一直堅持跳下去的東西是什麼？

許：因爲不會過日子、不懂得過生活。當只有舞蹈可以幫我過日子的時候，我跟它是互相依賴的。

侯：那妳喜歡這種生活嗎？

許：其實在我另一個想法裡面，是我不要過這種生活！

侯：那妳想要什麼樣的生活？

侯文詠｜作家、醫師

許：我幻想很安定的生活。我幻想可以固定在一個地方，不用常常坐飛機到處去巡迴，親情、愛情、舞台都在同一個地方，這是我最想要的生活。

侯：妳可以停下來呀，然後在舞蹈教室教書、當高中體育老師，然後跟妳喜歡的男生結婚，然後生很多小孩呀。妳是有選擇的。

許：對呀，我知道我可以選擇這樣，但這就是矛盾的地方！現在我最大的問題是舞台的問題。

侯：舞台一直沒問題呀！是妳有問題。

許：對！是我有問題。剛畢業的時候，我第一個選擇是紐約，所以去考了葛蘭姆舞團，之後才回到雲門。其實我可以留在台灣，是我自己選擇了另一個舞台。我選擇了紐約這個舞台之後，它就和我所期待的夢想越走越遠，成爲難以結合的兩端。

一直到現在我還是有掙扎，最大的掙扎是「我眞的很想跳舞，但是我也眞的很想回家。」我現在還不知道到底什麼樣的選擇是最好？我下了一個決定，但整個大環境幫我下的卻不是這個決定。本來我是下了決定要回紐約打包行李回台灣的，但才剛下飛機，葛蘭姆舞團就打電話來叫我不能走。我打電話告訴林老師：「他們不讓我走！」林老師就說：「那我幫妳決定，妳留在紐約。」因爲舞團說我不回去他們無法做巡迴，林老師也覺得這是一個很難得的機會、很重要的角色，要我留下來。

即使我已經做了選擇，但冥冥中環境還是幫我安排什麼時候要留下、什麼時候要離開。現在年紀也過三十了，就開始會去比較什麼是重要的，是要專心跳舞什麼都不管？還是說也該讓自己安定下來，回到一個地方？

侯：有時候我看你們跳舞會有一種想法跑出來：當你春天看花開的時候，爲什麼會覺得花那麼漂亮？那是因爲它很短暫。

我是學醫的，所以我不相信身體，覺得它是會衰老的，但我現在慢慢跟身體有一點對談。我喜歡看現代舞，因爲我覺得那就像盛開的花，盛開的背後有很多徬徨、汗水，它並不是這麼義無反顧一直開下去。

我記得我大學的時候，美國現代舞大師摩斯·康寧漢來台灣，因爲大家都說他偉大，所以我也買票去看，但我完全看不懂。那音樂叮叮咚咚，從頭到尾不叫音樂；那個人根本不是在跳舞，只是出來亂甩、坐椅子。我心裡想：「這我也會。」有一陣子都覺得現代舞不知道是啥米碗糕，一點都看不懂。

開始當醫生以後，我發現人要死的時候，沒有人是像連續劇裡面一樣好好地走。我們在急診室或加護病房裡面，看到的景象都是亂七八糟的，大部分要死的人也沒想到他要死了，大部分的家屬也沒有哭出他們該哭的樣子，完全都是不整齊的。

後來就不知不覺地喜歡起現代舞，但並不是說我會分析或我看得懂。現代舞就某種程度而言是不整齊的，可以這樣、也可以那樣，我也不知道我在看什麼。有一次我問林懷民老師：「現代舞到底在跳什麼？」他回答：「現代舞？現代舞最困難了，它跟文學一比眞的很無能，光是要講個舅舅跟外甥的關係都講不清楚，」他說：「你就是看，然後 enjoy 它。」我覺得根本是胡扯，就看不懂呀！enjoy 什麼？

慢慢我才感覺到，現代舞其實是潛意識的。如果要把《紅樓夢》跟現代舞結合實在是很難，但是要把吳爾芙、《追憶似水年華》那一類的文學作品，拿來跟現代舞結合，是很適合的。

許：我喜歡林老師的創造力，他嚇到我的地方是他有這麼多的點子來運用舞者的身體，他讓你覺得這好像是極限，但你又好像永遠看不到他的極限。

侯：我注意到妳一直在談編舞者而不是舞者？

許：其實我在想的時候都是在想舞者，可是舞者是沒有名字的。我在想舞者，但是我必須講編舞者的名字，才能讓人家知道我在講哪個舞團的作品。

侯：這對舞者會不會是一個遺憾？

許：是呀。舞者這麼漂亮、這麼短暫的生命卻不會被記住，所以舞者要很自私、很現實地滿足自己，在這麼短暫的時間中，我希望可以做最多的事情。

創作與生活

侯：我覺得某個程度上，一個好的現代舞者、馬拉松選手或是寫長篇小說的作者，都要有能力去習慣、甚至有一點喜歡孤獨。

好比說妳喜歡的村上春樹，他幾乎每天都要跑個四十分鐘，每過幾年他還會跑到希臘去跑全程馬拉松；像《侏儸紀公園》作者麥克・克萊頓（Michael Crichton）只要一寫起長篇小說，每天就都吃同樣的三明治、一瓶水，然後跑步。

我開始寫長篇小說後，也養成了慢跑的習慣。慢跑的節奏跟我寫長篇小說的節奏是一致的；我跑到最後很累、很累了，還想硬拗寫下去看看會怎樣，再拗下去，那個煩不見了，就可以繼續寫下去。

我在大安森林公園的柏油路跑了兩年，有一次我的朋友建議我拿個碼表，一天跑個四十分鐘，但不要跑固定的路線。從那個時候開始亂跑以後，才驚訝地發現我只看到了大安森林公園十分之一的面向。這影響到我寫長篇小說，覺得某個內在程度提升了，我不再這麼急了，因爲我是照著時間跑，在跑的過程中，把一種寫小說的節奏跑出來了，那是一種讓我可以安靜下來的節奏。

後來我的身體和我的寫作用一種時間的節奏連結著，我第一次發現，我的思想可以跟我身體的某種節拍相呼應，這是以前不曾有的。

許：所以找到那個生活節奏再寫作，對你來說是舒服的？它會不會再變？

侯：會，那是一直要拗的。就像如果我們心臟亂跳，就需要拿個電擊棒「蹦」一下，然後它又會合拍。有時候眞的寫到很糟，我會跑很遠，跑到筋疲力盡，回家好好睡一覺，隔天起來好像又開始合拍了。妳們練舞會這樣嗎？

許：我們比較不會有這種問題。我們練舞的時間被限制得很緊，不可以超過，時間到了所有的人都必須離開教室。教室就在那裡，可是你不能不按規定使用。

唯一有一次是，去年在演出時，作品剛好跟我的生活很相似，內容講一個女性藝術家，她堅持自我的生命價值，要求自己的藝術，天天跟自己對話，這是一個雙人舞，她跟「自己」這個角色對話，而這角色可能是她的另一個延伸。

這和我的生活太相似了，而且我又是一個常常跟自己對話的人。那時回到家跟排練時是處於相同的狀態，滿痛苦的，所以那段時間壓力滿大的，就像當我開了家門回家和我要踏上舞台的那一步是相似的。

攝影／盧健英

侯：當妳下了舞台，迎面來的是你高興也好、不高興也好都得接受的現實人生，那個現實人生不斷地說服妳，妳不是像台上的角色那樣？

許：所以一個好的表演者上台後，他不能沒有感情，但同時必須保持某種程度的冷靜，才有辦法觀察周遭，甚至感覺自己在做什麼。我曾經在舞台上眞的很累跳不動了，就想用情緒或臉部表情去代替，希望可以達到某個程度的效果，可是一旦如此就全毀了。

侯：所以舞台也像手術台。我們在一上手術台就不太有情感，因爲愈有情感愈可能開得到處都是血，所以我們要堅守冷靜。

盧健英：學醫學的人好像比較相信生命是有限的，而學藝術的人則是在尋找生命的無限。我常聽舞者講，舞者的身體其實有多傷，但他們上台前會在暖身的過程中跟自己受傷的骨頭、肌肉對話。醫生對身體的看法，跟舞者對身體的看法是一樣的嗎？

侯：是不一樣的。我們認識每一塊肌肉、每一條神經，是從死掉的屍體開始。我常常跟學生說，醫療這門學問是從死亡開始學的，我們對於器官構造的了解都是透過死的樣本，它一旦是活的就會讓我們很不舒服。

醫學所看到的肉體就是必然會腐朽的，如果醫生不相信這件事，那醫學就變成宗教了。我覺得醫療的身體跟舞者的身體是很不一樣的，舞者想的是怎樣使用身體，醫生想的則是怎樣不讓身體壞得那麼快。

舞蹈對我們醫生來說是：「怎麼會這麼奢侈呀」？如果你去過復健科，你會發現跳舞眞是一件很奢侈的事。在那裡，人能夠走、爬樓梯、買東西就很高興了，怎敢妄想用身體做出像鳥飛翔的動作。如果從醫學的觀點來看舞台上的舞者，我會覺得他們實在是幸運到不行。

許：對呀，我一直覺得我很幸運。

侯：藝術讓我著迷的原因是因爲它讓我安心。我看林懷民老師的書看到長大，到我也成爲這一行的人，多少作者我認識以後就幻滅了，但對林老師我就是不幻滅，數十年來如一日，我看到的他就是他，讓我感到世界上還有一些東西是穩固的。

我覺得芳宜也在建立這樣的東西，她不斷扎根，就像柬埔寨的樹很艱難地鑽入石縫，卻足以將整座城推倒。舞者是淘汰得很厲害的行業，前面是體力的淘汰，後來是技術的淘汰，然後聰明與否的淘汰，最後是意志力或人生態度的淘汰，淘汰到最後，就可以鑽進很不容易鑽的縫隙中。

喜劇·兩「國」論
吳興國
李國修

時　　間｜二〇〇五年八月四日
地　　點｜當代傳奇劇場排練室
主　　持｜盧健英
攝　　影｜許培鴻
記錄整理｜鄭雅蓮

• 原刊載於第 153 期，2005 年 9 月號

當代傳奇劇場的小客廳，一雙吳興國練功的厚底靴站在樓梯間下。青少年時的吳興國，穿過一雙雙李國修父親手工縫製、並謹愼地在鞋底內親手蓋上店章的戲靴；青少年時的李國修一次次隨父親走進荷花池畔的國立藝術館，看吳興國的師兄、姐們演《打漁殺家》、《釣金龜》，有時睡著了，有時把戲學著回家逗鄰居玩。

這雙靴子好像聯繫了兩個人命運中似有若無的緣分。

說也奇怪，這兩「國」，在台灣這許多年，就沒這樣開天闢地地談過。這一天，搬到金門街的當代傳奇劇場，吳興國泡好老人茶等這個二十年來第一次的兩「國」論。

吳興國與李國修，七〇年代的一開始，一個從嚴格坐科的京劇團裡被拉去跳現代舞；一個打小在京劇裡吸收語言趣味，而在蘭陵劇坊的《荷珠新配》成爲一炮而紅的喜劇演員；吳興國以當代傳奇劇場打開台灣京劇與西方經典接軌的里程碑，屏風表演班則以充滿城市寫實風格的作品首創台北商業劇場品牌，但在台北，兩人從沒有這樣談過喜劇、戲劇、京劇。

兩人都在彼此的劇場裡當過觀眾，擅喜劇的李國修在《慾望城國》的觀眾席裡，「戲沒開演就掉淚」，擅演英雄將相的吳興國則在屏風的《半里長城》裡捧腹大笑。過去三個月裡，戒菸戒酒的李國修一下子胖了十二公斤，於是兩個人一見面從養生、防老開始談起，「如果三十歲我們兩人就見面，當時就會談：『嘿！那邊那個女生長得眞漂亮！』」

十月份，兩人的新戲將同一天開演，當代傳奇劇場挑戰《等待果陀》，屏風表演班則演繹兩代間的變調婚姻《昨夜星辰》。戲劇的道路上，一個人都演西方經典，一個人堅持原創，但卻在相反的路上，都與傳統相遇。

從京劇到戲劇的成長之路

李國修（以下簡稱李）：你有沒有穿過我爸做的鞋子？

吳興國（以下簡稱吳）：有！我經常去你家訂鞋子，不過從來沒有看過你。在復興劇校時我是練武生的，光是一齣《戰馬超》，練三個月靴子就磨得差不多了。但穿了那麼多靴子，後來證實你父親做的鞋子比大陸的師傅都好。後來畢了業，和周正榮老師磕頭學老生，只穿厚底靴，不穿薄底，成立當代傳奇之後，就更把厚底靴的功放進去。一九九八年《慾望城國》要去法國亞維儂之前，又跑去跟你哥訂兩雙厚底靴。

李：現在復興劇校開了製鞋課，請我哥哥去教。現在我哥哥做不來了，大陸靴便宜又快，多半都是買大陸做的了。

盧健英（以下簡稱盧）：《京劇啓示錄》跟國修的成長經驗有關嗎？

吳：（搶答）絕對有！我看《京劇啓示錄》的過程很激動，因爲換了是我，我演不了，因爲不敢面對。他藉由這齣戲去懷念去世的父親，但是要用什麼形象去呈現父親？我相信在情感上一定有很大的掙扎。

李：對。那是一齣自我心理治療。屛風創團的前九年，我的作品多出自天馬行空的想像，和我的成長經驗沒有直接關係。屛風第十年，我四十歲時，我開始思考爲什麼我不能誠實地面對自己，其中有一部分是如何面對這段父子關係。我覺得是時候該自我反省、自我救贖了，因爲我對他還有一些說不出來的懺悔。

慫到一九九六年，我決定面對《京劇啓示錄》的創作。在劇中，正如你所說，我最大的恐懼不僅在於要重新面對父子關係，最可怕的是還要飾演我自己的父親，這種感覺就像「一朝被蛇咬，十年怕草蛇」，可是十年後我必須抓著那條蛇，放到自己的脖子上。透過這齣戲，也就反映了從小學到國中，因爲父親常帶著我去看戲，而對梨園行產生的印象與情感。

盧：你們很年輕的時候就見過彼此的表演了嗎？

吳：我在蘭陵時期就看過他的《荷珠新配》了。

李：我第一次看吳興國，是從一九八六年的《慾望城國》，我坐在（台北市）社教館二樓的觀眾席，「慾望城國」的四個大字一打出來，我就開始哭了，覺得它爲什麼這麼晚才發生？當時我已經三十一歲了，爲什麼不在我二十歲時就發生？我從世新話劇社、耕莘實驗劇團到蘭陵劇坊，一路跌撞過來，那時沒有好的經典可以讓我們追尋，只能一路莽莽撞撞瞎摸索。

盧：對你們而言，喜劇與丑角戲間可以畫上等號嗎？

吳：（思考）……幾乎吧！我覺得喜劇好像是外國名詞，在京劇傳統中，不太直接用「喜劇」這個詞，當然也有一些純粹的喜劇，現在也很少演了，如《一匹布》、《雙背凳》、《打城隍》、

《荷珠配》，都是很好玩的戲。像《荷珠配》裡的金員外，沒有學問又老粗，就把他的臉化成像一個窗戶樣兒的，傳統戲裡有這麼誇張的表現方式！

基本上我對喜劇非常陌生，雖然我看過不少喜劇，但喜劇對我來說非常難，一直到最近這幾年，從《阿Q正傳》（一九九六年與母校復興劇校合作演出）開始，我才慢慢嘗試。但《阿Q正傳》雖說是喜劇，實際上卻是從這個小人物的悲劇人生來看，所以實際上我對喜劇的定義還是很模糊的。

盧：當時在劇校裡，如果被分配演丑角會不會很難過？

吳：不會啦，因爲學戲的過程還不是一樣得挨打。你以爲學丑角很好笑？丑角要是逗不出哏來，老師一棍子就過來了，搞不好你是哭著在講笑話。

李：我會很難過（笑）。一九九六年我跟李小平（國光劇團導演）合作時，特別問他，如果我小時進了劇校，適合選坐哪一科？他想都不想就說：「丑呀！」我以爲最起碼一個老生吧！以我的身高、長相……，怎麼會唸到丑，眞是太糟蹋人了！（笑）

我是A型，很封閉、易焦慮又多愁善感，所以我反而想做個反面人，逗大家笑。小時候我在中華商場就是個孩子頭，帶著大家玩，看了喜劇電影回來就演給他們看。我隱藏了自己眞實的個性，喜歡用外在的表演來取得全場的歡笑，一九八〇、八一、八二連續三年，《荷珠新配》陸續演了三十三場，成了讓我這種個性「發揚光大」的機會。

盧：你在那三十三場中，學到了什麼樣的表演技巧？

李：我成爲一個會控制觀眾的喜劇演員。如何控制觀眾的情緒、笑聲的長度以及因人、因地即興的能力，比方說要觀眾笑八秒鐘，他們就眞的笑八秒。在《荷珠新配》裡，我玩得很過癮。民國七十年，李立群向張小燕推薦我進入電視節目《綜藝一百》，做了三年的電視，得力於《荷

李國修｜劇場編導暨演員，屏風表演班創辦人

珠新配》給我的養分甚多。

我的喜劇啓蒙從相聲開始，學到語言是種幽默、滑稽，後來接觸京劇，從京劇的丑角戲裡也學到很多幽默的方法，如《打漁殺家》裡，大教頭、小教頭耍嘴皮子功、《釣金龜》裡的語言趣味，小時候看到觀眾樂成一團，某種程度上我就會嚮往成爲那種耍寶的人，在台上逗樂能讓哄堂大笑，這眞是功德一大件。

《那一夜，我們說相聲》裡有一句台詞是：「有人笑的時候，就是有人受傷害的時候」，某種程度上，這是我對喜劇的一種感傷認知。這也相當程度反映了我對喜劇創作的想法：我認爲喜劇是在表現角色的困境，在困境中出現矛盾的情境，而對一般人而言，這種情境就很有趣味。

一九八九至一九九三年這段時間，其實我做了很多爆笑的情境喜劇，但後來卻對喜劇不太迷戀了，開始對生命比較耽溺。

盧：你那時還因爲當了父親做了一齣《鬆緊地帶》。

李：對。因為對人生恐懼，就開始想「生命到底是什麼？」，而不是想「喜劇到底是什麼？」，從《京劇啓示錄》開始，開始看見生命了。

鳳頭、豬肚、豹尾

盧：你們覺得喜劇演員是可以教的嗎？

吳：自從我認識了所謂的「生活表演」後，就覺得有些表演是天生的，國修就是天生的。技巧雖然可以教，但我在劇校裡也看到很多學丑的，怎麼做就是沒哏，不討喜。我是不是一個喜劇演員？到現在為止我不敢確定。雖然我常演英雄、壯士，可是我喜歡研究一個人的表情，洗澡照鏡子的時候，常不自覺地擠眉弄眼，看別人在逗哏（耍寶）的時候，也會有想模仿的衝動。我可以演喜劇，但和我是一位喜劇演員還是不一樣。雖然我演過《阿Q正傳》，但我不認為它是那種一直逗人家笑的喜劇。演悲劇可以一直到劇終才感受它的悲慘；但喜劇不行，它是很當下的，不能等到最後一秒鐘，那觀眾一定瘋掉。所以喜劇是很即興、很天生的表演，這樣的表現方式我覺得自己還做不到。

盧：所以李國修認為自己是喜劇演員嗎？

李：曾經。

盧：曾經？現在已經不這認為？

李：對。我年輕的時候，喜歡我的同學說我像當紅小生劉家昌，不喜歡我的人說我像魏平澳（五、六〇年代喜劇影星）。（大笑）

我覺得喜劇是我的保護色，其實我本質是個悲觀的人，我在馬祖當兵時，是我人生最大的低潮。

當時兩岸單打雙不打，處在「活著沒有明天」的戰爭陰影中。直到一九七八年退伍，從馬祖坐船一下基隆碼頭，我就發願：「從今以後我要嘻笑怒罵過一生。」因爲覺得自己已經死過一遍了。我的確開始用幽默、耍寶的方式來取樂我身邊的朋友，每天講笑話。但四十歲之後，我開始進入了生命的課題，創作了《京劇啓示錄》，回歸本來的自己，丟掉喜劇的包袱。我覺得喜劇對喜劇演員來講是個很大的包袱，因爲喜劇必須充滿創意與想像力。但問題在於，一個人的創意、想像力是有極限的，玩喜劇終究要遇到瓶頸。

盧：談談你曾經遇到的喜劇瓶頸吧。

李：瓶頸都是累積出來的。從屏風的歷史來看，《半里長城》、《莎姆雷特》是我經典的喜劇，觀眾笑到無以復加。但「風屏三部曲」之後我就無法超越了。當時我一直認爲「喜劇應該玩不完吧！」但，結果我玩得太過火了。王偉忠看戲後，就警告我：「國修，你點子太多了，一個戲玩一百個幹什麼，你不能玩十個就好了嗎？」，我玩得太猛，點子收不回來了，所以我必須換個位置再出發，開始改做悲劇。

說是悲劇，其實也不然，我的戲在「鳳頭、豬肚、豹尾」的戲劇結構下，其實包裹著喜劇糖衣。所謂的鳳頭也就是華麗開頭；豬肚是指劇中段，生、旦、淨、丑角色豐富；最後豹尾一刷，有個絕妙的結尾。我的悲劇不是純粹的，它有「豬肚」，生、旦、淨、丑都有，裡面還是包裝了喜劇的成分在內。

吳：這次導《等待果陀》，其實是拿磚頭砸自己的腳，因爲我不懂得喜劇是什麼，但我也不覺得《等待果陀》是齣眞正的喜劇，它裡面談的是生命的無聊，這齣劇如何再創造還可以有空間。我一方面希望把京劇的傳統技巧放進去，但一方面又覺得傳統京劇風格跟現實生活有距離，兩者該如何結合才能達到原劇本中「無聊」的效果？

李：我覺得導演要預先決定整部戲的基調，有了基調才能選定元素來綜合運用，統一語言風格。也許可以給演員做一些練習，不要急著把戲排出一個完整的風貌，而是一邊排戲，一邊離開。「離開」是很重要的一個觀念，也許可以一整晚就不排戲，單純地只做即興訓練，做久了也許就能在即興中找到風格所在。

盧：怎麼會想製作《等待果陀》這部戲？你想挑戰什麼？

吳：其實我們一直想在現代劇場外，另尋一個新方向，於是產生結合傳統京劇與現代作品的念頭。做完《奧瑞斯提亞》之後，戲劇教授鍾明德拿《等待果陀》劇本給我看時，我發現這齣戲很像《荷珠配》、《雙背凳》一樣是不太唱的、很白話的劇本，但深入一讀，劇本的哲學性、時代性又深深吸引我，所以本來是想和金士傑一起做，希望拿來與傳統做個碰撞。

我一方面想讓觀眾體會到《等待果陀》中那種寂寞、無聊的意境，一方面又不能讓觀眾睡著了。所以我將裡面某些部分編成相聲，讓哥哥講韻白，弟弟講京白，好像兩個時空的人在講話，可

吳興國｜演員、劇作家、導演，當代傳奇劇場創辦人暨藝術總監

是講著講著，弟弟被哥哥講的韻白也拖慢了速度，兩個人就交換了，變成哥哥講京白，弟弟講韻白。有些地方我讓他們用唱的，你一句、我一句，像是在吟詩。這部戲在內容方面，實驗空間並不是這麼大，所以主要的變化是在形式、技巧上，我們試圖尋求另一種可能，去達到貝克特所要的效果。

很有趣，這回貝克特劇本的授權合約裡，規定不准使用音樂的，這把我們難倒了。貝克特的後代規定很嚴，知道我們是京劇演員，一定會有唱、念、做、打，還特別給我們蓋個章，叫我們不能有任何配樂。

盧：國修一直採用原創劇本，吳興國則經常改編西方經典，有沒有可能交換一下做法？

李：別人的作品總是有一種隔閡，沒辦法表達出我的理念。我在創作時常問自己兩個問題：我為什麼要寫這部戲？這部戲跟這個時代有什麼關係？我的觀念是，「做自己想做的戲，說自己想說的話」，所以我從沒想過要演翻譯劇本。

我的劇本是往傳統裡找材料，而你的劇本是往現代追的，可是你也丟不掉傳統，我覺得「丟不掉」是你作品中最可貴的部分。

演經典作品有一個好處，就是它是與世界接軌的捷徑，你不用跟外國人解釋什麼是《等待果陀》。我們倆的國際觀不一樣，我的國際觀是 local，你的國際觀是 universal，兩者剛好是相反的，你將京劇與國際素材相接軌，這是走國際舞台一定要做的，而我則是將地域性素材寫實地搬上舞台，我的觀念是「the local is the universal」，local 是我的特質。

傳承有壓力

盧：當代傳奇劇場最近爲什麼會想開「傳奇學堂」？

吳：中國京劇院二〇〇一年時買我的戲去演，我幫他們導，結果演員沒法子演，劇團裡頭最好的武生，排了十天戲便辭演，因爲沒辦法達到戲中我要的感覺。好比我的《李爾在此》，其實也來自李國修在《徵婚啓事》中一人飾演二十二個男人的靈感，因而一人詮釋十個角色，可是我能這樣玩，並不代表每個京劇演員都可以呀！

每個人都問我，將來你的戲誰來接？這牽涉到，我的戲大多結合西方經典作品，從傳統京劇出來的演員，也許功夫到了，但觀念不到還是演不了。所以我設立「傳奇學堂」，找很多熟悉現代劇場的人進來演講，希望給學員一點戲曲外的啓發。

李：這次你請我去傳奇學堂演講，我很樂意，因爲不論林懷民、賴聲川、吳興國，還是李國修，都遇到相同的「傳承」問題，我們希望開啓這扇門，廣納不同的群眾，然後再加以整合。所以我這幾年一直在做一些傳承的事情，例如在學校開課、私下開門授徒等。

盧：國修你傳承的壓力是什麼？

李：我覺得壓力是在編劇上，因爲我們堅持原創。我在學校開了五年的課，目前有三位學生在線上寫電視劇，但沒有人寫劇場，我身邊沒有人跟我學劇本，在導演方面則是收了三個徒弟。

盧：你這幾年在學校教編劇，覺得現在學生的特質是什麼？

李：挺讓人沮喪的，現在大學生素質很低落，好奇心不夠強，又很懶散，開了二十本書單，他一本都不買。但是我還是樂觀，學校的師生關係結束後，才是眞正的關鍵，這學生要不要跟我學？肯來學就是樂觀了。

盧：屛風表演班與當代傳奇劇場明年都將滿二十年，你們覺得這二十年來，劇團與社會的關係是什麼？

李：在這十九年中，我們總共巡演了一千一百三十場，累計觀眾將近九十萬人次，這些數字呈現一個事實，就是屏風將成為某些觀眾記憶裡的一部分，這是我很大的驕傲。

吳：當代傳奇是我自己的一個理念，這對一個從傳統京劇出來的人，不是一件容易的事，因為傳統越多、歷史越長，包袱就越大。怎麼將傳統京劇與時代做結合，是我的使命感所在，這項工作非常困難，我看似往外衝，但實際上我卻是在保護這樣傳統。

在學校時，有很多同學轉行不做京劇了，老師們老對我說，「興國你就是最優秀的、你是可以繼承的」，可是我想不通，把我框在這裡就是繼承嗎？我可不可以做點自己的東西？之後受了雲門、現代劇場的影響，我開始想，繼承的工作一定要由我來做嗎？我不做，傳統京劇就沒了嗎？假如我繼承了，傳統京劇就會在嗎？後來就決定跳出去了，「當代」對我這一生有很重要的意義。

盧：你也像興國一樣，在上一代與下一代之間，有那種既要傳承、又要離開的情感嗎？

李：因為父親做戲鞋的關係，所以從小就在戲曲中看了很多忠孝節義、帝王將相，可是這些劇情都太不真實了，我關心的其實是販夫走卒、凡夫俗子，生命中的小人物、小故事才是我創作的主要題材。

我在創作上最具特色的部分是，我是一個外省第二代，在台灣寫外省人的故事，所以創作過程中，就會想到我父親那代外省人與土地的關係。兩蔣時代，我們是被壓抑的，我記得我、李立群、賴聲川在一九八四年合作《那一夜，我們說相聲》時，寫出「和平奮鬥救中國」時，因為怕被當成是嘲諷國父，還怕被抓咧！在舊時代我們是觀察者，在新時代時產生了爆發力，於是批判性就變得很明顯，我不太喜歡碰帝王將相的題材，是因為在台灣從沒有一個做官的來看戲，那我為什麼要為他們寫戲？

他們的名字叫美麗

胡德夫
布拉瑞揚

時　　間｜二〇〇六年二月十四日
地　　點｜台北市文山區「表演三十六房」優人餐廳
主　　持｜盧健英
攝　　影｜許斌
記錄整理｜鄭雅蓮

- 原刊載於第 160 期，2006 年 4 月號第一次聽胡德夫的歌聲，在大安森林公園舉行的九二一週年紀念音樂會裡，歌聲渾厚蒼茫，像一雙溫暖的大手，療傷止痛。如今近坐在眼前，目光炯炯，像一座山。

胡德夫和布拉瑞揚都有山的基因在血液裡，用山的不變來對應世間的常變，兩人都曾經歷過進入新社會的創痛，繞了一圈找到自己，也找到自己身後的山。胡德夫從七〇年代所帶來的山的歌聲，影響了後來十年的民歌運動；布拉瑞揚在二十二歲時發表的《無顏》，簡單重複的肢體語彙，控訴力強烈；一生投入原住民人權運動的胡德夫說：「假如我早個十年碰到布拉瑞揚，我會省去很多不必要的路程，早點從社會的心律不整中逃脫出來，因爲只要歌和舞一起走，一定會有力量的。」

在雲門舞集下一季的演出裡，胡德夫的歌與布拉的舞將要走在一起，這一次，他們的名字叫美麗。

如果我連我是誰都不知道，我怎麼能創作？

盧健英（以下簡稱盧）：走出部落的原住民，往往都會經過困惑、詰問、反省的自我認同過程，每一個人都有自己獨特的認同故事。胡德夫算是很早期就移民至都會，你有一段什麼樣的故事？

胡德夫（以下簡稱胡）：我的父親是卑南族，日據時代就在警察局負責戶籍登記，職務常常調動，所以我出生在阿美族新港部落，但二歲時又搬到太麻里金峰鄉嘉蘭部落，那是七個部落匯聚成的大村子，我就在那邊長大。

爸爸是卑南族，媽媽是排灣族，我們在外面講排灣話，但一跨進家門，就必須講卑南話，不然就會被爸爸敲頭。我爸爸有很強的身分認同意識，在他視線範圍裡，我們都必須講卑南話，這讓我們從小就對「自己是誰？」有些疑惑。

來台北唸淡江中學前，我的人生沒有離開過嘉蘭部落那個山谷，眞正認識台灣其他七個原住民族也是到台北才開始的。大家帶著不同種族的口音，被丟進一個普通話的大生活圈子裡。剛去淡江時，沒人聽得懂我的國語，我一開口，十幾個人同時問：「啥？」，搞得我很不好意思，也因此變得很封閉。

民國五十年代，台灣原住民開始出現遷移到都市的移民潮，在中央研究院的調查中被稱爲「都市山胞」，我算是這一波移民潮中的一員。民國五十一年，在學校會遇到各族的同學，但街上還很難遇到原民山胞。幾年後，你在中華商場會開始遇見這些熟悉的臉，但他們的收入跟一般人有很大的落差。在學校雖然比較不會有歧視的眼光，一旦進社會，歧視的情況便很明顯。

爲什麼住在同一棟樓，隔壁過年放鞭炮都沒事，另一邊阿美族唱歌歡送小孩去當兵，唱個半小時，警察就來了？爲什麼原住民跟鄰居打招呼，可是鄰居連對他們微笑都不會？我看到這樣的現象，開始去思考：「他們怎麼看待我們？」

我到台北讀書時讀到「忠孝仁愛信義和平」，不懂這是什麼意思，因爲在原住民的人生哲學裡，談的是分享，所有人都是兄弟姊妹；沒有分內外等級，我們沒有叔叔、阿姨這樣的稱呼，父執輩全部都叫爸爸（kama），母執輩全都叫媽媽（ina）。沒想到後來漢人把這些他們都做不到的字眼，搬到我們那裡插牌子，什麼「仁愛鄉」、「信義鄉」都擺在我們家門口。

我們學著捲起舌頭講標準國語，怕被人家問：「你是哪一族的？」，或甚至被問了，有人乾脆說：「我不是。」怎麼不是？口音就是。那爲什麼不做一次乾脆的解決，搞清楚自己究竟是誰？大學時參加旅北山地大專學生聯誼會，一群人找各種辦法去了解「自己是誰？」，聽說我們有可能是從菲律賓來的，那就去找菲律賓大使聊聊我們有什麼關係；還有，是因爲哪些法令制度而使得我們的身分認同更爲模糊？我們發現了一條奇怪的規定：台灣省政府針對原住民制定了「台灣省山胞認定標準」，裡面規定：「山胞一旦放棄身分不得恢復。」當時邱創煥擔任內政部長，來到我們部落，我請部長一起帶著身分證去戶政事務所辦戶籍：「你寫拋棄書放棄客家身分，我寫拋棄山胞身分」，他說：「法律沒有規定我們必須這樣做」，我反問：「那爲什麼我們要這樣」？

這是悲歌呀！將導致原住民「一般化」，最後滅族。

過去我推動「台灣原住民」運動，目的不是要分你我，而是要告訴這個社會，我們曾經是給予者，從土地、空氣、態度甚至是子宮，都與你們分享以繁衍出這麼龐大的社會群，但現在卻變成乞討者，社會根本看不見我們。

盧：胡德夫的成長年代，整個政治氣氛的管理模式是在「求同」，大家都一樣我比較好管理嘛。比較起來，布拉應該幸運很多，因爲你們這一代則是「求異」的年代，個人特質是被歡迎的，你自己又是如何走過這一路？

布拉瑞揚（以下簡稱布）：即使我跟胡老師相差二十二歲，還是一樣必須面臨身分認同的問題。高中的時候，我從部落到高雄，每次一開口也是被人家笑，是不是我講錯什麼？後來才知道是口音的關係。

我是在高中時從台東到高雄左營念舞蹈班。文化的差異的確給我很大的衝擊，我記得有一次下了高雄火車站，那裡常有流鶯出沒，突然有人走過我身邊問：「喂，年輕人要不要？山地人的哦！」對一個十六歲的小孩講這個話，那個感受非常震驚的，「原住民」這個名詞在部落之外，究竟是被這個社會如何看待？

語言當然也是一個關卡，好像我們講的話都是好笑的，但是語言本來就是用來溝通的，而不是爲了取悅別的人，不是嗎？學校裡只有我一位原住民，男生念舞蹈班也是「少數民族」，學習過程中，每天都想放棄，乾脆回家。但同時，這也給我很大的力量，讓我開始學習所謂的主流價值，例如講標準的國語、表達能力要很好，如何適宜地打扮。

從高中到大學七年的時間裡，我都在學習這些價值觀來鞏固自己，直到一九九四年，開始嘗試創作，我突然覺得「我是誰？」，學這些主流價值當然是好的，但同時我也在流失我自己。我的第一個反應是我要把自己的名字拿回來，告訴別人：「我就是布拉瑞揚」。

盧：這段時間很長，過程當中，你有什麼人可以討論嗎？

布：沒有。我覺得最重要的是因爲碰到「創作」這件事。我覺得創作一定要從自身經驗出發，於是我回想：從十五歲開始，我這麼努力改變自己的目的是什麼？只是爲了迎合別人嗎？還是在逃避自己？

我花了七年的時間改變自己，直到要創作的時候，才覺得這樣不行，我連我是誰都不知道，我怎麼能創作？藝術是很眞誠的事情，連自己都欺騙自己，要怎麼表達自己？所以我第一個動作就是把名字改回來，宣示自己原住民的身分。

胡：嗯，這我了解，我們的孩子要像這樣醒過來，然後「注視」這個社會。像我也一樣，我寫的第一個作品〈牛背上的小孩〉，是爲了講述我來自哪裡，以及懷念我嚮往的故鄉。我學的英文歌像鮑伯．迪倫的歌都在講這樣的東西，都在講他們原來長的樣子。之後對原住民的社會處境有更深的體認時，我寫了〈爲甚麼〉。爲什麼不能共融？爲什麼原住民必須頂著十二級海浪到遠洋打漁？爲什麼蓋國父紀念館、中正紀念堂的時候，難度最高、最危險的綁鋼筋工作，都由原住民來做？爲什麼偉大建設的煙火全由縣市首長來享受，而落塵卻留給原住民？爲什麼「台灣錢，淹腳目」，卻沒有淹到原住民的腳？我希望從創作中找出力量來相互激勵，起碼告訴自己，原住民運動的路還很長，因此我寫下了〈最最遙遠的路〉，描述總想踏過那最後一個山坡，看到家鄉美麗田園的心情。當我寫的〈美麗島〉配上雲門的舞蹈時，那不僅是曲子和舞碼，而是種憧憬。

哥倫比亞大使館的啟蒙年代

盧：在我心中，胡德夫是台灣最好的遊唱詩人，你很早以前就在都會裡開始唱歌，例如七〇年代台北的 Idea 民歌餐廳裡，在這些場合裡發表了很多原創作品，唱歌可能一方面是工作，但另一方面也是你進行社會運動的一種方式嗎？可否談談你開始唱歌的歷程。

胡：那是意外啦！小時候我根本不敢唱歌。在以前，歌是大家的東西！種小米的時候很自然就唱起歌，歌曲是在生活中產生的，是在唱心情和別人溝通的，不是一個人站在台上唱給別人聽的。

我念淡江中學時，每天升旗典禮完畢，校長陳泗治（台灣第一代本土音樂家，擔任淡江中學校長三十年）就會帶著老師、學生，一千多個人在大禮堂唱歌，唱完歌才開始上第一節課，每天都這麼快樂，這樣就好了呀！幹麼要學 Do、Re、Mi！

原住民的歌謠就像黑人的藍調一樣，短短的曲調中，不斷詠嘆各種事物。不像白人歌曲 Do、Re、Mi、Fa 這樣排列，黑人跟原住民的曲調不一定在這些音階上，而是起伏詠嘆於這些音階間。

我常說我是「意外歌手」，爸爸得了癌症，爲了養活一家子及醫療費用，我把家鄉的牛都賣光了，一年後我傾家蕩產，非得晚上再找工作兼差不可。友人就引薦我到哥倫比亞大使館唱歌。哥倫比亞大使館二樓是商業推廣中心，專門推廣哥倫比亞咖啡，有個咖啡館。那時很多窮學生、窮文人都去那裡寫東西、發呆，像李雙澤、席德進、張杰、謝孝德、顧獻樑、吳楚楚等。這些發呆的人撞在一起，讓哥倫比亞成爲台灣民歌的搖籃。

有一天李雙澤上台唱〈思想起〉，因爲他跑去恆春和陳達交朋友，聽陳達唱出這樣的「大地之歌」後非常感動。唱完後，他反問我：「你是哪一族？」我說卑南，他說：「那你唱個卑南族的歌給我聽？」我受到很大的衝擊，心裡想：「這個人是幹什麼的！爲什麼要在這裡探討我是誰！而且要用歌來證明我是誰！」那時我根本沒有唱過卑南的歌，只會一首陸森寶的〈美麗的稻穗〉，而且還殘缺不全，那是因爲我爸五音不全，連帶著我也學得零零落落。於是歌詞不記得的部分我就亂編，沒想到一唱完所有的人都站了起來，那一刹那，我這個意外的歌手就誕生了。

唱到最後沒有歌可以唱了，你叫我們唱鮑伯．迪倫的歌可以唱五百條以上，但自己的歌不久就唱光了。於是就開始創作自己的歌。

胡德夫|創作歌手，台灣現代民歌先鋒

盧：布拉當時學跳舞，家裡會不會反對？你是如何開始舞蹈的？

布：我從很小的時候，很模糊地就立志要當舞者，是現代舞者，而不是部落裡的舞者，這可能和念舞蹈實驗班的姊姊有關，她有時候會帶我去看一些表演。我一直有印象，林懷民老師曾到我們學校教過一堂課（但林老師跟我說沒有），當年舞蹈班的剪報上，有林懷民三個字，我還把那張剪報剪下來，貼在我的房間，旁邊寫著「舞出一片天，林懷民第二」（胡在旁高興鼓掌）。到了國中時，雖然老師覺得我資質不錯，曾建議我爸爸讓我讀舞蹈班，但我爸毅然決然地說不行。最主要的原因是姊姊念舞蹈班，讓我爸覺得跳舞不知道要幹麼；另一方面，他會覺得舞蹈不就是唱歌跳舞，在部落很自然就會做了。但我還是一直吵著要跳舞，可能是因爲我心裡很清楚，舞蹈是我要的。直到大學畢業展的時候，我請我爸媽來看表演，那時他們才理解，「原來你一直堅持的東西是這個」。

盧：在人生或創作上，有沒有哪些人給了你們重要的啓發？

布：我覺得我們兩個的共同點，是血液裡有很大的優勢，雖然這曾是我不想要的。我們在部落中成長，使我們看待世界的方式跟平常人不同，以至於到了城市受到那麼大的衝擊。不管是好的或壞的衝擊，對我來說都是一種養分。如果沒有衝突的發生，也許我永遠懵懵懂懂，不知道自己是誰。

我必須要說，我這個年代比胡老師幸運。這個年代講求個人風格，因爲我的膚色，反而讓人家想跟我多講點話，而不像以前那樣受歧視。

學習過程中，我碰到很多重要的人。像左營高中舞蹈班的班主任周淑玲，爲了讓我跟上進度，每天下課都載我到市區再上私課練舞；進了大學碰上羅斯．帕克斯、羅曼菲及林懷民老師，我從每個人身上都得到了很多。

像曼菲老師，我沒有碰過像她這麼大方的人。雖然我是她的學生，但畢竟我已經畢業了，在創作的領域上，某種程度上我們是競爭關係。但她在創作上卻完全信任我，給我很大的空間，很

布拉瑞揚．帕格勒法｜舞者，編舞家。
布拉瑞揚舞團創辦人與藝術總監

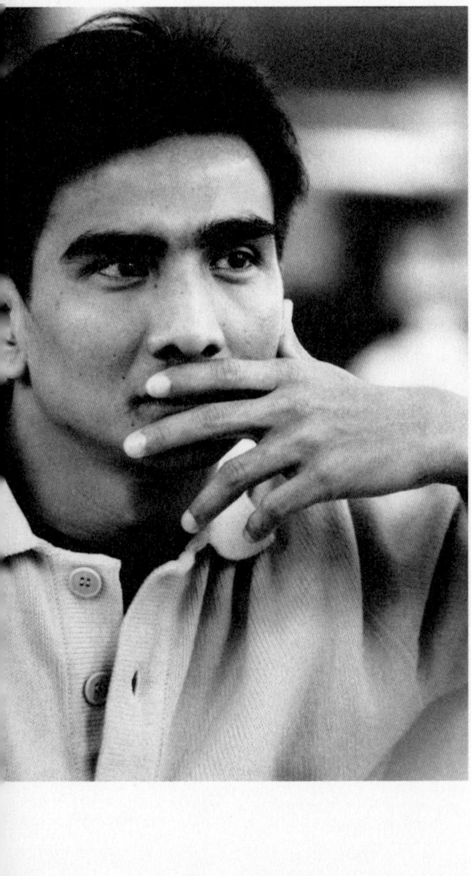

少有這麼大度量的人，就像以前在部落一樣，你有什麼就給別人什麼，是分享的。從她身上，讓我思考，藝術本來就該這麼包容、這麼毋須計較。

胡：鮑伯．迪倫與陸森寶是影響我最大的兩個歌手。鮑伯．迪倫是反戰最徹底的歌手，他感受到越來越巨大的戰爭威脅，因而寫下了「還要再飛多少砲彈，人們才會把它深埋在地下，不去使用」這樣的歌詞，他也寫友情、愛情及現象，觀察都是那麼地透徹。

陸森寶和我爸爸是高中同學，後來去當了老師，但我父親常告訴我，他是卑南族最會寫歌的人。《美麗的稻穗》描述家鄉美麗的稻穗即將收割，年輕的力量卻不能在田地幫忙，因爲八二三砲戰，年輕人都徵調到金門，部落裡沒有年輕人（a dan），陸森寶用歌聲呼喚著 a dan 的歸來，比往常更憧憬著，將來的稻穗依舊美麗。我爸爸用五音不全的歌聲，唱著好友陸森寶的歌給我聽，並告訴我歌曲的由來，讓我受用一輩子。

《美麗島》是一支對土地、對美好嚮往的舞

盧：談談你們兩人這次的合作吧！聽說你們還有遠親關係？

胡：我和布拉的父親認識，十多年前，他父親見到我常要我多照顧這個在台北跳舞的弟弟，他的父親每次都說：「這孩子很會跳舞，就是愛跳舞，就只想跳舞」，哈哈，我也只是好奇：幹！他到底跳到哪裡去了。幾年下來，也還是沒有見到布拉瑞揚。

後來我知道他在雲門舞集，就放在心上。去年林懷民叫我來，我一聽到這個名字，就知道我們的遠祖是同樣的，原住民的名字是不會亂跑的。你知道嗎？最早教我唱歌的那位一百歲的老先生、我的外祖父，就叫做布拉瑞揚。而從小教我取柴火、如何在部落生活的那位指導者，正巧

是布拉瑞揚的舅舅。按輩分說起來，布拉應是弟弟（a dan）。眞正見到布拉瑞揚是去年九月。那一晚，我在女巫店演唱，本來曲目都排好了，但一看他走進來，我推翻掉原來排定的歌，決定改唱「布拉瑞揚」的歌（大笑），一首我外祖父的歌，外祖父的古調〈老鷹之歌〉，即興地以排灣族語言表達出我的感受。

布：我坐在觀眾席裡，一邊聽一邊掉眼淚，整個人越坐越低，把臉都藏在領子裡了，因爲除了感動之外，歌詞與歌聲裡的呼吸都這麼熟悉。這麼多年來，對這種熟悉的懷念沒有人可以分享。我從小知道有胡德夫這個人。但始終沒有見過。在那些歌聲裡，有很多畫面跑進來，過去的回憶、曾經嚮往的美好，這些和土地都有很多的關係。

我在編《美麗島》時，知道難度很高，因爲我面對的是一個活生生現場演唱，而這個人力度和厚度都很高，本身的感染力又強，如何用舞蹈來呈現很不容易。後來，我想，我只要呈現出我心裡的感動就夠了。而且這支舞，一定要眞正面對他才能開始工作，讓他的 live 發揮他該有的精神。但胡德夫唱歌是很隨興的，不是拍子固定的，第一次練習時，他會遷就舞者，但後來我們決定要以胡德夫的原貌爲軸心，於是整個感覺就越來越好。

盧：詞是固定的嗎？

胡：（猶豫了一下）也不一定。哈哈！其實布拉說得很好，在我們的合作裡，他接受了那些不確定因素，但他接受了我的不確定，反而讓我確定了一個東西：生活，我要從生活去面對這次的合作；我不能讓我的生活走來走去，讓我的聲音在生活裡面起起落落，甚至被埋沒，然後只是抽個時間跑來和他們練舞。不是的，每一次我都要和他們練，大家一起升起，一起墜落，一起滑行，歌本來就在生活裡，才會唱得很好。

盧：所以你們在確定與不確定之間的即興，是靠彼此呼吸的感應？

胡：其實這點是有源頭的。我們都在很年輕的時候，就從山谷裡出來的，身後有著山谷的嘆息與母親的不捨，我以淡水爲起點，之後我走過台灣二八八個部落，他走過更多的部落——城市、國家，然後我們碰頭了，舞碼叫《美麗島》，我們知道美麗的內涵與目的是什麼。

盧：你們創作都以原住民的身分爲原點，早期作品不免都充滿了悲歌之情，當憤怒的情緒化解了，接下來你們創作的主軸會是什麼？

胡：假如我早個十年碰到布拉瑞揚，我會省去很多不必要的路程，早點從仇恨、社會的心律不整中逃脫出來，因爲只要歌和舞一起走，一定會有力量的，一定會比我們當時做得更好。

布：我的創作不一定跟原住民有關，但很重要的是，我不能沒有想到這個問題。創作時，我會從生活的感動與體驗出發來呈現我對事情的想法，不會很憤慨地一定要去打呀、殺呀。胡老師曾說：「在水裡飄流越久的漂流木，燒得會越旺」，這給我很大的啓發，原住民在外面遇到的困難，反而讓我們燒得越旺，這也反映了我們之所以合作《美麗島》的原因。

其實我不是個議題走向的編舞者，可是一九九六年我發表《肉身彌撒》，和胡老師〈大武山美麗的媽媽〉一樣，講的就是雛妓的問題。這首歌的歌詞中，有一句最讓我感動：「你是帶不走的姑娘，是山裡的小姑娘」，在這麼危險的環境下，女孩有一個心願，就是有一天她一定要回家。

這首歌這麼感動人，我不覺得這只是原住民的問題，而可能是每一個人的問題。後來我出國時發現，種族問題根本不只是台灣的問題，而是全世界的問題，到哪裡都是這樣，我一個人是沒辦法解決的，所以後來就不再那麼悲憤。我覺得我跟胡老師都很幸運，當然我們不希望用藝術去說教，但是藝術是很好的出口，讓我們抒發心裡的想法。

盧：胡老師未來計畫推廣原住民的民謠嗎？

胡：不只是民謠。我從歌唱中了解，歌唱不僅是嘴巴所唱的技巧或內容，它的核心是應該是神態及精神，老人家用什麼樣的態度去唱這首歌、歌曲傳達什麼樣的故事、使用了什麼古語，都是需要傳承的。傳承的工作一個傳一個已經來不及了，我覺得應該要在原來的部落中，很自然地從生活中去學習。

頭號張迷說愛玲

楊澤
張小虹

時　間——二〇〇六年三月八日
地　點——台北紫藤廬茶館
主　持——廖俊逞
攝　影——陳建仲
記錄整理——鄭雅蓮

• 原刊載於第 161 期，2006 年 5 月號

張愛玲的〈金鎖記〉，是傅雷眼中「文壇最美的收穫之一」，也被夏志清盛讚是「中國從古以來最偉大的中篇小說」。

國光年度大戲將〈金鎖記〉搬上京劇舞台。戲曲如何轉化張愛玲的抒情造境？戲曲的唱唸形式是不是吃得下〈金鎖記〉？又，爲什麼是現在？我們特別找來兩位互封對方爲頭號張迷的學者：楊澤與張小虹，針對京劇版《金鎖記》，提出他們的獨到見解。

張小虹說，〈金鎖記〉就應該用京戲演，才可以提供一個風格化的語言跟風格化的創作方式。楊澤認爲，京劇《金鎖記》跟當代傳奇的《慾望城國》很不一樣，後者是東方傳統與西方現代的接軌，前者則是回過頭去做盤整，某種程度上是一種回歸。

只是，這樣的回歸還是必須往前走，不能只是懷舊，不然就沒意思了。

「祖奶奶」與「那婆娘」

廖俊逞（以下簡稱廖）：請兩位先談談你們的張愛玲閱讀經驗是怎麼開始的？

張小虹（以下簡稱張）：說實在，我第一次讀張愛玲是在國中的時候，是非常驚嚇的經驗。我從來不是個文學少女，但是我喜歡從姊姊的書架上拿書，而基本上我姊姊也不是個文學少女，她喜歡看羅曼史。在我們那個年代，羅曼史是沒有細分的，舉例來說，在我姊的書架上，《簡愛》、《傲慢與偏見》是羅曼史，一般的言情小說也是羅曼史，所以我就拿了一本皇冠出版、覺得是羅曼史的書，結果我小小年紀，看的第一本張愛玲的書居然是《半生緣》。

廖：可是，妳不覺得《半生緣》也是某種程度的言情小說嗎？

張：是呀！《半生緣》本來就是言情小說，而我也用言情小說的方法去看，可是受到了驚嚇。我當時接觸的文學作品，沒有像《半生緣》那種「整個生命沒有出路」的困境，當時太早讀了，對我來說反而是一種驚嚇！所以我一直很記得這本書。

後來直到大學才又接觸到張愛玲。大學的時候接觸了一些文學作品，除了張愛玲之外，同時期也讀了魯迅的《阿Q正傳》、沈從文的《邊城》等，當時並未特別喜歡張愛玲。要到很晚很晚的時候，是在張愛玲死後，我才眞正喜歡她，眞正開始看她的作品，並覺得看到不一樣的東西（雖然在她生前，我就以爲她死了）。最早勾起我好奇心的，其實是張愛玲的傳記史，後來看她的小說時，覺得歎爲觀止，因爲那技巧已經好到「了不得」，還倒過來變成「不得了」。

楊澤（以下簡稱楊）：妳覺得，是妳比較喜歡張愛玲，還是我比較喜歡張愛玲？

張：當然是你嘍！我從來不覺得我有這麼喜歡張愛玲。

楊：爲什麼？妳寫過很多張愛玲的文章耶！（張：是你多！）

張：因爲我太晚喜歡張愛玲，又太多人喜歡張愛玲，我就覺得自己不要去湊熱鬧。我是喜歡張愛玲，但又沒那麼喜歡，或者說，我覺得自己可以慢慢去喜歡她，不想把她的東西太快讀完。

楊：顯然妳是細水長流，十幾年來都還是繼續研究，而我已經把張愛玲忘掉了耶！（張：不會呀！我要找「蹦蹦戲花旦」（見張愛玲《傳奇》再版自序）那一段出處，你馬上就可以點出在哪！）

楊：我看張愛玲的作品是從《怨女》開始的。年輕時剛開始看小說，我看了海明威的《戰地春夢》，覺得是很棒的抒情小說，因爲我寫詩，所以對小說家的文筆技巧也有很高的興趣，《戰地春夢》裡不少很抒情、晶瑩剔透的段落，我當時幾乎都會背。後來有一天讀到《怨女》，它在文字上錯落繽紛，很是印象派，抒情性也高，我覺得有意思。大學時，認眞看了《張愛玲短篇小說集》，同時也看了喬哀思的《都柏林人》，覺得這兩人很絕，怪哉，居然可以在二十來歲就寫出最厲害的短篇小說。到美國唸書後，因緣湊巧，我認識了些在聯合國工作的台灣作家、小說家，每一個人都剛好認識張愛玲，或和她有私誼或同事過。這中間也有兩個男性小說家極不喜張愛玲，覺得她神經兮兮的、孤僻，兼「傲嬌」（這是我猜想的），他們背地就直接以「那婆娘」叫她，其中一位還發明了一種理論，說張愛玲都是以一種「小姨子的眼睛」來看世界。其後我回台北編中時人間副刊，因爲「人間」設有推薦獎，我就推薦了張愛玲，說眞的，評審們私下其實都滿喜歡張愛玲，也看重她，但臨到最後要投票時，還是有許多「政治問題」跑出來。所幸有驚無險，張愛玲還是得了這個獎。我們眞的不知道得這個獎，她會這麼興奮，寫了長長的感言來，還十分委屈地把許多陳年往事拿出來講。

三、四年級以上的人，對於張愛玲在台灣的影響清楚得很，不單女作家普遍受張愛玲影響，男作家亦然，有的卻又假裝不屑——叫張愛玲「那婆娘」，其實正是對她的一種有意識無意識的「抵抗」。台灣的文風傾向雕琢：句子長、書面語多、形容詞多，到現在還是一樣，男作家女作家都寫得很「視覺系」，好或壞，這似乎都可歸在「張姑姑」的影響下。張愛玲對台灣的影響太深了，因此這陣子有人開始懷疑，張愛玲是不是台灣作家。我覺得沒必要，我們看一個作家，不用看他拿什麼護照嘛！

我覺得，張愛玲最棒的地方就在於：「她是一個謎」，她的整個人與文都是。在我那群聯合國的朋友眼中，她或是一個婆娘，或是一個遊魂。當年在西岸柏克萊的「中國研究中心」，她習慣性地躲開眾人，不僅上班時間跟別人不一樣，似乎還很虛弱的扶牆而行，在生命中的某段時刻，是那麼地絢爛，而最後卻又不斷在自我放逐、流亡中，悄悄變成一個影子，一個鬼。

張愛玲的人生經歷像場輪迴，她很討厭她的繼母，但最後她變成別人家的繼母，還被那繼女討厭。她跟舊中國完全絞在一起，但同時又是很現代的。

廖：楊澤是以一種「解謎」的心情看張愛玲，那張小虹是用什麼樣的心情在研究張愛玲呢？

張：如果楊澤是「偵探」的話，我對張愛玲的好奇則來自於「她是怎麼活的？」我對張愛玲產生興趣，最早是來自她那非常「政治不正確」的部分，例如她留戀各種物質性的東西、喜歡打扮等。張愛玲是個極度害羞的人，但是她怎麼可以這麼奇裝異服呢？她在《對照記》裡的那些照片，擺出的身體語言其實是很讓人尷尬的，可是有些時候我覺得，我可以從張愛玲那裡得到一些靈感跟放肆的可能性。

張愛玲後來其實就變成一種「中國文化」。四年前我到哈佛的時候，朋友就很興奮地帶我去看張愛玲的故居，後來又帶我去哈佛的一個圖書館，爬上高高的樓梯，拖出一本英文版的《怨女》，上面有張愛玲提的字。我覺得我身邊好多這種張迷喔！那種壓力很大，他們都很會默背，默背到讓我覺得「天呀！」。他們不僅對張愛玲瞭若指掌，而且到上海一定要去張愛玲故居。身邊太多張迷，讓我對張愛玲又好奇，又有一種潛在的抗拒。

楊：我寫過，張愛玲是大都會（metropolis）上海的「原創品牌」（Shanghai original），她是舊上海的產物，她的文學也是整個跟舊上海連結在一起的，以台北的現代性或文明規模而言，

楊澤｜詩人，訪問時任《中國時報》人間副刊主編

似乎很難產生一個張愛玲，甚至連村上春樹這等級的都會作家也不易。

台灣女作家、女文青對張愛玲似乎有著無限嚮往。張愛玲人頗細緻，但她並不是向田邦子那種美女型（她長得那麼高又那麼瘦，整個身體讓她覺得很尷尬，所以她對自己的身體充滿自覺，甚至是自卑）。張愛玲也不像李清照，她徹徹底底是個新典範，想像她這樣一個又虛榮、又有內涵，武功，內功外功都厲害極了的文藝少女，跟當時的舊上海其實是絕配。張愛玲的家族，還有充滿冒險、虛榮、浮華的舊上海，造就她又世故、又新潮的性格，她也因此成爲新文學、新女性的一個典範。

《怨女》與〈金鎖記〉

張：當我看到國光版《金鎖記》的劇本，第一頁寫著由《怨女》與〈金鎖記〉改編而成，我心裡頭就有許多「哀怨」。對我來說，《怨女》與〈金鎖記〉是兩個不同的故事，七巧與銀娣不是同一個人。大部分的人會把《怨女》當成〈金鎖記〉的改寫或轉世，如果從這個角度來看，那《怨女》眞的是畫蛇添足。對我來說，《怨女》跟〈金鎖記〉有一個很大的差別，《怨女》的開頭和結尾都以銀娣爲主，屬於中景的敘事方式；而〈金鎖記〉之所以好，在於它的開場

張小虹｜作家，台大外文系特聘教授

及結尾都使用大遠景，先用遠景，再用特寫，框架本身有個進出，更能抓到結尾那種悲涼的氛圍。

可能就因爲受到《怨女》的影響吧，國光版《金鎖記》的劇本，主軸是放在「一個女人生命的抉擇」，開頭銀娣幻想著，如果當初選擇的是小劉，那她可能會有個快樂的家庭，以此對照結尾的淒涼。這部劇本抓到的主軸好像是：年輕的時候一旦做了個抉擇，一輩子就被決定了，再也回不到當初。

我在閱讀〈金鎖記〉的時候，這種「抉擇」的感覺當然也有，但沒有強烈到讓我覺得是主軸，裡面對於生命扭曲的描述，反而讓我感覺那是來自很強的生命力，但在劇本中，抉擇所帶動的命運必然性，好像被過分地擴大了，可見是受到《怨女》的影響。

再來談改編手法的部分。有些東西〈金鎖記〉有，但劇本簡單交代；有些東西是小說裡沒有的，但劇本把它發展得很好，我覺得這是很好玩的。任何的改編其實是一種再創造，劇本必須呈現屬於它這種形式的可能性。

例如〈金鎖記〉中有一段有名的過場，七巧從肥豬肉想到丈夫沒有生命的肉體，風從窗子進來，鏡子裡反映著來回蕩漾的金綠山水，而金綠山水又換爲她丈夫的遺像。這段意象的描寫使用了電影手法，所以非常生動，是張愛玲在現代小說敘事技巧中，非常精采的例子。但這幕在劇本中，被簡單地帶過。

但相對地，劇本也用了很多電影手法。在劇本的第二幕中，用舞台的分割空間、人物的進出，去處理時空交錯的幻境，產生三爺與三奶奶在拜堂，七巧突然間卻覺得是自己跟三爺在拜堂，回到現實方發現眼前的人變成了二爺。這幕非常流暢而簡潔，很有創意。

小說裡有一段經典的描繪：七巧跟三爺吵完，三爺要走，七巧急忙跑到二樓，從窗戶留戀著他的背影，想著這次分手後，不知道還能不能見面。張愛玲在描繪這段情節時，並沒有太過，只淡淡地寫了：「季澤正在弄堂裡望外走，長衫搭在臂上，晴天的風像一群白鴿子鑽進他的紡綢褲裡去，哪裡都鑽到了，飄飄拍著翅子。」仔細研究「鴿子鑽進身體」的意象，會發現「身體」的意象在〈金鎖記〉中很重要，因爲這篇小說悲哀之處，就在於身體的不斷毀敗。

七巧與三爺吵架的這段描述，在劇本裡是用唱的。從戲劇形式來看，對白上，張愛玲已經是登峰造極，所以劇本中很多對白還是按照張愛玲的調子進行，劇本較有原創性的部分，則在於唱腔方面。情感的渲染，有時候可以透過文學意象去做深情或疏離的調整，而戲劇特殊的地方在於它可以用唱的，歌聲往往最能牽動感覺，這是我很期待的部分。

楊：劇作家的確是做了選擇，這劇本讀來比較接近《怨女》，而比較不接近〈金鎖記〉。《怨女》基本上是我說的印象派，寫情、寫景，寫內心意識流爲主的抒情小說，〈金鎖記〉則是饒有自然主義冷酷趣味的家族與階級的研究，後者比前者因此要深刻許多。這也是爲什麼，傅雷雖然寫文章把張愛玲批評一頓（主要針對「連環套」），卻稱讚〈金鎖記〉是「文壇最美的收穫之一」，夏志清則稱讚〈金鎖記〉是「中國從古以來最偉大的中篇小說」。

談到這裡，我們必須問一個問題，「爲什麼是現在？」爲什麼現在我們要把張愛玲的小說改編爲京劇？爲什麼不是話劇或其他形式？我的感覺是，經歷過這幾年愛跟風的後現代文化氛圍，對傳統反而造成了一種回復現象。我不知道，這是不是讀張愛玲作品而有的啓發，但我們清楚張愛玲一點也不愛跟風，而這些年台北太標榜現代、後現代的結果是跟傳統缺乏任何互動，這種刻意的斷裂，有時候是太緊張了，因此又何妨回過頭去做點盤整的動作。另一方面，國光新編的《金鎖記》又跟當代傳奇劇場的《慾望城國》挺不同，後者拿東方傳統與西方現代藝術做接軌，前者創作的用心則比較像白先勇製作的新版崑曲《牡丹亭》，試圖回歸古典、回歸傳統。這兩種趨勢，我其實都滿樂觀其成的，只是我也很同意小虹剛剛所說，新編的《金鎖記》與其叫「金鎖記」，不如叫「怨女」來得名符其實。

張愛玲與京戲

張：〈金鎖記〉要用京劇演出，我覺得很好，因爲過去十年來的戲劇我都沒辦法看下去，因爲我心裡頭一直有個挑剔沒辦法解決：就是現在的演員沒有聲音、沒有身體。這不只是劇場的問題，包括打開電視看到偶像劇，也覺得好可怕，演員聲音不會演戲、身體也不會演戲，即使叫他們演現代劇，他們都沒辦法演，嘴巴一張開、身體一移動，完全就不對勁。那些演員根本沒辦法表現寫實化的聲音跟動作，因此我反而比較能接受風格化的處理，這也是爲什麼林奕華的《半生緣》，相對於現在的戲劇來說，是可以看的。其中很重要的一個因素，是他完全使用疏離的手法，演員直接對著觀眾講話，只要平鋪直敘，就可以表現疏離的感覺。現在的演員沒有那種聲音跟肢體語言，能夠展現一個具有感染力與可信度的戲劇時空，所以我覺得〈金鎖記〉用京戲演，好呀！就應該用京戲演，才可以提供一個風格化的語言跟風格化的創作方式。而且這種風格化的展現，本來就是張愛玲小說中很重要的部分。

楊：張愛玲說：「京戲裡的人物，不論有什麼心事，總是痛痛快快地說出來，身邊沒有心腹，便說給觀眾聽。語言是不夠的，於是加上動作、服裝、臉譜的色彩與圖案，連哭泣都有她顯著的節拍，一串由大而小的聲音珠子，圓整光潔。」「因爲這多方面誇張的表白，看慣了京戲，覺得什麼都不夠熱鬧，台上或許只有一、兩個演員，但也能造成擁擠的印象。」（見張愛玲《流言》中〈洋人看京戲及其他〉一文）我覺得，京劇應該可以是非常熱騰騰、血淋淋的，這回整個的改編偏向《怨女》的抒情調性與作風，動作較少，也就不這麼熱鬧。

張愛玲對京戲非常瞭解，她與劇場的連結——擴大而言，她與「人生如戲」這古老母題的連結，不僅在她喜歡戲，也在於她爸曾娶戲子當小老婆，戲子後來卻把她男人的頭打破了，因此才離的婚。這事雖然發生在她的童年時代，卻似乎是她一輩子忘不了的一等一大事。

張：但有個問題是，〈金鎖記〉以戲曲的形式去呈現，是不是一種很好的方式？戲曲的形式是不是吃得下〈金鎖記〉？張愛玲說，京戲的舞台是個很擁擠、沒有私生活的舞台，如果以這點來看這個劇本的設計，有些方面對，有些方面不對。

張愛玲很會描寫大家族的勾心鬥角、擁擠繁雜，混亂中有一種不安在裡頭。我覺得在這點上，京戲舞台的特質，是可以去呈現這樣的擁擠，不僅是人物變化的擁擠，也包括鑼鼓點與唱腔的熱鬧性。在劇本裡，這種熱鬧性展現在打麻將、語言交鋒的場面上，是滿好的安排。

只是說，這個劇本的開與收，比較是屬於內心世界的描述。張愛玲一直強調，京戲給人的感覺其實是非常穩定的，因爲裡頭有一套情感公式，就像「口頭禪」一樣，有固定的模式。所以我不曉得，當京戲要去探究人物內在世界的時候，它所能夠觸及的部分是什麼？

舉個例子來說，張愛玲的作品是這麼的風格化，所以角色在悲哀的時候，可能也必須使用風格性的唱腔，而不能使用傳統的哭嗓。這種風格化是種形式上的優點，但也可能會變成一種形式上的限制，全看這部戲怎麼「破格」地去探討情感。

張愛玲的〈金鎖記〉爲什麼會這麼好，是因爲她寫得太徹底了，徹底到「讓我們看到不該看的東西」，它讓我們知道，所謂的常態跟變態並非二元對立，常態推到了徹底、推到了極端，就是所謂的變態。她讓我們看到極端情境之下，人性可能的狀態，它不是非人性的，如果是非人性，那又是另一個範疇了。

我們不是沒有看過惡婆婆，在我們的傳統文化中，一定會產生惡婆婆，因爲惡婆婆是一種社會倫常的必然性，而〈金鎖記〉最可怕的地方，在於它裡面荒謬至極的故事，都是從倫常禮教中出來的，它不僅將戀子情結寫到極端，也把憎女情結寫到極端。

一般憎女是討厭女人，但七巧憎恨的對象卻包括了女兒，這樣的情節其實很可怕！我們很少在其他的文學作品中看到，媽媽會去毀掉女兒幸福，而且毀得這麼徹底。

〈金鎖記〉在人性呈現上，是一部極度極端的作品，我很好奇，它會不會反過來給戲曲形式一個極大的挑戰，如果我們熟悉的是一種安穩的、口頭禪的、能夠將複雜事物簡單化的戲曲形式。用張愛玲的話來說：「京戲是個狹小、整潔的道德系統」，它容不容得下〈金鎖記〉，是我們好奇的。張愛玲也比較了京劇跟崑曲。她說，崑曲基本上太過儒雅風流，是文明人的文明戲；但京劇有某種的粗鄙性，具有庶民風格，一種沒有被完全規範的原始性，這是京戲之所以可以打敗崑曲，成爲清朝最主要戲曲的原因。

張愛玲覺得京戲有一種「孩子氣的力量」，甚至從京戲談到整個中國文化，認爲中國文化的隨隨便便，使其顯得那麼年輕，按她的說法，這是一種「青春的神祕力量」。我覺得這很好玩，京劇既是一種感情公式、提供簡單化的安穩感覺，但同時在張愛玲的想像中，它規格化、風格化、制式化的底下，又充滿爆發力。如果我們擴大去解釋的話，張愛玲對戲曲眞正珍惜的部分，其實是在於它「孩子氣的力量」。

魏海敏與曹七巧

楊：張愛玲曾說，七巧是她所描寫的一個極致人物；她又說中國人的人生其實都很平凡。〈金鎖記〉的產生跟張愛玲熟讀《金瓶梅》、《紅樓夢》頗有淵源，七巧分明就是潘金蓮嘛！她講出一堆眞話，一開始就讓大家差點暈倒。誰來演曹七巧，我想是這是挺關鍵的（京劇一直是演員的劇場，而非導演或編劇的劇場）。現在跟以前不一樣了，大家對於新編京劇的接受度高，包括李國修的《京戲啓示錄》也不斷在說服我們，京劇跟話劇是可以相辯證的。

張：說實在，不論是演《樓蘭女》的魏海敏，還是演「馬克白夫人」的魏海敏，要演曹七巧我都不覺得很放心。但是自從我看過她走葉錦添的服裝秀，穿了一個露背裝之後，我就覺得她可以演。（笑）張愛玲形容：「將來的荒原下，斷瓦頹垣裡，只有蹦蹦戲花旦這樣的女人，她能夠怡然地活下去，在任何時代，任何社會裡，到處是她的家。」女人潑辣的生命力，是即使文明毀滅，都會依舊存在的東西，所以我期待魏海敏能更放、更潑辣。

跟楊澤不同，我不覺得七巧是潘金蓮。我們中文說「貞靜」，我以前一直不懂，為什麼不說話跟貞節有關係。直到我讀到莎士比亞的劇本，裡面提到，女人住的地方，不僅窗戶要關好，更重要的是嘴巴要關好，因爲他們認爲女人上面有一張嘴、下面有一張嘴，上面的嘴關不好，下面的嘴就關不好。「貞靜」的概念也是一樣，認爲女人不講話，才會貞，這其實包含了很多文化的束縛性在裡頭。

七巧的潑辣與潘金蓮、王熙鳳相比，前兩者在階級的潑辣性上，是比較相近的。但潘金蓮是暢快的潑辣，上面的嘴講，下面的「嘴」也很開心；而七巧嘴巴壞，其實都是壞在諷刺、猜測、忌妒別人下面那張「嘴」的快樂，除了階級因素外，所有攻擊性幾乎都是源於對性的壓抑。

楊：再一次呼應小虹講的，我覺得這個本子似乎太抒情，太像《怨女》了。這樣一來的危險是，假如魏海敏沒辦法把〈金鎖記〉中的暴力框架呈現出來，那整部戲就會像崑曲，而不是「蹦蹦戲」了。我因此說了上面的話，希望這劇本裡的七巧該更潑婦罵街些，去哭呀、鬧呀，張揚女性的聲音，但目前劇本裡這種「做」的部分太少了，主要都集中在唱的部分。

〈金鎖記〉中的戀子、憎女情結，不僅在東方文學中少見，在西方文學也很少見。傳統戲曲原來並沒有像〈金鎖記〉這麼潑辣的本子，直到五四運動後的新劇，才產生像曹禺《雷雨》這種亂倫戲。〈金鎖記〉這新編的本子，除了可以與「蹦蹦戲」那種民間生命力做聯結外，也可以努力追求更深層一的回歸跟恢復。

張愛玲其實一直頗瞭解東方主義，她深知外國人怎麼看東方，也清楚外國人希望她多講些京戲這類東西。但最怕的就是，我們對我們自己的傳統也有種東方主義的幻想。我們是現代人，於傳統免不了有隔閡，爲了不至於掉入這樣的陷阱，我們必須有更深刻的自覺，不然可能還是某種新「新古典」模式，認爲我們就是抒情的，西方就是敘事的；西方就是暴力的，而我們就是飄飄、柔柔的水袖。

如果只是去套用現成的模式，那我們就會錯失繼承的機會。張愛玲本人覺得，近代文學史上有種微妙的傳承關係，《紅樓夢》模仿《金瓶梅》，《海上花》模仿《紅樓夢》，而她自己便是這條文學脈絡最近最新，可能也是最後的傳人。雖然張愛玲的《怨女》帶有懷舊的意味，某種程度上是一種回歸，但這樣的回歸必須也在美學形式上往前走，不能只是懷舊，不然就沒意思了。

戲台上深情扮愛侶 戲棚下慈母兼嚴師

孫翠鳳 陳昭婷

時間——二〇〇六年十月十三日
主持——黃一平、廖俊逞
攝影——陳建仲
記錄整理——黃一平

• 原刊載於第167期，2006年11月號

「工作就是生活，生活就是工作，是明華園最辛苦的地方」，明華園當家小生孫翠鳳在團辦公室外的空中花園這麼說，她的大女兒陳昭婷一臉靦腆地陪在旁邊，偶爾和她，在初秋陽光灑落的午後，談學戲甘苦，兩人雲淡風清地彷彿在說另一個人的故事。

陳昭婷加入團裡三年，孫翠鳳是她的師父，這次《何仙姑》公演，她倆首次演對手戲，演的竟是一對情侶。學舞出身的陳昭婷，也爲她倆的愛情戲編舞。正式演出時舞台上兩人的關係是師徒、是母子、是戀人、是舞者與編舞家，私下兩人的互動更是朋友，彼此角色之微妙眞是把明華園工作即生活的境界提到最高層次。

《何仙姑》戲裡陳勝國擷取佛教思想裡，觀世音變化萬千，法相亦男亦女的觀念，讓主演何仙姑的孫翠鳳一趕七，從老演到少，男到女，加上這對母女現實生活中的關係，知內情者看來會更覺微妙。

陳昭婷不像大家在報章看到的名人之後，可以因爲父親陳勝福是團長、母親孫翠鳳是當家小生而擁有特別待遇。我們採訪之前，她正在整理團員要用的衣服，趕在訪問前做好頭髮，訪問後，她又和同事扛起沉重衣箱往外搬。難怪孫翠鳳嘴裡酸她學得不夠快，卻下了佩服女兒毅力的結論。

冷眼旁觀的我們，其實更佩服這個家庭。傳說每年只有除夕和初一休息，其他時間都忙著工作，換做一般的家庭，這樣忙碌的父母會教出什麼樣的孩子？孫翠鳳說，明華園家族的孩子，父母都會帶在身邊，長大之後都不會去跑夜店，不會染上抽菸、吸毒的壞習慣。而且孩子們看到其他家庭享受休假、生活的型態，反而覺得不習慣。

聽到這些，我一度以自己裝乖巧的強項質疑，「那些不是表象的乖嗎？」直到趁孫翠鳳先離開，單獨和陳昭婷聊天，她二十出頭便在思考自己表演的瓶頸，也已經在籌畫未來老公能支持她、協助她傳承家業。才發現，孫翠鳳傳承給她的不只是戲劇程式的技藝，更早從她幼時、便將一套珍貴的價值體系深植入心中。

黃一平（以下簡稱平）：昭婷三年前在《劍神呂洞賓》跑龍套，那好像是她正式入團後第一次登台？

孫翠鳳（以下簡稱鳳）：我之前沒有想過要讓她回來明華園。她國小就跟我說：「媽媽我要回明華園演戲。」我要她把書念完再回來。這不只是我對她的要求，我收徒弟也會希望她受過基礎教育。這樣才能讀得懂劇本，更快了解編劇、導演爲什麼寫這場戲，還有背後的意境，我們的劇本用字都很難的。

我收徒弟的第一要求是不會怯場，昭婷從小就看我們演戲，很多戲都已經會背了，上了台不會怕，這確實有幫助。

不只是我不希望女兒回明華園，團裡的人想法都很類似。昭婷是第三代，從第一代的長輩就告訴第二代，好好去唸書，不要回來做戲，因爲做戲實在是太辛苦。沒想到第二代還是全回來團裡，只有一個從外面回來不會演戲的陳勝福在做行政工作。

還有個有趣的現象，前一代在演哪個角色，如果他因爲年紀大或其他原因離開了，他的小孩會剛好頂上去演他的那個角色。

平：所以說昭婷將來有可能會接替你的位置！

鳳：（大笑）這怎麼可能嘛！

平：當初妳不也覺得自己不可能演歌仔戲，還不是做到了？

鳳：但是，我眞的不希望她回來，因爲太辛苦了。當初我和陳團長回團裡的時候，家裡的妯娌都已經在台上，我覺得該拚拚看跟著學。但是我已年過三十，生完小孩才練，眞的很苦。我邊練邊哭，昭婷在旁邊看我哭，也跟著哭。生完孩子練功有時候一邊劈腿拉筋，一邊在餵奶（她做出奶瓶的動作，顯然比起大家小時候目睹歌仔戲班的餵奶畫面還要「普級」）。有時我在練倒立，家人來說：「囝仔底嚎了！（小孩在哭了）」還是要翻下來去換尿布、餵奶，再繼續練。

平：知道她打算以後演戲的準備工作是？

鳳：我有太晚練功的痛苦經驗，所以我告訴她，如果眞的想演戲，就先學舞蹈，等書讀完了，再來考慮是否回來，這樣以後可以接得上練功的身段。如果不回來，舞蹈也可以是第二專長。我告訴她，如果學了舞，就一堂課都不要缺。只是她的體質比她妹妹昭賢差，她要是緊張或壓力大，就會痙攣。（平：是放電體質嗎？）對。往往因爲身體不舒服，請假「浪」（跳）過好幾堂課。奇怪的是她到念華岡藝校的時候就好了，而且自己會不斷練舞。

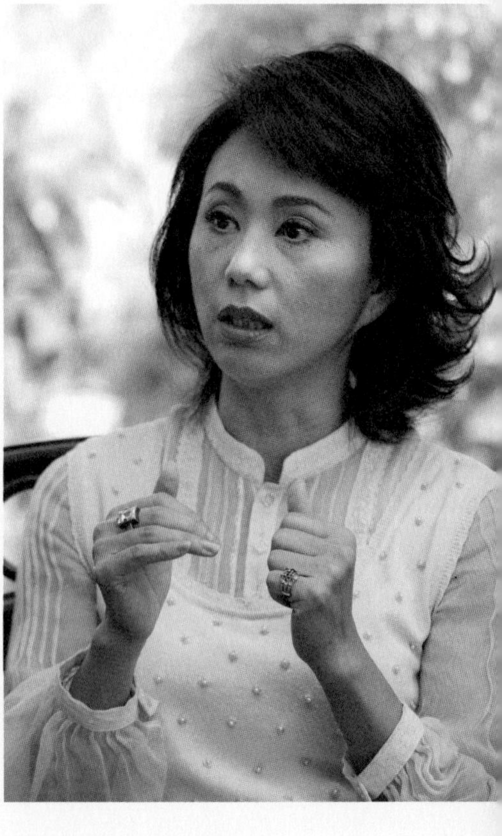

孫翠鳳｜歌仔戲小生，明華園戲劇總團主要演員

平：那她的台語呢？聽說昭賢曾回家問妳火柴的台語怎麼講？（正解：番仔火）

鳳：昭賢說台語都會被我們笑，「妳哪裡像明華園家的小孩？」偏偏她還代表班上去參加台語演講比賽，拿了第一名回來。

陳昭婷（以下簡稱婷）：其實這和昭賢長大的環境有關係。我小時候家裡有外婆跟我們說台語，妹妹當時比較小，可能對台語比較沒有記憶，比較像現在台北的小孩。

鳳：昭婷沒有上過幼稚園，上小學之前我們帶著她到處演出，她也跟著團裡的長輩說台語。後來我帶她回台北念小學，才發現沒有給她足夠的學前教育，她到了學校一開口就把大家嚇壞了。因爲哪有台北小孩會講這麼正統的台語，而且她完全聽不懂老師課堂上到底在講什麼。我和陳團長每天回到家她都已經睡了，幾乎看不到我們，我們也沒有空照顧她的功課。有天半夜看到家庭聯絡簿，才發現她在上面記錄當天功課，卻都沒有寫，我把她搖醒問她爲什麼不寫功課？她說：「我聽不懂老師在說什麼。」我才知道代誌大條了，趕快寫聯絡簿和老師說明我們家的狀況，請老師幫忙注意，沒想到老師還回聯絡簿稱讚，說「妳女兒台語講得眞好」。上學的狀況調了很久才沒有問題，我們的學前教育眞的是太失敗了。

平：但她在團裡受到的生活教育，比其他小朋友好不是嗎？

鳳：我們可能比較注重身教，她們看父母每天都爲工作、演出忙碌，一有休息時間就會把小孩帶在身邊，不會自己跑去「虛華」（台語，玩耍之意）。我們演出結束還是會親自去扛道具、搬衣箱，也會要她們去撿垃圾整理環境，不因爲她們是團長的女兒，而有不同的待遇。

婷：我記憶最深刻的是我爸爸有次叫我去撿垃圾，女生的直覺反應都會用兩支手指去捏起垃圾（她邊說邊做出一個漂亮的蘭花指），我爸爸看了說：「用整隻手去抓，手髒了等一下洗一洗就好了。」這是他教我們做事的方法。

陳昭婷｜明華園新生代演員

平：昭婷，妳媽媽說你國小就想要回明華園，是不是想和爸媽在一起呢？

婷：我覺得原因各占一半，有一半是我很喜歡表演，有一半是想媽媽。在上學之後，回到家就是自己一個人，那種心酸的感覺，只有歌仔戲團小孩才會經驗這種感覺。還好啦，都過來了。

平：現在你已經進團裡了，有比較想演的行當嗎？

婷：我喔……我比較想演那種比較花俏的花旦。

鳳：花旦？

婷：我覺得那和我的個性很接近，應該可以詮釋得不錯。

平：妳沒有想過要像媽媽一樣演小生嗎？

婷：我有想過，但是暫時不考慮。

鳳：我怎麼從來沒聽妳講過。

婷：那是妳沒有問呀！而且我現在才不要咧，要是我去演小生，人家就會拿我來跟妳做比較，等我準備好了，可以超越妳的時候再來演，這樣人家看了，就會說我演得比師父還要好。

鳳：喔，算是要青出於藍就對了。從她要回團裡的那天開始，我就跟她說，要從跑龍套開始做起。而且妳要像其他團員一樣，生旦淨丑每個行當都要學過，因爲團裡隨時可能會缺某個角色，妳就要上去替補。每種行當都試過了，自然會找到適合自己的角色。如果妳只會一種行當，那妳表演的空間就會很侷限。

婷：我曾親眼看過一個演員只會一種行當，人家要她試別的，她都不敢。我絕對不會讓自己發生這種事情。

廖俊逞（以下簡稱廖）：鳳姊這幾年訓練昭婷，有沒有特別的感想或發生記憶深刻的故事？

鳳：我訓練徒弟非常嚴格，但不知道爲何，我對昭婷又特別嚴格，可能是覺得自己生出來的吧，她應該要綜合了爸媽的優點，當初我學得會的東西，她就該做得到。所以有些動作我教她一、兩次不會，第三次我的火就上來了。對於其他的徒弟，我反而不會這麼嚴，可能是覺得她沒有那個底子，學不會很正常吧？

婷：ㄟ……但是妳要知道每個人都不一樣好不好？不是每個人都像妳一樣一學就會呀！我覺得我媽媽是一個天才型的演員，學習能力超強，一個動作看人家做一次，就可以很快做到。我不是她，有些動作可能需要多幾次才能學會。我和她不同的地方，可能是我從小學舞，有些動作可以做得更柔美，她可能做不到，但是她的學習能力很強，學得比我快。對我而言，她是一個很嚴格、很嚴格、很嚴格的老師，其他徒弟可能只會覺得她是個嚴格的老師而已。

平：以前師父教戲會打罵徒弟，現在呢？

鳳：我們已經都不打徒弟了，我都是用罵的，被我罵比打還要難過，不過她大概是唯一一個敢跟師父頂嘴的徒弟。有一次，我在排練場罵她，她竟很大聲地回嘴，團員都嚇呆了，因爲明華園的長幼尊卑的倫理很嚴格，有人看了之後，私下提醒她，明華園不可以有這種事情。

婷：那次是在排《劍神呂洞賓》，她不知道爲什麼在台上罵我，我從小到大和媽媽的相處像朋友一樣，就像很多都市小孩，直覺地就回嘴了。沒想到沒多久就有長輩私下在罵我沒有禮貌。我覺得這樣會影響到爸媽，所以這件事之後我沒再發生類似的事情了。

平：但是媽媽又當眾罵妳怎麼辦？

婷：就忍呀，用力忍下去。

廖：現在昭婷花多少時間訓練？

鳳：很難計算，除了我在教她，她還在劇團裡面打工整理衣箱，她的舞蹈也繼續學（目前她也隨著一心歌仔戲團演出），很辛苦，說眞的我是非常非常佩服她的勇氣，因爲小時候看到我們的辛苦，還願意回來眞的很不容易。所以有時她抱怨在團裡的一萬多元薪水不夠用，我都會安慰她，前台後台的工作、幾個行當都熟悉了，可以找到自己的位置，或說不定成角了，那就會不一樣。

我了解小女生的心情，有時候為了上台的裝扮更好，得自己掏腰包做服裝、買配件，如果她們是因為這樣錢不夠用，那我就會贊助一下。

平：鳳姊可否聊一下這次《何仙姑》的戲。

鳳：這齣戲是我們的導演陳勝國在歷經《乘願再來》等幾個佛教題材的戲之後，融合的作品，他每次都會給我們新的挑戰，這次除了劇情很龐大需要分兩天演出，我在戲裡頭要一趕七，演老人、年輕人甚至女人。戲的記者會第二天，很多廟祝看到報紙打電話來問：「聽說何仙姑是男的？」因為我們的戲通常會很考究，有些人把我們這次的劇情誤會成眞實事件了。何仙姑的幾個性別扮相，其實和佛教思想裡觀世音的法相時男時女有關係。

平：和女兒第一次同台合作，是什麼樣的劇情，聽說有擁抱？

鳳：我們演一對青梅竹馬張四郎和菩玉薩，雖然相愛但我因為種種原因沒有娶她。我們的戲雖然長，不過昭婷幫我們兩個編了一段舞，最後還要擁抱。母子擁抱感覺還好，比較像親情。雖然我們平常已經很少抱了，但她們兩姊妹偶爾會跑來我房間要求和我擠一張床睡。

婷：和媽媽演情侶還要擁抱眞的很奇怪。

平：舞蹈訓練對妳有什麼影響？

婷：除了我學身段比較容易上手，我也開始幫大家編舞，過去大家看到龍套宮女，動作都比較簡單，我會設計一些比較像宮女的肢體動作，只是有些長輩會覺得這樣很累。可能因為學舞的影響，我跑龍套帶宮女出場前，都會跟大家說明劇情的走向，和我們走出去可以表現什麼樣的

心情和感覺，應該可以讓畫面豐富一點。

廖：妳覺得演戲最難的地方在哪裡。

婷：怎麼樣把角色情緒表現出來眞的很難，因爲演歌仔戲可以靠程式表現內心世界，但前陣子我在《祖師爺的女兒》演一個角色，我突然覺得演戲眞的很難，回到戲班我花了一陣子適應舞台演出，我開始想怎麼樣可以表現角色性格，現在會減少眼神的動作，因爲過去有人說我演戲時眼神很銳利。我不滿意自己在《祖師爺的女兒》的表現，我覺得應該可以更好，我可能會再準備一段時間，把自己調整好再回去嘗試電視劇，我並不排斥電視演出。

廖：鳳姊會反對他交男友嗎？

鳳：我是不反對，但是我建議她，女人的黃金學習期是二十五歲以前，過了二十五歲，所有的學習能力都會變差，就像我當初一樣，所以我建議她二十五歲之後才談戀愛。但是她也會跟我抱怨，她同年齡的朋友都已經在談戀愛了……

婷：哪有！都是我媽想太多啦，我本來就沒有在想這件事情，只是偶爾看到某一個人覺得不錯，提一下，她就會很緊張，跟我講很多……

鳳：哪裡沒有，明明就有！

婷：而且妳平常也沒有這樣講過，那些明明是爸講的。

平：其實在練功時期談戀愛無論是甜蜜或不順遂，都會影響妳的專注力，爲了專心練功還是暫時忍住會好一點。（主持人事後自我檢討，當初爲了中斷母女拌嘴，以及促成下一代名角認眞練功，狠心建議昭婷斷情絲，這是天打雷劈的行爲，昭婷，對不起）

鳳：其實這兩個女兒有時候還是挺窩心的，平常散戲後所有家族都要幫忙搬道具、佈景，第二代家族裡，就我們家沒有男丁，兩個女生又幫不上爸爸的忙，偶爾聽說爸爸抱怨家裡沒有男丁，她們竟然會跑來怪我為什麼沒有生個男生。我說，我就生不出來呀！後來她們竟然自己討論完後，跑來跟我們講，她們認真考慮之後，決定未來找的老公都要能夠接受她們歌仔戲的工作，甚至能到團裡來幫忙。聽到這種話，真的會讓人覺得很「感心」（台語，窩心）。不過我告訴她們，這樣的男生真的很難找。

平：昭婷，那妳找老公有沒有考慮過團裡有沒有比較適合的對象？

婷：不行啦，那些都是哥哥耶！

廖：那妳有考慮過結婚嗎？

婷：以前是會想和大家一樣結婚生子，但是現在還沒想清楚。我們的對象確實比別人難找，看了一些例子，其實會覺得一個人其實也不錯。

從京劇到R&B　藝術三口之家
王復蓉
陶大偉
陶喆

時　　間｜二〇〇七年一月三十日

地　　點｜RINGSIDE 聚場餐廳

主　　持｜廖俊逞

攝　　影｜許培鴻

記錄整理｜鄭尹眞、劉昌漢

• 原刊載於第 171 期，2007 年 3 月號

要不是為了睽違舞台十幾年的王復蓉重登京劇舞台，要把王復蓉、陶大偉、陶喆，這平常分居上海、台灣和美國的一家三口湊在一起，可不容易。

王復蓉和陶大偉，一個是紅透半邊天的京劇名角，一個是縱橫影視才華洋溢的喜劇泰斗；前者深受戲曲忠孝節義的傳統思想影響，後者則是西方個人主義的信仰者，當年兩個人的結合不但不被看好，還鬧上社會版，轟動一時。

但命運就是那麼奇妙，三十多年後，他們的兒子，從小聽貓王和京劇混血長大的陶喆，居然也走上演藝這條路，還是當今流行樂壇最火紅的R＆B天王，走出父母親的名人光環，青出於藍。

他們仨對談，就像三個愛鬥嘴的大小頑童，對於老婆復出唱戲，陶大偉笑說：「我對她的嗓子完全不擔心，她也沒什麼好緊張的，因為平常罵人時就很有力。」陶喆補上一句：「有次聽她唱戲唱到破音，我和老爸都當是音響出問題。」王復蓉則笑著反擊：「我這次唱戲，千萬要安排他們往後面坐，要不然我在台上賣力唱，陶大偉卻在台下打呼，陶喆則滿臉嚴肅，拚命挑我的毛病。」

一家三口都是藝術家，對彼此表達關心的方式也異於一般人，表面上互相輕鬆吐槽爆料，但親暱的家人情感和默契，卻早已在言談間表露無遺。

Q：今年是台灣戲曲學院（前身為復興劇校）創校五十週年，王復蓉是創校校長王振祖的女兒，也是第一屆「復」字輩的大師姐，請談談小時候學戲的過程？

王復蓉（以下簡稱王）：我父親滿開明的，他是票友，很愛戲，但五個子女裡只有我學戲。我因爲從三歲開始有氣喘病，後來氣喘常發作不能上學，那時我父親創立復興劇校，還是私立學校，校地很小，在北投山上，我家也在那。我不上學的時候就看那些小朋友練功、吊嗓子，覺得滿有興趣，就跟著耍棍跟著練。練了好幾個月，氣喘逐漸有了起色。父親看我喜歡，就讓我去學。我十三歲開始坐科，比別人晚些，一般是九、十歲。坐科很苦，早上五點鐘起來，不論學青衣或花旦，都是綁蹺站在兩塊磚頭上，看過電影《霸王別姬》吧，就那個樣。當然青衣花旦練起武功不必打啊翻啊那麼厲害，可是練武對身體很有幫助。我這幾個月練起來比較不吃力，要歸功於小時候學過那點腰腿，不然我這麼久沒唱了，你說一下子要恢復，很難的。還有爲什麼說我們那時候學戲根柢厚，因爲口傳心授，老師唱一句，學生跟一句，一唱錯就打手心，所以記得才牢。現在不用看劇本，一想就可以想出所有的戲來。

回想當初我父親創業眞的是傾家蕩產。他跟王瑤卿先生、梅蘭芳先生都學過藝，人家稱他是「山東梅蘭芳」。當時他與先總統蔣公有一面之緣，先總統蔣公交代，要想辦法把大陸好的（戲曲）人才帶過來台灣，於是我們在這裡籌設劇校。最初校地是借人家的倉庫，之後多虧了王叔名將軍出面講話，台灣省政府才撥了這塊地給我們。民國三十八年我媽媽帶到台灣的那些首飾金條，就爲了爸爸辦學校，都賣了。我們出國演戲的服裝沒有錢做，都是我的奶奶、媽媽帶著一些同學自己在縫，我們頭上戴的那些花啊，全是我奶奶幫大家做的，很辛苦。那時候學校的戲靴都是李國修的父親做的，我們也沒有錢付。爸爸想過放棄，但是很難，好幾次去找過民間的像是辜振甫先生啊請他們幫忙。日後父親實在經營不下去，國家才接手，私立劇校改爲國立。

我媽媽就嘮叨我爸爸，你看唱戲有什麼好處，像人家辦一所銘傳商校發了個要死，你辦劇校幹麼。我有時就想，學戲又怎樣，提不上喜不喜歡，那時沒什麼感覺，只是想著我爸爸愛戲愛得這麼辛苦。長大了，叛逆吧，就結婚了。結婚以後完全退出，電影京劇都是。

Q：王復蓉後來以電影《王寶釧》一炮而紅，卻在大紅大紫的時候選擇隱退，當初王復蓉怎麼會為了陶大偉放棄唱戲的生活？

王：我當時二十歲左右，黃梅調風潮正盛行，楊甦導演要拍一部黃梅調電影《王寶釧》，演員要找新人，又需要會很多身段，就問到我們學校。大概他看我這個小姑娘戲還不錯，臉圓圓的，眼睛大大的，於是找我。導演以爲我會唱黃梅調，我當然不會，所以是美黛配的音。接著又和中央電影公司簽了約，演了大約七部片子，和唐寶雲合演過《還我河山》、《我女若蘭》，還連續拍了幾部武俠戲，像是《劍魔》，也有過演個瞎子又瘸子，很滑稽的。

陶大偉（以下簡稱偉）：我們會認識，和京劇也有點關係。我母親是票友，喜歡畫畫也喜歡唱戲，有次帶我去看王復蓉演的《花田錯》（王：在國軍文藝中心，現在還在），那戲滿喜劇的，我喜歡喜劇，她又演個花旦很俏皮，就有了印象。之後到朋友家吃飯，她也有去，從此開始約的會，交往了六年之後才結婚。

王：（笑）我本來應該嫁到新加坡做那都夫人的。

偉：我們的背景完全不同。她受的教育非常傳統而且東方，講的是忠孝節義，唱的是禮義廉恥、兄友弟恭。我完全不來這一套。我是唱西洋歌的，和京劇一點也沒有關係。結了婚，那時候很多人不看好我們，我們公證的消息鬧上社會新聞頭版，鬧得很大，共匪打過來的新聞大概都沒這麼大。熱鬧了好多天，還跑出個討論議題叫做：「父母該不該管制子女的婚姻。」

王：我二十一歲結的婚，好像很早，可是我十三歲學戲，十六歲就出國演戲宣慰僑胞、文化交流。我們在國外待了一年多，戲一年三百六十天沒停過，《貂蟬》、《白蛇傳》午場晚場一直演，跑美國中南美洲二十七個國家，唱戲唱怕了，回來就結婚。

Q：兩個人因為出身背景不同，相處有因為價值觀不同而爭執？聽說陶爸有婚姻五字箴言：「都是我的錯」？

王：太多了，我們到現在還沒有辦法磨合。我從年輕大概二十歲開始，早上起來就泡一杯濃茶，坐在那裡喝，像個老太太。就是學戲的時候看老師這樣，學嘛。然後也不太出門，老坐在家裡面看電視。（偉：那是罵電視）

偉：我喝白開水。

王：他十點多就睡覺。

偉：她是「悶后」。

王：（笑）我比較有話直說，他是跟孫越學了老狐狸。

偉：我是好人。

王：好欺負的人。

偉：基本上夫妻相處，兩個人來自不同家庭、環境，不同的教育思想，很多時候要讓步。有些人讓得多，有些人讓得少。

王：我絕不讓步。

偉：（笑）那這種情況下我就要讓很多步。人也許不能改個性，但可以在某個方面修正。這些修正是有效果的。所以我們在這裡，結婚三十多年了。

王：其實我們最大的共通點是喜歡狗。我們收養很多流浪狗，洛杉磯帶去過四隻，上海有兩隻，台北六隻。今天我在金山南路上看了兩位警察帶了流浪狗在巡邏，看了滿感動的。

偉：許多名人帶著很漂亮的名犬，這不對，有名的人要帶流浪狗，讓大家以收養流浪狗爲榮。這是我現在要做的一件事。

Q：懷陶喆時還有唱戲嗎？有特別的胎教讓他這麼有音樂天分嗎？陶喆小時候聽過媽媽唱戲嗎？

王：沒有胎教，在香港的時候還差一點被電車撞倒。

偉：那個年代沒有胎教，他懷孕的時候我都還沒有在作曲，那個年代不注重這個。

陶喆（以下簡稱「喆」）：小時候對這種東西是不會有興趣的，因爲光幾個字就要唱好久才會換字幕，裡面唱的方式我又聽不懂。不過看武打戲的時候，我媽媽也會打，那是我整場唯一安靜的時候。我比較熟的戲碼就是《白蛇傳》，因爲裡面有很豐富的內容，就覺得很精采。

偉：你那個時候連中文都不大懂（笑）。

喆：即便現在我比較聽得懂，但還是不能瞭解。大了一些之後，我爸媽讓我去當攝影師，可以跑來跑去，但至少不會讓媽媽丟臉，算是有一份工作的。總而言之，在那樣的環境之下是一定會受到影響的，至於這個影響什麼時候才會顯露出來就不一定了。

我媽媽事業最高峰的時候，我根本還沒有出生。現在在家裡整理東西時，我媽媽才會跟我提，或是我自己會看到照片，有些她去演出的地方，可能是我這一輩子都不會去的地方，像是巴拉圭、尼加拉瓜瀑布。我媽媽不只演戲，還拍了很多電影，但都是在我出生之前的事情。小時候我媽媽會在家裡吊嗓子，放學回家一打開門都會被那小小一把胡琴所發出的巨大聲音嚇到，再加上我媽媽在那裡「伊伊伊」地唱，我每次都立刻騎著腳踏車逃離現場。那樣子的聲音是躲不掉的，我覺得以前那整層樓的人都很恨我們那一家。

這些都算是很美妙的聲音，現在聽到的話其實都很有感覺，在台灣還比較少聽到，但是在內地做巡迴宣傳的時候比較常聽到。我記得在上海就會聽到一些票友自己吊嗓子，那種聲音聽起來就很溫暖。就像小時候被逼著練鋼琴，長大之後聽到其他鄰居的鋼琴聲，就會有一種窩心的感覺。

Q：那對陶喆的教育方式呢？聽說陶喆小時候很皮，長大後也曾瞞著你們跑去當警察，你們如何面對陶喆在成長過程中的叛逆期？

王：我管得很嚴，他比較鬆。我教小孩子，第一個要尊師重道，第二個過年過節不管多忙都要回家。其實我兒子有一部分還滿傳統的。所有我的女性朋友，上樓梯或者上車，他都會主動攙扶；見到長輩進門，不管認不認識，他一定站起來。

偉：創作的人很多時候會有共通點。所以我跟我兒子兩個，他開口我就知道他在講什麼。「知子莫若父」這句話絕對有道理，這遺傳嘛，很多東西父子是相通的。我知道他在做什麼，可是我不會去管他。她是不知道也要管，知道了更要管。

王：不管怎麼行，我不管他他是無法無天了。我說你今天到了五十歲我也要管，你做了總統我也要管。當然要約束嘛。

偉：我們那時候在美國住的房子差點給陶喆燒掉。

王：他小時候真的很可怕，在美國做盡了很多事。我們房子旁邊有一排公寓，他好漢做事啊，拿了不掉色的筆逐一在每戶門上寫個 TAO（陶），人家找上門來，我們只好賠了五十美金。

他念教會學校的時候，我幾乎每天都被修女找去，因爲老師在台上講課，他在底下圍個圈圈大家聽他講話。有次我賑災回台灣演唱，他在劇院滿場飛，根本不看戲，又影響別人，就抓住他帶到後台一陣好打。我兒子當警察，我是發現他房間裡有制服，還連手銬都有，嚇死我了。我說你神經病跑去給美國人當警察，他說是爲了磨練自己。你看我們都不知道。

喆：其實我從小到大，做的任何事情、任何選擇都很獨立，也不是不尊重父母，也不是刻意隱瞞。我爸爸事業高峰期的時候，我媽媽一半時間花在陪我爸爸，一半時間花在陪我，沒人陪我的時候，我就是一個人，十五、六歲，獨自在美國生活，雖然生活圈有很多華人，但基本上是完全獨立的。我的爺爺是警察，但那跟我去當警察完全沒有關係，當警察有很大的原因是因爲薪水很高，可以不用跟家裡拿錢，也可以很快還清一些學校的債務，基本上是一種獨立的觀念，不跟父母親要錢，因爲我爸爸很小氣（笑）。不要的原因基本上是因爲他們不會給。

偉：這樣子讓他不會養成像現在一般年輕人的惡習。

Q：在父母的名人光環下，陶喆成長過程會有壓力嗎？

喆：小孩子遇到這種父母都一定會有壓力。不管到哪裡去，都一定會有人找爸爸或媽媽，談事情或是要簽名，那個時候被冷落後來都有報應的（笑）。但這種壓力也會變成一種動力，希望自己長大之後不論從事什麼，都要做得很成功。雖然媽媽是唱京劇，爸爸從事流行文化，但是他們都沒有給我壓力要我學京劇或是學唱歌，在一個自然的方式下感受這些藝術，其實更能夠融入，也比較知道自己要做什麼，如果被管制了，就不會知道自己是誰，只知道父母親要你做什麼。小的時候也並不會比較疏遠爸爸，只是相對起來跟媽媽比較親。我爸爸現在很幽默，但我小的時候他是很凶的，會罵我會打我，媽媽也是。

王：媽媽是每天都打輕的，爸爸是突然來一次重的。

偉：那個時候沒有給他壓力，是因爲已經放棄了。因爲當時看不出來他能朝哪一條路去發展。知子莫若父，他那個時候的興趣太廣泛。

喆：小時候我家裡是非常極端的，媽媽是極端的東方，爸爸是極端的西方，同時間可以聽到貓王，一邊又聽到國劇。伊伊…Love me tender……啊啊……。我覺得還滿有趣的，如果小孩子接觸到這種環境，一定會對他造成很大的影響。我小時候就有聽過一些很基本的東西，還會一些些耍雲手之類的，當時只有三、四歲，年紀很小，但是看到武打戲的時候還是會很興奮。這對於我和我父親的音樂都有影響。對我來說，京劇其實眞的是個既陌生又熟悉的東西，熟悉是因爲從小聽媽媽唱戲，陌生則因爲這是個需要花時間很深入去研究才能懂得的東西，不過重點在於進行創作的時候都要抱持著尊重的態度。不論是哪一種音樂，流行也好、京劇也好，都只是一種語言，語言的生字、語法是永遠學不完的。我不希望大家認爲我把京劇的東西拿來用在音樂，只是爲了好玩或是炒作，不只是京劇，還包括一些少數民族的音樂，我都是用認眞和尊重的態度去面對。

偉：我想趁這個機會提一個觀念，我年輕的時候也和現在很多年輕人一樣，總覺得爲什麼京劇都要一直唱舊的戲碼，爲什麼京劇不能有些新的突破或創新，但後來我發現這樣的想法是錯的。音樂劇《貓》演了幾十年了還是照樣在演，爲什麼經過了那麼長的時間，它還是同樣的戲碼？我們中國的戲也是這樣，其中可以更換很多不同的演員去演出，但是戲碼都是一樣的。

喆：現在年輕人完全不懂戲裡面的內容，所以無法接近這種藝術，如果要求二年級的學生做五年級的功課，他一定會被當掉，只能讓他們慢慢去接受、去瞭解。很多東西，都要從教育著手，就像京劇這種傳統藝術。如果我給你一把很名貴的小提琴，但是你不懂它的價值，對你而言它就是一個廢物，相對的，對年輕人來說一支新手機珍貴無比，對老年人來說就可能就是一個廢鐵。

Q：王復蓉和陶大偉怎麼看陶喆走入演藝這一行？

偉：如果有人說想踏入演藝圈，我首先看看他有沒有條件，如果條件不夠，我不鼓勵，因爲會害了他。要知道，做了演藝圈的人，往後再退到平凡人，心態調適是很辛苦的。在這情況下我不會鼓勵我兒子。因爲對我來說，有的作品太新了，我看不出來，像R＆B是黑人音樂，我沒辦法確定現在年輕人會不會接受。基本上你不得不承認他做了一件很危險的事，那時候的中文歌不太可能去接受這樣洋腔洋調的歌。我從來不去說他好，不是因爲他沒有能力，而是給太多鼓勵的時候，他也許失望會更大。

王：當時我還聽過廣播電台批評他，怎麼把《望春風》唱成這樣。其實我本身排斥它（演藝圈）。我是喜歡他最好能夠準時上下班。（演藝圈）這條路老實講滿辛苦的，而且你想，每個人都希望當明星，究竟有多少人可以成功。後來是覺得陶喆有天分，能夠把外國音樂引進到台灣，而且把它稍微中國化，當然就很好。

喆：我從小就喜歡音樂，但沒想過自己會做音樂。雖然媽媽是唱京劇的，但是也同樣喜歡音樂，小時候家裡會出現各種音樂，接觸了，就開始玩，很多人會問我有沒有上過音樂學校，但是我完全沒有受過正式的音樂教育。剛開始的時候我是做幕後；當時爸爸認識很多人，但是做幕後靠爸爸是沒有用的，會就是會，不會的話，管你爸爸是誰也沒有用。從幕後轉到幕前其實有過一番掙扎，我是九七年出的專輯，那時候二十六、七歲，已經做幕後做了一陣子了，成績也很好。在我發片之前，張惠妹剛發第一張專輯，R＆B的東西很少。我猶豫了很久，因爲很怕在父母親的面前失敗，擔心讓他們丟臉。

偉：應該要這樣說，他那個時候看父母親，一定都會覺得我們很大，所以心理上受到的障礙絕對會大於實際上所碰到的問題。如果做幕後的時候沒有被肯定，例如張信哲、L.A. Boyz 等等，他根本不可能有勇氣走到幕前。但是現實也逼迫著他，一定要往幕前走，不可能一輩子作幕後。

王：我覺得他自己調適得很好，大概是因爲學心理的吧。他知道怎麼讓自己安靜，重要的是他有一個很堅定的信仰，我覺得他不愛現、不是個大明星，平易近人，我覺得這一點他非常好。他小時候就不愛照鏡子，我也很納悶他能夠走到幕前，這幾年也看到他的成長，講話也都非常得體。

喆：我最近看到書裡的一些東西，馬龍．白蘭度講過：Don't care too much，他所講的一種全面性的，並不是要我們不認眞，而是要知道很多事情的成敗並非掌握在我們手中。此外從小我爸爸就給了我一個金錢買不到的東西，就是對待生命中一切事情的幽默感。摔了跤，要懂得去笑自己。雖然我爸爸常常笑別人，但他也會開自己玩笑，我也會開他的玩笑。媽媽則給了我一種比較傳統的生活邏輯，這就回到了京劇當中的忠孝節義，這是用中國的傳統藝術貫穿在日常生活的理念當中，有時我也會覺得媽媽怎麼會這麼固執，但反觀我自己有時也會這樣。有時候爸爸說我像媽媽，有時候媽媽說我像爸爸，反正我兩邊都聽。

Q：陶喆怎麼會想到要把京劇「蘇三起解」融入自己的作品？

喆：我一直到第四張專輯《太平盛世》當中才出現了〈蘇三〉，但當時也不是刻意要拿媽媽的東西出來使用，全部都是靈感在作用。當時我寫了一首歌，這又要回到家庭因素，我們家都是以回歸到簡單爲主，像是我爸爸的歌《洋菸不比長壽》，而蘇三就是回歸到一個很舊的愛情故事，男主角經過多年，還是跟蘇三在一起，這種羅密歐與茱麗葉式的愛情故事，每個文化當中都會有。所以是先有了這首曲子，我才打電話問我媽媽蘇三這個故事的內容，覺得很符合，因此加上了東方式的編曲。不可能用一首〈蘇三〉就讓聽眾喜歡京劇，我也沒有這樣子的企圖心。

Q：王復蓉這次的復出有什麼想法？壓力會不會很大？

王：壓力倒是沒有，其實也不算是復出，比較算是響應大家一起振興傳統的一個活動，我先生他們也都很鼓勵我。能夠有這個機會，在脫離這麼久之後，算是一個新的里程碑，也算是一個磨練，就像是穆桂英一樣，年近半百了照樣能夠有一番作爲。這次的感覺雖然沒有什麼壓力，但多少會有一點陌生，所有的戲詞都已經距離這麼久了，但是練習半個多月我就已經恢復了感覺，他們其實也很緊張。

喆：我媽媽很久沒有唱了，有一次聽她練唱還聽到她破音（笑），希望這次演出不會發生。我跟爸爸在樓下聊天，突然聽到樓上破音的時候，眞的很緊張，我媽媽還說沒事，是音響有問題。

王：我是已經知道他們的龜毛個性，他們都是很注重細節的人。（笑）

偉：你們聽她的笑聲，全都是用丹田的力氣，就可以想像她罵人的時候是什麼模樣。

喆：我也常關心我媽媽練唱的狀況，像現在也有很多歌手會用輕咳的方式來「清喉嚨」，我媽也是，但這是最傷的，如果癢的話，就應該直接吞下去。

王：如果當天演出他們來的話，我會叫他們坐遠一點，不然一個滿臉嚴肅，一個又不知道爲什麼地拚命笑。

喆：因爲唱得好。

王：到後面一點去，煩死人了。（笑）陶爸演舞台劇的時候，我們都坐在後面。

偉：我坐後面是因爲怕我會打呼。

王：有一次我演戲他坐在第一排中間打呼，我在台上就看著他打呼，陶喆則是滿場飛，那時候還在國軍文藝中心，不像國家戲劇院規定這麼嚴格，要是國家戲劇院，早叫把他請出場了。

王復蓉｜京劇旦角暨電影演員

陶大偉｜歌手、演員、電視節目製作人、電視節目主持人

陶喆｜華語流行音樂創作歌手、音樂製作人

包法利夫人給現代名媛的五堂課

林奕華

郝譽翔

時間｜二〇〇七年三月十六日
地點｜敦南誠品 B2 台北人咖啡
主持｜廖俊逞
攝影｜韓兆容
記錄整理｜嚴壽山

• 原刊載於第 172 期，2007 年 4 月號

劇評家鴻鴻說：「我可以贊同或不贊同林奕華對包法利夫人的意見，但我以為，林奕華的可貴之處即在於他是一個永遠有意見的人。」

是的，不管你認不認同，從前幾年的張愛玲、班雅明，到去年底才剛在國家戲劇院上演的《水滸傳》，林奕華總擅長折裝文學經典，從中延伸資本主義的消費論述，用最迎合商業市場和大眾品味的通俗娛樂手段，犀利而優雅地破解現代社會主流價值。

「當別人都相信這個東西的時候，還是需要有些人對這個東西，提出質疑、反抗或什麼的。」總喜歡在戲中拋出問題的林奕華說。

《水滸傳》顛覆男人神話，改編福樓拜名著的《包法利夫人們》則要論述女人的名媛情結。這部福樓拜創作於一百五十年前的小說，沒有當今充滿物質慾望的社會背景，也無卡債、憂鬱症這些問題，但在林奕華看來，他筆下的包法利夫人對於愛情、物質、精神生活的追求，竟與現在社會需要名媛、八卦和名牌，一模一樣！

究竟，林奕華要如何透過《包法利夫人們》來詮釋現代名媛？女人如何透過《包法利夫人們》了解自己的愛情和慾望？男人又怎麼透過這部戲，更了解女人一點？我們請到氣質美女作家郝譽翔與導演林奕華對談，透視什麼是名媛？名媛為什麼總是不快樂？又為什麼「每個人都是包法利夫人」？

Q：可否請兩位談談，你們覺得「名媛」是什麼？

林奕華（以下簡稱林）：對我而言，名媛就是一些 object（物品），他可能也會有自己的 subject（主體），但大家所看到的並不是他的 subject，而是他所擁有的身分、他所被羨慕的背後特質，是個 catalogue（目錄）裡的 model（樣品），就是你在他身上可以看到這一季最新流行的什麼什麼，就是個櫥窗，不管他有沒有結婚，他都會讓你看到他背後那一個裝潢得不錯的客廳、廚房，就是一個與「幸福」掛勾的走動 display（展示）。對我來講，就是一個物化的，所以不可能是個什麼都沒有的名媛。因爲名氣就是建立在大家的虛榮心上面，名氣可能不能當飯吃，但不是虛的，是可以被量化的。

郝譽翔（以下簡稱郝）：名媛其實是被媒體打造出來的，如果沒有媒體的推波助瀾，是不會有今天這種現象的。所以名媛的形象一定是他手上拿什麼包包、他身上穿的是哪個牌子的衣服、什麼最新的春裝呀，所以基本上是把他身上的每個部分拆解開來的、是沒有主體的，但我還是要說這是被媒體打造出來的一種形象。

林：這很重要！過去並不是沒有追求物質享受的女人呀，都有，你也可以說，我們這種沒有「王族」、「貴族」或「王朝」的社會，去模仿和追求可以感覺到自己好像是王族、是貴族，是個郡主。

郝：所以手上拿的跟名媛一樣，就像在說自己等於那個樣子了。會不會就像是看到侯佩岑背著一個機車包，所以當你背上那個機車包時，就會以爲自己是侯佩岑了。

Q：所以「名媛」是現代人嚮往成為貴族的情結嗎？

郝：一個夢吧。

林：不論是什麼，最重要的是，我們沒有辦法活在一個沒有階級的社會，因爲如果整個社會平等，那大家極可能會覺得更空虛。所以需要追求這種不平等，但這種不平等似乎又是來自我們有點自卑，於是需要這種優越感，來讓自己和別人有所區分，所以需要，否則心裡更虛了。就像做《包法利夫人們》，裡頭也有在探討幸福，但我常在想，自卑到不行的人，是跟幸福絕緣的，因爲即便幸福存在，他也看不到，因爲他的眼光只會放在自己身上的不足，是沒有幸福的，因爲常常要和別人比較自己，這樣的人不會快樂的！而這樣的人對自己的憎惡太深了，這樣的人是與快樂絕緣的。然而我們的自卑、憎惡卻又與西方價值脫不了關係，因爲我們一直把那種白種人的美，作爲我們的審美標準，把西方文明的那種，即便是黑頭髮，我們還是想把他擺放在那個位置。我沒有解決的辦法，只是我在想如果我們知道自己之所以那麼不喜歡自己，是跟西方文明的那套價值觀有關，如果我有這種自覺的話，我會不會就比較清醒一點？

郝：我覺得中產階級社會的問題就出在這兒！大家所能接受的價值觀就是媒體塑造出來的。比方說「理想的愛情」，可能是瓊瑤式的、或是好萊塢電影式的，一種愛情的模式，然後會塑造出一個幸福的女人，她畫的是什麼的粉彩、什麼的眼影，然後拿的是最流行的包包，然後好像最美好的事物就是那樣了，所以大家會渴望追求。包法利夫人也是那樣，她不也就是讀那些小說嘛，然後覺得愛情就是應該那樣啊。就很像我自己現在去翻那些時尚雜誌，然後覺得那些女人都好幸福，但爲什麼我沒有……。

林：你怎麼看待你臉上的皺紋？

郝：現在啊……我覺得我很能接受它了。

林：但現在的人好像愈來愈難接受了。當我們看到那種東西開始出現在我們身上的時候，是……我的報應啊，或許是我對自己不夠努力呀。我覺得那個東西在過去五年、七年間應該很厲害，就是說，現在的人都覺得我是不該有皺紋、我是不該有毛細孔。

郝：那些書可能就是會說「喔你有皺紋，那趕快去找醫生解決它」，但很少會叫你要回去想、想你對你自己好嗎？你若對自己夠好的話，或許你應該很少會有皺紋或什麼的。現在對女人價值的要求都是外型的，都是必須要不斷外求，去找醫生、擦各種保養品，卻很不去看內在的東西、不去作內省的功課。

林：有一件事很難，包括我自己偶爾還是會這樣，就是如果要花很多錢才能讓一個人對你有好感的話，那這個人他其實有眞正知道、瞭解你嗎？

郝：但我覺得現代的女人，比如說名媛好了，她花那麼多錢是眞正要去取悅某個人嗎？我覺得也不太重要。好像還比較像是你剛剛說的那個「憎恨自己」。說是取悅別人，還不如說是憎恨自己。

Q：所以「名媛」是不快樂的？

郝：是，其實是耶。因爲他們會很怕別人怎麼看，所以壓力那麼大。

林：其實不光是名媛，我覺得，現代人都可以是不快樂的，不過要這樣講，因爲我們的生活價值都這麼單一，所以如果是一個人不快樂的話，就等於是一千萬人都不快樂，因爲都活在同一套體系之下了。不像以前，以前或許他在他家庭裡有他自己的規則，但他現在一上網，每個人看的都是同樣的東西。

郝：對，什麼「春夏必備商品」、什麼 must buy，天啊！我沒有（大笑），我好像就不應該活著，媒體眞的太恐怖了！

林：反過來說，你覺得怎麼樣的女人最快樂？

郝：自由。自由的女人最快樂。

林：但是，女人不也有時是很害怕自由的嗎？

郝：我覺得那是因人而異了。但現在，尤其是現在，我覺得自由的女人是最快樂的。我不覺得女人怕自由耶，所以要看是什麼樣的自由吧，如果像是可以自由地 shopping（購物）、自由地睡覺，我想這應該沒有人會不愛吧。

林：所以你覺得對很多女人來說，「婚姻」也是一種自由嗎？或許應該說，你覺得婚姻的自由空間在哪裡呢？

郝：我覺得會想走入婚姻，應該都是不想工作，所以婚姻比較是經濟上的自由吧？因爲不想工作啦，就躲到婚姻裡頭去。所以……（笑）婚姻的自由空間可能是……因爲老公必須白天上班吧？（眾笑）

林：剛剛在來的路上還在聊說，我好像從交男朋友到現在，沒交過一個有錢的。因爲我男朋友的年齡從我自己二十幾歲到現在，他們也一直還在二十幾歲，（眾人大笑）所以我想大概我自己覺得最浪漫、最合我的胃口的狀態還是「兩個同學」的模樣。我常在想，就是如果我心中眞的找到那個所謂的「愛情」，就是我心裡面對其他東西的欲望減少了，就是當我跟這個人在一起的時候，對其他的欲望就會減少，或許是在可以被控制之內，我會發現別人也沒有他一半或三分之一的好，就很像說，這一盤我還沒吃、光是看就很享受，或許是吃了一口之後，那個味道，就可以三個月可以不用再吃肉那樣，變成我對很多東西的追求或是嚮往，就會減低。不曉得這是否就意味著「幸福」，因爲你不會再受外界那些東西的干擾，當然你看到那些，心裡還是會有欲望，但你會知道不是那個。我剛剛會問「快樂」的那個問題，或許是這個戲、或這本書、或現在的社會現象，是因爲我常覺得，如果女人是「快樂」的，應該不會有那麼多的欲望、那麼多的 shopping（購物）、那麼多的消費。

Q：不管男生或者女生，都會想要成為「名媛」嗎？

林：對！很多男名媛喔！很多想出風頭的男生在某一程度上，更名媛！

郝：男人更名媛吧！因爲價值觀更單一呀，他們比股票呀！比車子呀！（笑）

林：比女朋友呀！他們的女朋友去買這樣的一個包包，而他們帶這樣的女朋友出來，其實就是這個包包的 extension（延伸）。比他們女朋友的身材呀！當然你也可以 argue（爭論）其實從古到今都有，並不是現代人才有這種現象，只不過，還是要放回 social context（社會脈絡）去看，因爲這個東西現在是被鼓勵的。在十年、十五年前，還沒有像現在這麼的被鼓勵。資本主義的發展沒有瘋狂到現在這個地步，就是說，我們看 seasons（一季又一季推出的商品）就好了，現在是，你要很快，比方說手機，當一個新 model 出來，你就要把它換掉，

郝：我覺得「名媛」的現象滿兩極吧！比方說完全沒有被媒體污染的地方，或是資本主義文化已經夠成熟的地方，像歐洲就不太會有。亞洲的女性通常還不夠成熟，他們的價值觀，就很容易被牽著走。

林：對對對，亞洲是最可憐的。因爲亞洲這一塊的荷包已經被他們抓起來了。你到荷蘭、到北歐，我在倫敦沒有看到滿街都拿著同樣一個 LV 包。我看過一個非常驚悚的畫面，就是一個裝潢工人，穿著一個白汗衫，上面都有滴到油漆的，穿著一條很爛的牛仔褲，一個長得很漂亮、但五十幾歲的男人，你不難以爲他是個 model。他在地鐵上睡著了。但他身上背了那一季 LV 最新的橫背包包。但我覺得那個眞的是很 walking arty（附庸風雅的）。那是一個很好的 comment（評論），會讓你去想這個東西眞正的價值是什麼。我非常同意剛剛郝譽翔說的，恰

恰因爲我們是第四世界開始走向第三世界，所以才有那麼多的自我憎恨跟自卑，這也是殖民的後果。

郝：這就是夾在中間的，一個很尷尬的階段。

林：所以我覺得，我們來談名媛的這個，對歐洲人來講，並沒有一個很特別的意義。因爲他們有貴族、他們有階級，而且他們還是一個個人主義很重要的文化，所以反而自主。還有重點是，像剛剛說的，我們還在一種很落後的社會慢慢往前，這就是爲什麼很多品牌的旗艦店會開在大陸，或許在台灣，但不會開在台北、而是開在台中。因爲錢是比較容易進來，因爲這也是跟「自卑」有關，因爲大家從小到大會感受到，可以讓自己好一點，就是可以活得像明星的那個 glamour（光彩）。我覺得這個是我們每個人可以不用去說「我不要」，我覺得那也是一種遊戲。這就是很多女孩子爲什麼從小到大都在期待穿婚紗的那一天，因爲那一天她可以開心地秀那個晚禮服，晚禮服本身就是個 glamour 嘛，而明星天天都穿，所以變成是我們對 glamour 的 hunger（渴望）。但我覺得很有自信的人不會這樣去看 glamour。因爲它會看到那個 glamour 也是一種 boundary（束縛）；而很有自我的人，也不會去 obey（遵從），因爲他也會看到這個 boundary。所以我覺得，每個女人在她一生之中，尤其活在這樣的一個社會裡面，都應該思考什麼是 glamour（魅力）、什麼是 desire（慾望）、什麼是 desirability（慾望的能力），才會到什麼幸福和什麼是快樂。

Q：什麼樣的人才有資格當「名媛」？

林：名媛最基本的條件就是要 standard beauty（標準美女），如果她不是 standard 的話，她就會讓人家醒過來了。就很像好萊塢那些電影一樣，它的目的就是要讓你把夢繼續做下去。所以比方當你看到陳文茜，你第一件事情不是注意她的美，你會注意到的是她的音量、她頭腦裡的東西。但對不起，名媛不是這樣的，名媛就是一個 model。她基本上就是一個 fashion model（時尚名模）。而且一定要 sexy，你必須要是那種小女生一看就覺得「喔！芭比」。

郝：我覺得問題還是，今天我人是這樣、但媒體怎麼呈現我？

林：除了美、sexy，名媛還要 absolutely desirable（十足的慾望化身），要好吃。不然的話，誰要去買她拿著的東西？你要知道在平凡人當中，有多少人想被某些人抄，但他一輩子都沒有機會。在很多男人心目中，還是會覺得陳文茜是個「扮裝皇后」。我指的這個「drag queen」（扮裝皇后），它是括號的，因爲你愈是要去表現女性化的東西，林志玲也是個「drag queen」呀，你說有男人願意扮林志玲，就是因爲她就像是一個假扮女人的女人呀！就像我說最近在美國很紅的那部電影《三百壯士》也是一種 drag（假扮），因爲它就是不斷要把性別特徵給壯大，且如果說陳文茜必須要扮演女人才能談政治的話，我覺得那個扮演就少不了。

郝：那你心目中的名媛是誰？

林：孫芸芸呀，然後那些一般人覺得是的，都是呀。但我不覺得陳敏薰是。因爲她是個職場的女人。

郝：對。

林：因爲名媛是不工作的！名媛的工作就是打扮得很美，從頭到腳都寫著兩個字就是「羨慕」。

Q：談談新作《包法利夫人們》的切入點？

林：一定一定要追根究柢的話，我想，因爲我自己就是個虛榮的人，因爲你沒有看到符宏征（動見体劇團導演）去做這種的戲（眾笑），對不對？我絕對不否認這個，我就是個超級虛榮、超級浮誇的，就是一些我的 sensibility（感受），我把它拿出來了。我常覺得任何作品都是 self-reflection（自我反射），老實說並沒有人逼著我一定要看到這些，但是什麼時間讓我不再看《罪與罰》，在看這個。

郝：你剛剛講的都是很物質的，比如說包法利夫人很喜歡 shopping，那愛情呢？那種包法利夫人對愛情的嚮往？

林：我覺得她從來就沒有得到愛情。

郝：但她的那個想像和追求，你不覺得很眞實嗎？

林：從福樓拜描寫的三個人當中，老公不算，一個小情人和一個情夫。而首先第一個是老公從來就不懂操她，所以她完全感覺不到作爲一個女人有的權力，而我覺得 sex（性）的部分很重要，是到她那天開竅了，小情人回來的時候，她就會，所以我覺得 sex 這部分很重要。

郝：但你不覺得她對美好愛情的追求，不很眞實嗎？

林：我覺得福樓拜對 desire（慾望）的部分寫得很眞切，因爲我常覺得「愛情」是一個被括號用多了的一個名詞。因爲我覺得愛情這個東西沒有一種普遍性的，對我來講，愛情眞的是每個人都不一樣，但 desire（慾望）在某一個程度上是比較接近的，因爲愛情的 definition（定義）和愛情的呈現方式，我常覺得那個 definition 給我們太大壓力了，會讓我們覺得說「對，這就是愛情」。

Q：那郝譽翔怎麼看這部小說？

郝：覺得好可怕喔！其實我們每個身上就是一個包法利夫人，就是愛情還是很芭樂，不曉得是不是我從小流行歌、羅曼史看太多了，我沒有辦法脫離那個，就是沒有辦法，你身體裡面就是有那個包法利夫人。

林：對呀。這就是爲什麼人人都是包法利夫人。

郝：是！但我就會想壓抑那個包法利夫人的部分，但壓抑久了，就又不浪漫了。覺得這樣好悲哀。你知道包法利夫人這樣很蠢，但碰到了……（笑）

林：又沒有辦法不喜歡她。

郝：對，你又覺得她那種蠢又蠢得很可愛，又會覺得悲哀，就是你知道，這就是我們現在的社會所主宰的那個價值觀。

林：你可以跟我說誰不是包法利夫人嗎？就像Cinderella（灰姑娘）、Snow White（白雪公主）、婉君表妹，這些你能逃得過嗎？

郝譽翔｜作家

林奕華｜劇場編導、作家，非常林奕華
Edward Lam Dance Theatre 劇團創辦人

歌仔戲・情人・夢

楊麗花
許秀年

時間——二〇〇七年七月二十八日
地點——國立傳統藝術中心
主持——林茂賢（靜宜大學台灣文學系專任副教授）
攝影——林鑠齊
記錄整理——張孟穎、廖俊逞、莊珮瑤

• 原刊載於第 178 期，2007 年 10 月號

豔陽高照的午後，國立傳統藝術中心文昌祠戲臺前，仍聚集了上千名戲迷，爭睹歌仔戲天王楊麗花與她「永遠的娘子」許秀年的巨星丰采。即使當天氣溫達三十幾度，酷熱難耐，大批追星族們卻是在傳藝中心一開園，就搶進園區占位子，爲的就是要和偶像近距離接觸。

睽違舞台已久的天王巨星楊麗花和許秀年，在歌仔戲迷的簇擁和歡呼聲中登場。楊麗花頭戴白帽，穿著白上衣，水藍長褲，帥氣不減當年，許秀年一襲黑色薄紗洋裝，楚楚可人。這對歌仔戲最佳情侶檔，戲裡夫妻結緣超過三十載，鴛鴦再聚，兩人現場即興一段《唐伯虎點秋香》，身段眼神交會，淨是濃情蜜意，看得台下觀眾如痴如醉。

這場堪稱歌仔戲世紀天王天后空前對談，在戲曲學者林茂賢風趣幽默的穿針引線下，兩人暢談他們一路走來的甘苦歷程，同台談情説愛的甜蜜往事，以及與歌仔戲難分難解的一世情緣。

戲班孩子，舞台結下不解緣

林茂賢（以下簡稱林）：楊麗花一開始學歌仔戲是和媽媽一起學的，當時學歌仔戲的過程是怎樣呢？

楊麗花（以下簡稱楊）：我在我母親肚內就開始學歌仔戲了，我母親演到要生我的前一晚呢！你想想我是不是在肚內聽歌仔戲聽到很熟悉？所以我對歌仔戲太內行了，說頭就知尾。尤其是出生後，什麼都不知道，寄人去學戲，屁股要被打到掉下來。我都是科班出生的，要打屁股打到會，從不會打到會，所以我的戲才有辦法說什麼應付什麼。

林：楊麗花六歲開始演出第一齣歌仔戲，叫做《安安趕雞》。很多人懷疑，六歲孩子眞的會演歌仔戲嗎，是演安安還是演雞？

楊：演安安啊，這是有一個故事的。因爲安安媽媽被安安的阿嬤趕走，沒有母親帶大，所以一邊哭一邊趕雞。

林：這樣六歲就會演戲，怎麼會演，一般人六歲都眞的不怎麼可能演戲？

楊：一般孩子是這樣。小時候，台上人家在演戲，我在文武邊，文武邊就是戲班內台，武邊就是敲鑼打鼓的，文的就是在左手邊。人家如果在演戲我就坐在旁邊，所以我從會走路就一直看戲，看人演，看到演孩子的人出團了，沒有孩子在。我媽就說你會演嗎？我就說會啊。看也看到熟了，果然第一次出去演，未唱歌就先哭了。

林：還沒唱就哭了？

楊：是啊，觀眾就說那個孩子怎麼這麼會演，怎麼演到一直哭一直哭，在唱什麼都聽不懂，我只好安靜。人家聽不懂我在唱什麼，我就哭到底，喉嚨都纏在一起，咬字就不清楚。我媽就在

《丹心救主》劇照（國家表演藝術中心國家兩廳院／提供）

旁邊搖頭，我就說，好我不要哭了，自己捏（喉嚨），捏到好。再重新開始唱，人家才聽得懂你在唱什麼，後來就這樣一步一步學，也是這樣一步一腳印地爬上來。

林：許秀年更厲害，三歲開始唱歌跳舞，五歲正式加入「拱樂社」，拱樂社是我們台灣歌仔戲界最重要的戲團，五歲做囝仔生（娃娃生）。

許秀年（以下簡稱許）：六歲啦！

林：六歲唷，這樣超齡。那時叫做小秀哖。各位對許秀年小姐的印象是從內台歌仔戲開始，因爲她小時候七八歲開始演出歌仔戲電影，當時最轟動的電影就是《流浪三兄妹》。那時你爲什麼六歲就演出了？

許：那時會在拱樂社是因爲我媽媽和阿嬤的關係，她們不是唱歌仔戲，是在裡面工作，一個在買菜一個在煮飯。我也是在戲班長大的，跟團長（楊麗花）一樣。那時拱樂社前半個小時一定讓少女歌劇團演出，用少女吹樂器、打鼓，之後一陣唱歌跳舞。我小時候沒事就整天看戲，不是在坐在武邊就是文邊，看人跳舞，別人就問說把你裝扮裝扮拉下去跳番仔舞好嗎？那次可能在玩吧，印象中把你綁一條巾，隨便穿一個裙子就上去了，別人看這個小孩膽量不小，上台看到觀眾不會怕，可以抓回去當囝仔生。

後來流行黑白電影，很多是台語片，由小孩子當主角，其中有一部叫《流浪天涯三兄妹》這是時裝的。我們是演古裝的《流浪三兄妹》，用拱樂社的名義和一個拍片公司一起去拍的。那時我們有三個孩子演，劇情跟以前的農業時代很合，有些人生活過得比較苦，看到片中小孩子這麼小，打水，越山過溪，覺得很可憐，所以那部電影突然變得很轟動。

林：兩位都演過內台歌仔戲，也灌過唱片拍過電影，在電視上也很轟動，請教兩位，舞台上的表演和電視電影有什麼不一樣？

楊：舞台的妝要濃一點，因為有和觀眾互動，譬如說我現在在舞台上，觀眾在舞台下，他站很遠，不像電視你站在多遠它可以用特寫，眼睛動作都看得到，舞台要濃妝動作也要大。電視就不行了，如果用舞台的方式演，那是天差地遠。電視拍攝時，如果我們的手完全伸開就跑出鏡框，攝影機就找不到楊麗花了。

電影又更不同，電影一個分幕很大，比目前這個景還大，像現在楊麗花的臉不知道有沒有一呎，就要幾乎幾丈的長鏡頭來拍，所以妝又更淡，你最好只要打個粉底，眉毛稍畫一下，你的表情動作不能很大。電影的表演一定要減少百分之七十，表情要更柔更自然不能晃來晃去，如果晃來晃去，觀眾不能接受。

電視舞台和電影完全是兩回事，所以說我們拍電影要有電影的技巧，要演電視有電視的做法。有人問說電視怎麼不能歌唱多一點？你想，我在台視演出以前每天播出三十分鐘，光廣告就五六分鐘，加上片頭片尾，實實在在的演出才十幾分不到二十分，歌仔戲不到二十分那劇情要怎麼演？所以歌一定要少唱，節奏要快，不能哭調一唱廿分。後來我爭取到八點檔演《洛神》，一小時看得很過癮。但不能常常這樣演，因為劇本有限，所以不能一整年都有歌仔戲在電視上演。

假夫妻動人心，結緣超過三十年

林：許秀年小姐本來不是演小旦，是演小生喔，但後來怎麼會「變性」，小生變小旦？

許：我以前在中視待過一年的時間，大家都知道我長得不高，你知道做小生人要高一點，所以沒辦法。一次團長跟我說：「你長得不高，你來做小旦比較適合。」我很感謝她給我這個機會。

許秀年｜歌仔戲旦角，有「楊麗花永遠的娘子」封號

她也很大膽，她怎麼不怕我演下去不像小旦。可是團長是我的良師也是益友，一直教我，譬如說我們的動作身段她都會跟我說。私底下我們是很好的姊妹。我很感謝她一再給我機會，一再地跟她搭檔演出，所以今天在電視上才有楊麗花的娘子——許秀年的存在。

楊：不能這樣講啦，因爲她聰穎。那時她電視已經演過，我在台視錄影她來探班，她說她很想跟我一起演，我也在想說好啊，她那時才十七、八歲而已。我說你不能演小生耶，因爲她個子嬌小，我說你要演小旦，剛好，我們人都是自私的，我想說她若演小生就沒楊麗花了，搞不好現在就是許秀年了。

那時我剛好沒有女主角，我才想說如果用她很好，因爲許秀年的聲音很美，那時要找到像她一樣五音俱全的小旦不多。人家說「師公戲，無聲不用去」，歌仔戲，就是要唱歌，你不會唱歌五音也不全，唱什麼歌仔戲？

許：以前我好愛看她的戲，那時我還是演小生。她的打扮化妝身段，我都是看著電視學她的。而且我就像現在的追星族，都到處追著她，一路追到宜蘭。她的公演我也全部追去看，一路追到底以後就變成我的相公了。

楊：都是緣分，我常常開玩笑說，我們兩個前世大概是夫妻吧，這世才會做戲來演假夫妻。我們也已經一起演三十幾年了，他老公和我老公都沒有在一起這麼久，只有我們兩個最久。

楊麗花｜歌仔戲演員、製作人

許：你知道嗎，我們這對假夫妻在電視上演戲，已經做到讓她的影迷吃醋了。多冤枉啊，他們看到我就生氣。

林：眞不簡單，這樣夫妻結髮三十幾年長期合作。在你們合作過程中感覺最得意的一齣戲是哪一齣？

許：我覺得好多齣我都好喜歡耶！

楊：哎呀，今天這麼多觀眾在這裡不能講謊話，要講良心話喔。

許：那我要問團長一句話，你覺得我這麼多齣戲你最喜歡哪齣。

楊：我最喜歡你當秋香了。

許：哎呀，這可是我們團長的拿手戲，不只是迷倒全台灣，連國外的影迷都被她迷倒。你看她那最拿手的風流戲，說句老實話，沒有一個人可以對到我們團長的風流味。

楊：演秋香沒有人比她還要好，她那個嬌滴滴的模樣，男人都是賤骨頭，都要讓女人給他這樣吊胃口，才會盧著要追。所以沒辦法啦，剛好楊麗花做唐伯虎，那我就來啦！

林：那我們現在來試試看好不好！

楊：不管到哪裡，是美國還是僑胞晚會，我們都會演這場戲。這可以說是我們的獨家戲。雖然演了上百場不過好久沒演了，不知道還記不記得。

（演出〈唐伯虎戲秋香〉一段）

楊：我第一次，我做這麼久，從來沒有一次穿西裝演歌仔戲，這好像在復古。如果說到古代的歌仔戲，最開始是「七ㄍㄧㄡˋ戲」，就是小生、小旦、花旦、三花、老生、老花、壞女人。

林：就是生旦淨末丑。

楊：我們過去若是看歌仔戲就要知道它原來的歷史。古早沒有穿歌仔戲服，那是事後文化彼此交換，到最後學化妝、穿古裝，才會像戲，你學我我學你的。我們歌仔戲主調是七字調，剛剛唱的「都馬調」，可說是從都馬班傳來的，比較不規律。很多人以爲歌仔戲是從大陸傳來台灣的，其實不是。我們說歌仔戲代表台灣的文化，是可以拿出來講的。大陸的歌仔戲是從台灣傳過去的，我聽我父親說過，他現在九十幾歲了。小時候他常常告訴我，以前日本時代，我們戲班去大陸演出，很多去了沒回來。眞的唷，七七事變時很多人不能回來，就乾脆整團住在那邊。有一次有個座談會，有的人都不知道就黑白講「如果兩岸可以溝通我們就可以過去深耕」。我聽了很難過，就隨口跟他說，深耕不是我們過去跟他們深耕。應該是他們要過來跟我們學習。所以我們一定要記得這件事，不要讓別人說我們宜蘭人眞的這麼愛賺錢。

超級偶像，被粉絲拉到全身烏青

林：楊麗花小姐這麼長的演出過程，有沒有遇到比較有趣好玩的事情？

楊：我年輕、很紅的時候，都會有人請我去剪綵，剪綵很好賺，紅包都包很大。有一年，那時迷你裙正流行，我年輕的時候也很敢穿，迷你裙是麂毛短短的，上面還有雞毛。我最記得的是，只是要剪綵而已，我從巷子頭走到飯店而已，就被後面的門割了好大一條線，剪完綵以後，他們的車沒有辦法開到門口，走出去的時候剛好下大雨，結果我的雞毛都被淋得濕濕的。只剩衣服還在了，不然那次眞的得包棉被坐車了。

還有一次去台中表演，觀眾非常熱心，戲演完，我已經卸完妝要回去，跟他們握手說再見，結果跟他們握手握到手要收不回來。還好我功夫不錯，都這邊手去那邊手拖，有保鏢在開路，就邊拖邊走，回到飯店要洗澡，完蛋了，滿身都是烏青。本來想說他們怎麼把我弄成這樣，可是其實觀眾就是很熱情，他們就是想看你嘛！觀眾的熱情其實讓我很感動，楊麗花的觀眾讓我很感動，我都這麼大了還不肯放我走呢！你看到現在還要我演。

許：觀眾很熱情，像我們大概二十多年前去馬來西亞，我們下飛機到機場的時候也是這樣，人很多，怎麼有可能一一跟他們握手，走都沒辦法走了。雖然旁邊都有十幾個保鑣，但是衣服還是被抓到亂七八糟，也多少烏青，演出以後，有很多人站在前面要跟我們握手，我們團長差點都要被他們抓過去當壓寨夫人了，還好有把她給救回來了。

楊：眞的，這些看歌仔戲的觀眾讓我永遠都難忘，很熱情。他們一看你，就是永遠都看你，不管你演什麼，做得不好，他還是照常說「好漂亮、好可愛」，所以我每種角色都演，只是太小隻的角色像許秀年這種我不敢演。

許：哎呀，說到這我就想起來，你有做過只是你自己不記得了而已。

楊：我是有演過，那是戲中戲，男版入妝。

許：沒有，你自己不記得。你記不記得《唐伯虎點秋香》有次在台灣省公演，我們做很熟了，做到每個人的台詞都記得了。有一次我們團長忽然想到，乾脆我們都來換角色。所有的小生都演小旦，所有的小旦也反過來演小生。我也有演到唐伯虎呢！他演秋香，打扮起來很漂亮。

林：希望下次還有機會看楊麗花小姐演小旦。

楊：沒有啦，我再演就是老旦了，什麼小旦。

重回電視條件難，期盼歌仔戲傳承不斷

林：我們對許秀年小姐和楊麗花小姐長期以來在電視台上的表現都有極大的肯定，但是現在，電視台已經不再繼續製作歌仔戲的節目了。明明歌仔戲有這麼多的觀眾，為什麼不再製作歌仔戲節目了？

楊：要說起來也是話頭長三暝三日都說不完。過去台視一年至少有四檔的歌仔戲，你想想看，楊麗花演多少年歌仔戲了，我的戲碼這樣重覆再重覆，最少也演過四遍。我自己都覺得演到很膩了，沒新鮮感。都沒有新的劇本，所以我就停手了，等到我們有新的劇本再來演。台視也說好。但是這樣一拖，台視就變成三年一檔，好久才一檔。

最大的問題在於電視台很多，上百台的電視台，不像過去只有三台電視，觀眾都分掉了。而且製作的經費越來越少，以前一集給我五十萬製作，現在減成二十萬，有辦法做嗎？如果資金越來越少，東西就不漂亮，那不如我先停下來，等到有比較好的製作團隊，比較好的資金，我們再來製作一個比較好比較漂亮的。如果越演越回去，倒不如不要演了。

林：我想我小時候如果沒有楊麗花的歌仔戲，我的人生就是黑白的，所以我非常期待能夠再次在電視上看到楊麗花的歌仔戲節目。

楊：對，歌仔戲是我們台灣人最大的文化，我們在家電視開了就能看歌仔戲，像有些年紀比較大的，我們的阿公阿嬤，都是阿公帶孫子一起看，三代都看楊麗花的歌仔戲。我們有時候會好奇，怎麼會有十六、七歲的小孩子看過楊麗花，像有一次，有個小孩好可愛，他媽媽跟他說「快

點快點，你看楊麗花在那邊吃飯」，小孩子就跑來看然後問「在哪在哪？」媽媽就說「這個就是楊麗花啊」，小孩就放聲大哭「啊？是喔！」他想說，楊麗花是個很帥氣的英雄，是男生，怎麼變女生。害我還要老闆多剁一隻雞腿給我，趕快拿那隻雞腿去哄小孩。而且看歌仔戲不會學壞，歌仔戲講的都是忠孝節義，不然我們的傳統都快要沒了。希望我們大家能多來鼓勵。

林：兩位都經歷過野台歌仔戲、電影、電台、電視，一直到了現代劇場，你們都有參與。從你們兩位的立場來看，我們台灣的歌仔戲未來應該要怎麼發展？

許：其實如果有心要學，也必須要有空間讓他們去發揮，繼續這樣傳下去才有辦法，也希望能夠呼籲電視台，能夠多給我們一些空間讓歌仔戲繼續做，不然歌仔戲就這樣斷掉也很可惜。你看有多少學生在學，我們團長的心願也是要繼續傳承，但是沒有空間就沒有辦法發揮了。

楊：我是要吃到老演到老支持到老，演到我不能演的時候，我的心還會繼續支持歌仔戲，希望我們在座的觀眾要熱心鼓勵，能夠眞正代表我們台灣文化的就是歌仔戲了。

恩客與酒家女——台灣歐吉桑的情與義

吳念真

李永豐

時　　間｜二〇〇七年十一月十三日
地　　點｜綠光劇團辦公室
主　　持｜廖俊逞
攝　　影｜許斌
記錄整理｜廖俊逞、黃琬棋

• 原刊載於第 180 期，2007 年 12 月號

紙風車劇團執行長辦公室裡頭，招呼客人的不是咖啡茶水，而是檳榔、香菸、和烈酒。吳念眞和李永豐，兩位台灣歐吉桑才剛在沙發上坐定，就開始相互吐槽、把許譙當親熱，台味十足，讓我想起小時候在南部阿公家，夜晚的四合院稻埕上，邊喝茶、邊聽AM電台的賣藥廣播、邊許譙時政的那些叔叔伯伯們。

吳念眞，台灣最有魅力的歐吉桑，寫過上百部電影劇本，爲數不盡的廣告商品代言，來到劇場，編導《人間條件》系列，依舊是票房保證。講故事永遠比別人好聽的他，即使金鐘獎、金馬獎、金鼎獎、什麼「金」獎都肯定了他，但是他最在乎的還是觀眾。他說，每次戲散場回收的問卷，都會一張一張地看，「觀眾看完戲之後，還坐在觀眾席把他的故事寫下來告訴你，最大的感動不過如此。」

濃眉大鼻酷似阿兜仔，因而被好友暱稱「美國」的李永豐，嗓門大，三句不離「髒字，自稱吃喝嫖賭樣樣都來，行爲舉止像極了混黑道的兄弟。站上舞台就會人來瘋的他，在粗魯草莽的外表下，有著一顆感性細膩的心。他說，這一輩子感受過台下觀眾的熱情，幾乎要把台上的人淹沒的只有兩次，第一次是兩千年總統大選的晚會，第二次則是《人間條件》去年巡迴高雄，謝幕時掌聲整個湧上舞台來。

吳念眞與李永豐結緣，除了氣味相投，據說還有一則插曲：一位算命仙說，吳念眞前世是位酒家女，而李永豐則是他的恩客，於是有一天「恩客」語重心長地跟這個「酒家女」說：「出來爲你自己和爲台灣劇場做一些事情；出來做不是要幹麼，就是『做爽ㄟ！』」於是，不管信不信，故事就這麼展開了……。

Q：你們是如何走上創作這條路的？

吳念真（以下簡稱吳）：坦白說，我的人生是沒有規劃的。

李永豐（以下簡稱李）：我們是「油麻菜籽」啦！怎麼可能有什麼規劃，媽的哪裡可以活就往哪裡去啊。

吳：其實我們的人生跟現在教科書教我們的不一樣，我們是踩穩一步才往下一步走，剛畢業就得先找工作，做得辛苦，找到另外一個工作再換嘛，不然你沒飯可以吃啊！像我高中畢業就當兵，當兵回來念大學夜間部，選擇的也是那種出來可以很快找到工作的系。我當時很崇拜作家鄭清文，他是在銀行做事，晚上寫小說，所以我也就跟著去考會計系。後來發現寫小說實在是沒有拍電影好，因爲那時已經被啓發說：社會需要改革。像寫篇礦工的小說，礦工也看不懂，大學生看了也沒有用，有能力解決問題的人也從不看，幹麼？搞影像比較快！有機會就去做，做到大四，中影問說：「你要不要上班？」，很多朋友說：「幹！那是國民黨的，去是要死喔。」有人講：「先去占位置，你去做一定比別人好！」我就去啦。

李：我們還是有年齡差距，而且家裡沒有背景的人，是不容許失敗的。我是先念世新電影科，後來跟校長吵架就不去啦。因爲以前喜歡畫畫，就想學美術，但是考不上啊，又沒辦法，當時社會就是不管家裡情況，你要念一個大學，打開自己的眼界，那時候電腦沒有那麼發達，「看世界」就是考大學嘛。所以來台北補習，唸書就得到台北，就是這樣。

吳：那時是你要做什麼發展，應該到台北來。好像到這個地方，你才有更多的機會。

李：我是誤打誤撞進「蘭陵」才走入這途。在心態上，庄腳孩子上來台北，其實什麼都沒有，所以我做劇場做那麼久還是有道理，因爲本來就艱苦出身，所以做事的時候，就一步一步慢慢起來。

吳：你剛剛講到「說故事」，我覺得「吾少也賤，故能多鄙事」，因爲經歷過很多事情、經歷過很多人，不像現在很多年輕人一直讀書，讀完大學到國外留學回來才搞創作，老實講很可怕。你如果沒有大量閱讀，或沒有大量接觸人的時候，你所想出的細節都是想像、都是書本，不然就是模仿。我們碰過的人太多了，你隨便聽一個人講故事都可以很精采，有些人是不太會講故事，但是丟很多元素給你，比如說有礦工講到以前當日本兵，遇到沉船的時候，怎樣爬到叢林；日本兵警告他們，如果美國人來，投降的話就放狗咬；同梯的朋友死掉就把他們的手剁下來，燒一燒把它當骨灰帶回去，講得像笑話一樣，可是你從這個細節去組織畫面，可以很感動啊！你講的是別人的故事，可是經過組織，人家就會認爲你講的故事好好聽喔。我常犯這毛病，一本書看完講給別人聽，人家就講說這書好好看，買回來，幹罵的咧！

李：柯一正對吳念眞有種崇拜，他常常形容：「他講的故事永遠比別人好聽！」

吳：現在拍電影什麼都要政府補助、輔導金，感覺拍電影就很偉大，放你媽個屁，賣麵也很偉大啊，憑什麼做電影比別人偉大？我以前拍電影，是想一個故事之後，常常代表導演去講故事，講給誰聽？講給發行商聽，因爲天天看電影啊，「嗯，這個有機會……」他才答應給你錢，我是這樣訓練出來的。我一輩子寫到現在大概寫了一百個電影劇本，拍掉有八十幾個啦，有的到一半就沒有了。

李：我要插一下題外話，我的意思是，爲什麼那時候我一直要他來做舞台劇，我跟他說，吳sir，老實講廣告那個東西已經接很多了，第二個其實經濟上也沒什麼困難，而且電影已經寫了一百多部劇本，可是其實他內心中對創作、對戲、對故事，那種感動，那種情感如湧泉般的感覺，正是劇場需要的，台灣劇場界最缺乏的就是像他這樣人。

Q：你們的革命情感是怎麼培養出來的？

李：我們沒有革命情感啦！應該說是我把他騙來劇場的。我們是拍《多桑》認識的，我跟你講，人的感覺就像談戀愛，你和他本來沒什麼關聯，爲什麼一眼就瞧上，這是有淵源的，這一定要寫下來，因爲他去給人家算命……

吳：他說的有些東西不能寫欸！

李：他上輩子是什麼？是「酒家女」，所以他跟上輩子一樣不會用眞姓名出名……

吳：你他媽！算命的是說花名會比我本名出名，然後不喜歡喝酒啦，然後賺錢的事情都在晚上完成，還有恩客一堆，你要用各種不同的姿勢配合他，你碰到不同導演、不同老闆，就碰到這個倒楣鬼啊！

李：我眞的是他的恩客啊，哈哈！

吳：就是有一個「氣味」嘛！還有一個叫柯一正，介於我們之間。

李：十幾年前，柯一正看我第一次在國家戲劇院演《歡樂中國節》，看了很感動，好像淚流滿面，就來跟我說：「你眞的做得很好，要不然我們一起來做。」後來，就把吳念眞一起拉來做，

李永豐｜舞台劇演員、編導，紙風車文教基金會執行長

因爲在一起久了，那時我還語重心長跟他說，「恩客」跟這個「酒家女」說：「大仔，眞正爲你自己和爲台灣做一些事情。」因爲你知道，出來做不是要幹麼，就是「做爽」！

吳：做劇場沒什麼負擔，唯一的負擔是觀眾。我從來不管劇場界怎麼看我，因爲小說界不認爲我是小說家，電影界不認爲我是電影界，廣告界也不認爲我是廣告界。喔，好愉快！有些人還寫文章規定說：「他爲什麼不專精一件事呢？」我說放你媽個屁！我的人生要你來規畫我喔，是誰規定人生要專精一件事，我覺得人生苦短，什麼事情都要做一做，不要做害人的事情就好啦！如果我現在沒工作，我想要賣麵，我煮的麵很好吃欸，我做的菜很好吃欸，我都想做，什麼事情都可以做一做，就去嘗試啊！

李：可是對我來說，我做劇場做那麼久，對我來說有兩個很重要的理由，第一個就是像他這樣的創作人才實在太少了，我跟柯一正都很崇拜他，他那個頭腦「巧」得要死了！

吳：有些人批評我，爲什麼老是要做一些取悅人家的東西，我說不然要怎樣？要教育人家嗎？我眞的沒有資格教育人家耶！老師都沒辦法教育了，教育部長都老是被罵了，他媽的誰能教育誰啊？取悅不容易欸，眞的，你看A片要取悅到人家，也是要演得累得半死，何況是一堆人在那邊，要演一個故事，讓台下觀眾開開心心的，那眞的是不容易！老實講，我沒把握去告訴人家「人生多麼怎樣……」那我弄一個

吳念真｜小說家，編劇，電影暨劇場導演

東西好玩，大家看一看，你抓到某些地方感動，它會想到什麼，可以了啦！我們看電影不是也這樣嗎？我們不一定覺得這個電影真的很棒，但是某些部分「哇靠」打到你，讓你想到人生已經忘記的很多事情，統統回來了，很好啊，多麼愉悅！

Q：你們這一輩台灣歐吉桑的特質是什麼？

吳：愛面子、重義氣，外面的事情比家裡的事情還重要，別人的事情比自己的事情重要。

李：重要，絕對重要！

吳：了解別人的兒子比了解自己的兒子還多，別人的兒子比自己的兒子更重要。

李：沒錯！

吳：常常做一些很虛無的事嘛！像我爸爸就是那種颱風過後，先去幫別人弄房子，再來才弄自己的，他覺得這樣才是男人啊。

李：從唐山過台灣的歷史來講，大家都是移民的人，大家都是「羅漢腳」，不互相照顧，誰來照顧你？所以那是台灣傳統的生活文化。

吳：男女之間本來就有一個互補的，男人基本上是比較「外」的，他的想法是我今天要做什麼，別人才會幫我做什麼，格局比較大；女人是保護孩子、保護家庭，那是母性本能，你也不能說她錯，她永遠考慮到家裡嘛。所以男人女人經常在這個地方衝突啊，女人永遠不知道男人在幹麼。

李：不只是本省小孩，眷村長大的也是，那種移民的性格是一樣的。

吳：男人一定是結交很多朋友，要組織才能保護，逗陣彼此才有照應嘛。我父親過世前，身體很不好的時候只交代一件事：「抬棺木，我的朋友都老了抬不動，你去請人，其他你們安心，我只要一倒下去，所有人都會來。」眞的是這樣啊！我父親過世那天是大颱風，我從醫院把他運回到家裡，半小時後，蘆洲的人來了、板橋的人來了、基隆的人來了，所有生前好友，老頭子全都來了。我說：「抬棺木，爸爸有交代說你們大家都比較沒有力氣了，我來用請的。」你知道他們講什麼嗎？「一世人鬥陣的，我們抬一下是會怎樣？」所以我父親出殯時，我哭不是哭我父親欸，因爲那已經隔了一個月了，那天出殯又是大颱風，他們七早八早來，開始穿草鞋，大家都上了年紀了，而且都有生病，很久沒做工，腳都瘦瘦白白的；要從我家把棺材抬到巷口，事實上沒有很遠，但因爲在瑞芳，那個石階差不多二十幾階，我端著牌位「抖」走在後面，看著他們那個腳，每一雙腳都瘦瘦的，有的叔叔伯伯生病很久，然後一階一階扛上去，腳都在顫抖，我的眼淚就這樣「啪～」出來，我覺得這是何等的情義！這種情義在現在不可能看到了，我多愛這種東西！有時候常聽說朋友竟然可以因爲政治分開，我覺得，幹！那算什麼朋友？政治人物有那麼重要嗎？

李：這十年來，或者說這七八年來，我做劇場還有包括接一些廣告、活動，對我來說，跟他們在一起，包括他啊、柯一正啦、還有這些朋友，是我最快樂的時候，爲什麼？因爲心裡是安全的，我從來沒有那麼安全過。

Q：這麼有情有義的台灣歐吉桑，活在現代這個社會快樂嗎？

吳：別人看起來，我們這一代的歐吉桑很奇怪啊！我老婆到結婚後很久才適應。就像拍《戀戀風塵》的時候，她永遠搞不懂這個男人怎麼可以坐在那邊，談我的初戀情人，還談得很高興在寫劇本，她還要拿水來給你們喝，幫你煮宵夜。我也知道很不好意思啊，可是要做事啊！一邊說故事，一邊心裡想說「啊，死了！這樣要怎麼對我老婆交代？」最後，還有個金馬獎評審委員，看完之後也跑到我家，又講說：「那個東西好棒！那個東西很棒！」他來，我太太一樣煮飯給他吃啊，到了他走，我去睡覺，我老婆就在哭，她說她已經忍耐很久了啊，她說心胸再寬大也沒有辦法容忍一堆人在妳先生面前歌頌他的初戀情人，她「凍未條」啊！接下來我一直安慰她，講到五點多，跟她強調說：「我現在娶的還是你啊……」等等，但她還是堅持說：「可是她還是在你心裡面啊！」

李：重點是，我還是你的第二個選擇，不爽啊！

吳：最後是外面傳來三聲槍聲，因為我們旁邊是新店監獄，我跟她說：「在你哭泣的時候，有一條生命已經結束了，所以你可以睡覺了。」

李：在感情上，我國中也有一個經驗，有一天我看到一個朋友心情不好，我問他什麼原因也不講，後來我就問另外一個朋友，他到底是怎麼了，原來是他愛上一個女孩子，那個女孩子很喜歡我，有寫信給我；後來我就沒跟她來往，我跟她說，我不能跟你在一起，因為我想讓給他，因為他先講了嘛！

吳：好偉大！哈哈，他現在跟你講的是他以前的行情。

李：這絕對是經驗！

吳：我可是沒有，我老是被遺棄。

Q：談談你們那一代的男人是怎麼談戀愛的？

吳：談戀愛都差不多，我們比較古典啊。

李：我不是，我比較動物性。

吳：對，他是五個女子一根棒子啊！

李：我們這種出身嘉南平原的人，都是午後雷陣雨，先打雷閃電，然後滿天彩霞，把馬子就是這樣搞的！

吳：那我們九份就是綿綿細雨，哈。不過很神啊，他現在的太太是完全可以治他的。我很傳統，我是在醫院認識的啊。是一次大失戀以後，心情很不好，就跑到醫院去交友，醫院的護士一大堆啊，牆上有美女圖，全都有貼照片在那邊，剛開始找的時候，護理長就出來說：「幹什麼？」我說：「沒有沒有！」她就說：「你愛上我們護士啊，哪一個？」還幫我找，因爲我人緣不錯，我就說：「好像這個跟這個…」她就說：「你確定啊？」我就說：「這一個。」我就出去了，五分鐘後她跑到樓上跟她講。我本來按兵不動，她還很生氣說你怎麼講了都不行動，是她去跟人家講，我根本沒講，她來罵我說：「你趕快去約人家啊！」後來，第一次約會到國父紀念館聽音樂會，那次來了一大堆人。

李：我這個太太，以前追她的都是開 BMW、保時捷、JAGUAR，後來被我把上，我是騎著摩托車載她。我還記得有一個晚上，冬天，我騎摩托車從松江路那裡載她去看電影，兩個人冷得皮皮挫。後來我才知道，我老婆家算有錢人，騎摩托車可能對她來講很新奇，「晚上騎個摩托車出來」，很浪漫的樣子。

吳：就像是每天吃大餐，偶爾吃路邊攤也……有意思的。

李：對！像我跟我老婆去買東西，我第一次不知道，她拿錢包給我，我說：「爲什麼？」她說：

「錢髒，我不碰。」他媽的，我會跟這種人結婚！可是我是一個髒到一個不行，跟我老婆完全兩極化的人，所以很多人有一次看到她，會傻眼：「哇塞！這是你老婆啊，媽的。」

Q：所以歐吉桑聚在一起，都做些什麼？

李：打牌啊……

吳：聊天啊、罵來罵去啊、打牌啊。比如說柯一正最近太累，因爲感冒顏面神經受損，我從日本回來剛下飛機，他就打電話來：「我說那個柯董生病，你要打電話跟他關心一下。」他說這是第一，chapter 1；Chapter 2是上帝很公平欸，他媽的那麼帥的人終於變醜了，哈哈哈。

李：我跟他講你最好一直病到二月，這樣他演《人間2》的時候會更傳神。

吳：這就是他啊，關心在前面，後面窩囊。這應該也是我們這一代男人的相處模式，直來直往，不要龜龜毛毛。我們這群人很怕一種東西叫「ㄍㄧㄥ」，我每次都罵小朋友：「媽的幹你娘，你還沒有成爲一個藝術家，幹麼每次『ㄍㄧㄥ』一個藝術家的樣子啊？」

李：我講一個例子，我在「紙風車」當藝術總監，是很凶的，導戲常訐譙人家，管你是男生還是女生。但是演到了吳sir的戲，我就是那個「衰尾」的，每天跟窩囊一樣被人家訐譙，演一半出來被訐譙，然後又繼續演，演出來又被訐譙；所以紙風車的演員在這邊看到我，完全沒辦法適應，覺得說你好辛苦，可是對我來講這沒有什麼。我記得演《人間2》的時候，整個被他釘到牆壁去了，爲什麼？我的台語沒有照他寫的方式講，可是他的台語是有韻的，雖然很平凡，你聽的時候完全沒有感覺，他裡頭有韻的，我這傻子怎麼知道，後來才知道他媽的裡頭是有韻的。

吳：每一種語言都有它的節奏。現在小朋友講話（說台詞），也許我罵他，他會覺得說「意思一樣」，不！「意思一樣」但是不能這樣講！它有一種韻律。訐譙他是爲了讓別人有警惕，他比較倒楣而已啊。

Q：被稱之為「國民戲劇」的《人間條件》，即將推出第三集，談談你們對這系列的想法？

吳：我那時候的感覺是，想把台灣某些「遺失的情感」找回來。

李：像吳 sir 的《人間條件》系列對我這個製作人來說，覺得最屌的地方，就是我做這個戲，至少每個人看完是帶著溫暖回去的。

吳：對，可是就是用錯了一個演員啦！太誇張啦，老是演一演…「自己」就跑出來啦！

李：我就是秀場演法，取悅他媽的……

吳：他常常沒辦法控制。

李：他媽的看到女生脫光，屌就立起來一樣，看觀眾他媽的 high 起來，這下子我也沒辦法，我永遠不求長進，你要用就用，你不用我也沒辦法，哈哈。

吳：老實講，我是一輩子很怕欠人家人情債的一個人，我覺得一個觀眾花那麼多錢來買你的票來看，你沒有做好，我會覺得很虧欠，這種事情我壓力最大，其他的部分我一點都不管，我眞的不 care。

黃韻真
黃韻玲

人生路上的四手聯彈
獵人與黑心廚師的故事

時　間｜二〇〇九年四月十六日
地　點｜MEI'S TEA BAR
主　持｜廖俊逞、李秋玫
攝　影｜許斌
記錄整理｜廖俊逞

• 原刊載於第 197 期，2009 年 5 月號

即將在《人間條件4～一樣的月光》中與林美秀演出姊妹情的黃韻玲，雖然在戲中演的是妹妹，但在實際生活中卻是不折不扣的家中大姊。很少人知道，黃韻玲有個在國家交響樂團（NSO）當法國號副首席的妹妹黃韻眞；同樣擁有古典音樂學習背景的她們，卻走上截然不同的人生道路。

活潑外向的黃韻玲從小就是個瘋狂追星族，生活中最重要的讀物是《電視週刊》，學音樂只爲了寫歌給自己的偶像唱。如今活躍於螢光幕前，遊走於流行音樂、劇場和主持，對她而言，如果不創作，日子就像反覆練琴一樣無聊，但只要能從工作中發現一點樂趣，她便會義無反顧地「撩下去」。

黃韻眞雖然個性低調，自稱不喜歡接近人群，最愛搞自閉，但她的音樂、她的插畫，卻自然散發著如法國號音色般溫暖爽朗的特質。訪談間她深怕我們採訪素材不夠，不時發揮逗趣本色，爆出許多家人相處間的趣事。

除了二〇〇一共同出版《有時候懶一點反而好》，這對姊妹檔看起來沒有太多的交集。但兩人之間深厚的情感，就這麼不經意地、自然而然地流露出來。

Q：小時候怎麼開始學音樂的？

黃韻玲（以下簡稱玲）：我爸媽都不是音樂老師，可是我叔叔是。眞的要說音樂的啓蒙，應該是還被抱著的時候就開始了，三歲吧。我家小朋友都要學音樂，小學唸敦化國小，也是我媽聽很多人建議，說學校的音樂環境不錯。

黃韻眞（以下簡稱眞）：我們家阿嬤的嫁妝就是鋼琴。她偶爾會自己彈小調，左右手都彈一樣的。她是虔誠的基督徒，如果晚上睡不著她也不會抱怨，就自己唱聖詩。

玲：我比她大五歲，剛進去敦化國小時還沒有音樂班，只有合唱班，我是節奏樂隊，吹口風琴。管樂班是我五年級才成立的，老師要我們假日早上到學校，來看看要學什麼樂器。那天我媽帶我、她，還有小妹妹一起去。

眞：我才二年級。跟著去好玩的。

玲：老師擺了攤位，上面放很多樂器，讓我們選。我心裡一直想學長笛，因爲我個子比較高，老師就要我學巴松管，我心想好像火箭炮，好醜好長。她也莫名其妙就選了法國號。

眞：我看到法國號很亮，就想那是什麼，後來老師說要看我牙齒，然後要我吹，我一吹就發出很高的聲音，於是我就學了法國號。在那之前，我媽根本連法國號的聲音都沒聽過耶！我們家人也沒特別喜歡音樂，只是一家感情都滿好的，我媽也沒逼我們練琴，但好像莫名其妙就變成學音樂的。

Q：當初學音樂，有被逼著每天要練琴嗎？

玲：我覺得鋼琴是一定要練的，但不是想成爲鋼琴家，我想的是以後寫歌的時候，就不用重新再學。我從小就想寫自己的音樂。有一次，我媽因爲看我都不練習，就不再讓我學鋼琴，我就痛哭流涕，想說老師每週都會逼我彈，那就是一個練習，否則沒有老師我可能根本不會彈了。

真：小時候跟我叔叔學鋼琴，他是私人音樂老師。我叔叔很凶的。會打人，你如果彈錯，會被捏眼皮罵：「你有帶眼睛來嗎？」

玲：後來我兒子跟他學，還跟他吵架。現在小孩也不怕，不像以前被打會躲在廁所哭。現在我叔叔教一教自己會睡著。小時候我們也沒有很努力練琴。這又開啓了另一個功夫，就是視譜能力會變很好。後來我唸國中以後，從沒想過要念藝專，也沒參加過音樂比賽，只想說念藝專不用穿制服、剪頭髮，就覺得好吸引人。一直到參加考試才發現，原來別人都好厲害，貝多芬奏鳴曲什麼的，一直彈都不會斷。

真：說起來阿嬤算有栽培你耶，叔叔還帶你去上奧地利老師蕭滋（Robert Scholz）的課。

玲：我小學四年級，我叔叔很認眞地跟我說，妳一定要去給蕭滋上課。上了三四堂，後來因爲學費好貴，就算了。

真：不是因爲被妳氣死了嗎？

玲：才不是。

真：我從小就覺得爸媽比較偏心。我是老二嘛，我媽開車載她去上課，我都用走路的；放學回家按電鈴，媽媽都會喊：是小玲嗎？我就不高興，所以她以後聽到電鈴聲，就乾脆小玲小眞小容，三個姊妹的名字一起叫。爸爸比較疼老么。我是典型那種爹不疼、娘不愛的老二，心裡常覺得不平衡。小時候很愛吃，也許是潛意識認爲吃多一點、變胖了就可以買新衣服，不用穿她的。

Q：聽說黃韻玲從小就是個瘋狂的追星族？

玲：我那時候不聽古典樂，只聽鳳飛飛、陳秋霞、劉文正、溫拿五虎。我媽都形容我這禮拜拿去上課的鋼琴袋子，下禮拜原封不動再拿去上課，連譜都不會拿出來。考藝專，鋼琴組九百多個錄取七個，我心想考不上了，但是聽寫分數非常好。

真：她多恐怖你知道嗎？她去看鳳飛飛演的電影，是帶相機去，只要鳳飛飛出現的畫面她就一直拍耶！洗出來都是鳳飛飛大頭，但是沒有意義啊！她就是喜歡！

玲：我只做一件事情，其他什麼事情也不管，每天想要去哪裡追星，要買什麼原聲帶、唱片的。我媽很疼小孩，會幫我們買。她知道我們喜歡唐尼與瑪麗・奧斯蒙（Donny & Marie Osmonds），他們來台灣開演唱會，我才國中，我媽還幫我們買票讓我們去看。那時候還跑去豪華大酒店看《一道彩虹》錄影，我們家在一江街，我念長安女中，一下課就走到一江街那邊等。不只追星，還迷瓊斯盃。

真：我家離中華體育館很近。而且簡文彬的爸爸是當時是瓊斯盃的裁判，所以我們都跟他要貴賓席的票。跟著追到中泰賓館，因爲那時候喜歡韓國隊。

玲：我眞的是標準的追星族、電視兒童。我阿嬤常罵我，看電視都看到唱國歌（節目收播）。那時候，我最重要的讀物就是《電視週刊》，生活沒有別的，每天都在想這些事情而已。所以我媽說，只會看電視，沒有生活常識。

真：唸藝專的時候，他們考對位，她就把考卷傳出去要學弟寫。

玲：就是簡文彬啊，結果傳回來都不及格！好生氣！我還跟簡文彬說，你不是很厲害嗎？

真：我們考不及格我媽也不生氣。我都自己簽聯絡簿，一次簽很多頁。

玲：誰說她不會生氣？她是生氣過後來放棄。

真：她是放棄你。

Q：有想過自己會從一個追星族變成明星嗎？

玲：沒有想過。我一心只想幫他們寫歌，自然而然就會注意很多跟演藝圈相關的事，像新聞、節目動向、看錄影現場。家人也知道我熱中這個。那時候很奇妙，我叔叔跟我媽說，要我們去參加基督教兒童合唱團，周六就準備曲子去考試。我們三姊妹就被抓去參加合唱團，從小學四年級唱到十八歲。許景淳、蔡藍欽、趙詠華……全都是那個合唱團的。

真：因為年紀相差太大，她也不太理我們，就只做自己的事。像我跟小妹只差一歲，所以我學法國號她也跟著學，我們都念南門國中。

玲：國二時，有一天從報紙上發現「金韻獎」比賽，就想參加，根本沒注意有年齡限制，高中以上才能去，也不管同學要不要，就拉他們跟我去報名。報名時，我硬是拜託他們說，國中三年級要考試就不能參加了，現在就讓我參加吧。每天下課就去新格唱片講，講了一兩個禮拜，終於答應了。我寫的第一首歌叫《永恆的生命》，收在金韻獎第五輯。家人也沒什麼喜不喜歡，連我參加比賽也不太知道，他們一路上只知道我又拿到誰的簽名之類的。

真：我們家不太把這個當大事。就連當時馬友友來台灣跟我們樂團演出，我要我媽幫忙錄影，我媽都說她沒空，連我音樂會他們也沒出席過啊。反而小朋友畢業典禮我們會全家出動。我問說，爸要不要去聽小玲唱歌？我爸說，我不想去耶。

玲：但是像我姑姑會幫我剪報。大家感情都很緊密，比較像傳統家庭，不會主動稱讚你很棒，但我要去主持電視，叔叔姑姑阿嬤都會來。

真：他們就是讓她沒有後顧之憂。

玲：對啊，像我那時候要出唱片，我媽說你去滾石幹麼，我說出唱片，結果一年多了也沒出。那時已經藝專畢業，一心想著出唱片，每天身上就是一百塊零用錢。雖然過程不是很順利，但會感覺自己離鳳飛飛越來越近。就像進入這個圈子，可以看到很多想看到的人，也有機會跟他們合作，比如看到崔苔菁，遺憾的是沒看到劉文正。加入新格時，我有種民歌最流行的歌星我都認識的興奮，像是李建復、王夢麟，好高興唷！

Q：姊姊當了明星，妹妹的心情是什麼？

真：我比較自閉，錄音時需要配音我才會去幫忙。同學知道她是我姊姊，會要我幫忙要簽名。常常有人認出她，我都會問她，這樣不會很痛苦嗎？我不喜歡這樣，我喜歡躲起來，不喜歡人多。

玲：那是個性使然。我小時候跟同學玩遊戲就是我當主持人訪問她們；或是玩歌唱比賽，我就會自己訂規則。

真：我也外向，只是不喜歡人多的地方。

玲：比較無法很快融入新環境。

真：我很怕不熟的人，連表演都希望是熟人坐在第一排，否則我就會害怕。所以我不太敢開獨奏會。大部分人跟我相反，覺得熟人聽有壓力，但我都要看到他們。我其實很感謝大姊辛苦，工作很忙；去看《人間條件》，也覺得很好很感動，但她如果問我有什麼意見，我只會說，謝幕的時候不要動來動去。

Q：你們覺得彼此的個性像嗎？

真：我自己覺得我們兩個的性格差滿多的，可是常有別人說很像。

玲：家人一定會有某部分很像啊。比方說替別人著想的部分，那種溫暖的特質。這跟家裡有關，

黃韻玲｜音樂製作人、歌手、演員

到三十幾歲曾祖母都還跟我們住在一起。我們都很重視家庭觀念，但不會用直接的方式表達，例如她覺得你很辛苦，她就會說，謝謝你啦，誰叫你上輩子是黑心山產海產店老闆。

真：是廚師！那我就是獵人，因爲我吹法國號（早期法國號是獵人打獵時吹的號角），我殺動物賣給我媽，她是老闆，但我媽很黑心，用低價買進，就交給黑心廚師，後來沒料理好客人中毒而死，客人就是我妹跟我爸。

這輩子都綁在一起。我說這是「還債」。我媽現在還照顧我們全家，一早起來弄早餐給孫子吃，可是她很愛啦。

玲：我們稍微多幫她做，她就嫌我們搶他工作。

真：我媽外在冷酷，內心溫暖。她會一邊罵不要帶狗來，又去餵狗吃東西。我的善變滿像我媽的。

玲：我感覺她是比較獨立的人，自己在外面住這麼多年，也不習慣跟很多人住在一起。還好我家很大，大家生活作息時間都分開，她也可以有自己的空間。

真：她要我搬回去，剛開始我很不習慣。我一直想養狗，我媽不讓我養，我就又搬回去套房住。我就是喜歡一個人。比較任性。大了也就管不動，她比較聽話。我沒辦法被管，像是戒菸、或是不要吃肉。我常給自己定很多「題目」，比如「臉模糊的」像花枝不吃，或是有「親子概念」的不吃，她都會陪我。

黃韻真｜法國號演奏家，訪談時任國家交響樂團法國號副首席

玲：有一陣子她從維也納回來，我們全家都要陪她吃素。我爸好痛苦。

眞：我們的個性都很樂觀。像我工作是約聘的，沒有退休金，她當藝人也是。我會問她說，妳會不會擔心？她說有什麼好擔心，交給上帝就好，不是人可以安排的。有機會就好好把握，沒有就沒有，總不能每天擔心貸款交不完吧。

玲：貸款交不完就把房子賣掉啊！爲什麼要想一定是不好的呢？有時候還是會受到情緒影響，不過都會告訴自己，盡量樂觀啦！

Q：會跟對方分享自己的內心世界嗎？

眞：我們都各有一掛朋友，內心話也是跟朋友說，直到最近姊妹住在一起，才開始講這些，平常不會。

玲：會啊。遇到挫折會彼此鼓勵，但最終還是自己決定。本來我們跟家人的關係就很近。

眞：像我結婚、離婚都是跟我媽講一聲，那我媽就嗯嗯喔喔，也不會特別講什麼。

玲：他們比較尊重小孩子。

眞：我們兩個沒吵過架，但我跟我小妹和我媽有。那是因爲我小妹跟長輩講話不禮貌，我會管她，最後吵起來，也是小事。跟我媽吵很嚴重是因爲她（韻玲）兒子。

去餐廳吃飯，她兒子拿筷子玩，連上廁所也要帶筷子，我當然不能讓他帶啊，就叫他把筷子放下，那小孩當場大哭。爲了這個我媽跟我爭執，我媽說我不要回來好了，一氣之下，我就眞的沒回去。

Q：可以談談印象中對方做過最讓你感動的事嗎？

真：你要眞的感動還是好笑的？類似今天沒辦法決定要不要洗頭，就會要對方幫我聞一下頭臭不臭，她就只好在很油的地方聞一下，然後跟我說，你去洗一下。眞正感動，就是她賺錢養家，因爲我都沒有幫到忙。我的角色不一樣，我是來討債的。她不會覺得很苦，那是因爲她很喜歡作曲。

玲：以前人家問我，最難過或最快樂的事，我就想有，就是阿公去世，可是後來一想不對，他是在做他最喜歡的事情的時候離開的，而且八十五歲了，這怎麼叫難過？我就跟採訪我的人說，我講錯了。然後我又講了快樂的事情，記者就說，如果這算快樂的事情，那一定還有很多更快樂的。

真：前陣子有颱風，她去電視台錄影，颱風下雨的，我開車跟我媽還有她兒子去接她。回家就在巷口包薑母鴨回家吃，我覺得這就是很快樂幸福的事情。

玲：對啊。

真：沒什麼戲劇性的。最近快樂的事情是瞞著我媽買沙發。

玲：對，我們瞞她說要出門一下，就去家具店亂買，電視櫃、沙發、桌椅……

真：但也不是很貴的那種，她是很有計劃花錢的人。我們買得很開心，回到家都不敢講，還跟家具店的人說不能告訴我媽花了多少錢。我媽很愛演「阿信」，前陣子高血壓我送她去急診，回來就應該好好休息，她偏偏還想洗碗、拖地。我說妳這樣樂團我不要去好了，我辭職在家做這些，她才去休息。

玲：明明買便當給她吃，她就是要吃剩菜，不吃新的便當。很奇怪。

Q：除了音樂以外，韻真喜歡畫畫，兩人曾合作出過一本圖文書；韻玲也朝戲劇發展，兩人的興趣好像滿多元的？

真：我想畫才畫，偶爾在網誌上畫，沒有目的性的，其實畫得很醜，她又要強迫我畫。那本書是後來她一直催我，我想說沒時間就亂畫，畫得很醜，我也覺得很對不起她，但也沒辦法。

玲：當時我就是想可以這樣DIY出書就好啦。如果妳畫得醜，那什麼叫做「會畫」？

真：我比較變來變去，沒什麼大志向，像這一陣子流行騎單車，我就跑去買腳踏車；也問過好朋友要不要跟我去學按摩，可以去醫院幫老人或植物人按摩，結果都沒有人跟我去。也喜歡養動物。總之就是愛亂花錢。

玲：我會想要多接觸好玩的事、認識有趣的人。演舞台劇，就是因爲沒做過，才想試試看。第一齣戲是發第三張唱片的時候，演屏風的《從此以後不再去那家 Coffee Shop》，演完之後我告訴自己不要再演了，因爲一直重複同樣的動作，好痛苦喔。在錄音室也是，我頂多彈兩次，彈第三次我就累了，一開始的興奮衝動就沒了。經過多年再演綠光的《台北秀秀秀》，又是不同題材，好像那股衝動又在呼喚我。

會演《人間條件》是個誤會，一開始我以爲他們找我去作配樂。沒想到我第一次去，就開始讀本，而且講台語，我完全不會，大家都跌倒。經過這麼多年，他們說，當時其實吳 Sir（吳念眞）很害怕，後來柯導勸說，她會啦！結果回去一直練習，第二天就熟了。我只要可以從這件事中發現樂趣，我很容易又「撩下去」。

Q：你跟吳念真合作第四次了耶！

真：他們不好意思跟你說 NO 嗎？

玲：最好是！後來發現在綠光排戲很快樂，因爲我跟美國（李永豐）從唸藝專的時候，在蘭陵就認識了，二十幾年的朋友。經過這麼多年合作，很像兄弟，很有趣。我們會一起去玩、喝酒、吃宵夜。雖然他外表看起來很怪，像流氓，但他眞的有很多創意。我喜歡跟對的人工作，大家都是眞性情的人。

有一次排戲，戲快演出了，吳導很忙、整個人很緊繃。美國連台詞都還沒記熟，還在排練場跟我要嘴皮子。美國說等一下去哪裡，我說，可以嗎？等一下要演了，他就說，可以啊！每個人都要吃東西，那我們去唱歌。我說不要，去吃東西好了，去吃「川鍋」。講完那兩個字，吳Sir杯子飛過來，我跟美國兩個嚇得一動也不敢動。吳Sir就幹譙美國說，爲什麼大家那麼努力，你要這樣呢？後來我們慶功宴去「川鍋」，都不能寫那兩字，直接寫x鍋，免得杯子又丟過來。

Q：兩人同樣經歷過婚變，現在回頭看那段生命的歷程，有什麼感覺？

真：我跟我老公十七歲就在一起了，十一年，但結婚八個月就離婚了。我告訴你，我滿幸運的，後來我發現我沒那麼愛了，但還是可以當好朋友，就手牽手一起去離婚，戶政事務所說我還沒看過這種的。還好啦，當好朋友就好。

玲：新聞出來的時候，其實已經過了我最低潮的時候了。我覺得自己要去面對。其實大家到現在都還是家人，不會有隔閡，還是會連絡。這就是人的過程。因爲人跟人在一起，就連兄弟姊妹都會有問題，何況是兩個來自不同家庭的人。如果大家已經往不同方向走，那就看未來有沒有可能在同一個方向相遇。

劇場的聲音　聲音的劇場

雷光夏 陳建騏

時間—二〇〇九年六月下旬
地點—金山南路錄音室
主持—廖俊逞
攝影—許斌
記錄整理—朱安如、廖俊逞

• 原刊載於第 200 期，2009 年 8 月號

從容地遊走於古典、電子、實驗、民謠、爵士、流行等領域，將音樂化作一道道黑暗之光，以聲音的體貼、以歌詞的詩意，撫慰都市人的心靈，用樂器用聲效用歌唱用唸白，帶我們張開耳朵，聽見世界，看見自己，觸得到夢。她是音樂創作人、廣播主持人——雷光夏。

橫跨劇場、電影、廣告配樂，創作型流行歌手最愛的鍵盤手，他的音符如水般清新甘甜，通過雙手在琴鍵間淡緩流瀉而出，沒有過度渲染的情緒，總是爲聽者留白，通過旋律的流動，灌注自己的喜悅與哀傷。他用音符與世界對話，他的音樂是想像的色彩。他是全才音樂人——陳建騏。

仲夏台北，雷光夏與陳建騏將要以莎士比亞爲題，透過音樂召喚莎劇經典場景。我們邀請兩位音樂人對話，暢談創作之路上，音樂以及音樂之外，其所創造的。

Q：兩位都不是音樂科班出身，請問你們的音樂創作啟蒙為何？

雷光夏（以下簡稱雷）：小時候學鋼琴，相較於其他同年紀的小孩子，算有音樂天分的。比如說，會彈琴、看五線譜、自己亂彈一些東西、或聽得出來別人哪裡彈錯了。我爸也喜歡古典音樂，所以讓我學鋼琴，可是我很討厭練琴，就沒有持續練。音樂很有魅力，但對我來說，音樂好像不只是音樂，還融合了語言，或者想像等事情。如果我是科班出身，我可能就專注在練琴，或者說在揣摩古人累積的東西；以我的才智，可能一生都無法達到一個眞正音樂家的境界。所以，我會岔出來，把音樂跟我喜歡的文學，或語言文字，或者影像視覺、場景結合。

陳建騏（以下簡稱陳）：我爸媽都不是對音樂有什麼太多想法的人，在成長過程中，沒有看他們聽過任何一張卡帶，或者是ＣＤ、唱片，甚至連流行音樂，他們都不聽。因爲他們工作很忙，小孩子想要做什麼事情，他們都會支持。一開始我主動要求學鋼琴，晚上大人打麻將、看電影，我就自己乖乖地去老師那裡練琴。

雷：我爸有很多朋友是音樂家，他們的女兒都是讀音樂班的。印象很深刻的是，國小的時候，有一個跟我年紀一樣的女孩子，第一次來我們家，一坐下就彈貝多芬的《暴風雨》。聽她彈，我就知道我這輩子不是當鋼琴家的料。一方面是我不勤於練琴的關係，一方面覺得跟這種天生絕對音感、從小上音樂班的，程度眞的差太多。可是很有趣的是，長大之後再遇到這個女孩子，她現在已經是音樂教授了。回想起當時，我說：「妳知道妳給我多大的刺激嗎！」結果她說：「拜託！妳不知道那時候要去妳家彈琴我多緊張啊！」而且，她看到我自彈自唱，也有很大的震撼。

Q：所以你們從小時候就開始創作自己的音樂？

雷：大概是國小一年級。國小課本上有一些童詩，因為有韻腳，寫功課無聊的時候，就會把這些詩唱成一首歌。大概三、四年級的時候，開始自己填詞，比如說寫可愛的洋娃娃、美麗的洋娃娃，或者說爸爸送我一本鋼琴譜，諸如此類很生活化的事情。有點像用音樂寫日記的感覺，將生活中最快樂的事情，還有最想要得到的東西記錄下來。我覺得那時候就會很想把它唱出來，不過聽起來都像兒歌。

陳：我練琴常常前十分鐘彈古典，之後就自己亂彈即興，但即興通常無法構成旋律。真正旋律思考是國中的時候，我開始接觸西洋音樂。有一個叔叔愛聽西洋歌曲，我從他那發現很多卡帶，當時我記得聽了 ABBA 的歌，覺得很厲害，便會模仿他們的東西。讀雄中加入社團，參加校內民歌比賽，第一次發表自己寫的歌，拿下創作組第一名。那首歌是〈Inspired by Debbie Gibson〉，那時候她的專輯很暢銷，在美國流行音樂排行榜都是前幾名，最具代表性的一首歌叫做〈Lost in Your Eyes〉，只用鋼琴伴奏，讓我發現原來這樣就可以寫一首歌。

雷：對，ABBA 和 Debbie Gibson，還有 Air Supply（空中補給合唱團）。像建騏在雄中有民歌比賽，我讀中正高中參加合唱團，但經常和吉他社的混在一起。那時候吉他社有 Geddy、黃中岳，他們都是我大我一屆的學長。Geddy 是現在河岸留言的老闆，黃中岳則是很厲害的吉他手，也是很棒的製作人、編曲。遇到這群很厲害的人，每個都會作曲，我心裡想，以前做過兒歌，應該也可以吧。我寫的第一首歌叫〈宇宙中的蚊子〉，非常羅大佑式的，充滿年輕人的吶喊，旋律則運用轉調，從小調變大調，歌詞說：「為什麼蚊子你有翅膀，但你卻不飛，飛到天空，你卻要在人群中……」有種高中生的文采。

陳：聽起來很劇場，很有畫面。可以發展成史詩般作品的感覺。

雷：有，我那時候就是有那種企圖。那首歌我唱給他們聽，大家都覺得很棒，受到很大的鼓勵，但其實他們寫的音樂更酷。他們畢業那一年，我寫了一首〈逝〉送給他們。他們覺得那首歌很好聽，跟我要和弦來學。〈宇宙中的蚊子〉沒人要學，反而這首〈逝〉很受歡迎。後來〈逝〉這首歌就變成中正吉他社社歌，Geddy 他們之後到淡江，也把這首歌帶進吉他社，成為初級教本的入門曲目。因為我只會彈那幾個和弦，所以運用的和弦很簡單，大一入社只要會彈四個和弦，就可以唱〈逝〉這首歌。

陳：雄中的比賽我參加兩年，要畢業的時候，剛好發生六四天安門事件。其實我算是好學生，但年少輕狂，半夜跟同學騎摩托車，繞了高雄一圈，回到學校之後，有人剪掉升旗的繩子，有人在教室裡燒桌椅。就是一種很莫名其妙的情緒，想要怒吼，現在這個時代，發生這樣的事情，我們畢業到底要幹麼？我們未來到底要做什麼？於是就寫了一首關於畢業的歌，這首歌比較怪一點，很灰色。

雷：好猛喔，有學運的感覺耶。

陳：我們班上就有幾個搞學運的。六四的時候，學校禁止學生去參加，他們翹課到台北來靜坐，寫校刊，發地下刊物。

Q：音樂創作過程中，影響你們最深的人或事？

雷：最早應該是羅大佑。高中的時候，看了坂本龍一配樂的電影《俘虜》，傳說他一個人用電子合成樂器完成所有的音樂，覺得非常神奇。過去可能需要一個大編制的樂團，很多人才能完成的配樂，現在只要一個人，一台電腦，音樂就可以做出來。那時候我瘋狂收集坂本龍一的卡帶、唱片，甚至連我爸朋友去日本，都請他買坂本龍一的黑膠給我。雖然他的音樂有點難以下

雷光夏｜電影配樂、作詞人，電台主持人

嘛，可是我很喜歡，全部囫圇吞棗吸收進去。他的音樂有點電子、有點龐克，感情的部分沒有那麼多，旋律不是引發你的情緒，而是它背後的東西。

陳：我覺得那個年代，比如說光夏剛剛講的羅大佑、還有鄭怡、小蟲，影響應該是綜合起來的。從高中參加話劇社，到後來搞劇場音樂，我也沒有刻意去聽什麼配樂。提到midi，我是因爲看了張小燕的《週末派》，有一集她找庾澄慶上節目，把他家裡所有的電子樂器搬來介紹，我覺得超酷的。那是高中吧，還沒有網路，我跑到高雄的樂器行問，是不是有琴可以接電腦，可以直接在電腦上做音樂。後來在YAMAHA找到，沒記錯的話一台就要六萬元台幣，在當時是非常貴的。

Q：建騏一直從事電影、廣告和劇場配樂工作，而光夏出道時是一個歌手，如何接觸到配樂和廣播的工作？

雷：我第一張唱片是水晶唱片發的，那時候何穎怡正在弄一個「女歌製樂」系列，就是女人唱歌，有我、史辰蘭、紀淑玲、潘麗麗，她覺得這些女生都很有意思，乾脆弄一個系列，我等於是「女歌製樂」的第一張。那時研究所剛畢業，還年輕，一心只想做音樂，每天在家裡混，睡到下午才起床，混到連我爸的朋友都看不下去，跟我爸說：「你們眞的應該叫雷光夏去上班。」我回說：「你不知道

陳建騏｜作曲家、鍵盤手、劇場音樂設計

我在做音樂嗎？」我其實滿叛逆的，當聽到長輩說你應該要怎樣的時候，我心裡很憤怒，更埋頭做音樂，覺得自己不想成爲資本主義的幫兇。以前在學校念研究所，傳播研究、文化研究，理論的東西念太多，老覺得這個社會有問題；我想像農夫一樣，用音樂耕田，有點「憤青」吧。可是，很有趣的是，那段時間的音樂，反而非常焠鍊。

之後，林強幫侯孝賢弄《南國再見，南國》的配樂，找了一些樂團，獨立創作人，要一起弄一張原聲帶，其中收了我兩首歌，就是那兩年我做出來的。那個階段的創作不只是彈彈唱唱，更接近聲音的實驗，試圖在音樂裡面營造畫面和場景。林強把〈老夏天〉這首歌拿給侯孝賢，他把它放在電影裡面，林強和高捷在騎車的那裡就是我寫的一首歌。試片的時候，看到那一幕非常強烈的鏡頭，覺得很得意，好像證明了自己：你們現在應該知道我在做什麼了吧。

不過，對年輕的音樂人來講，謀生的確是一件困難的事情。所以，後來我開始認眞思考，我想去上班了。何穎怡告訴我，有個朋友開了個電台，問我要不要去。我想那就去吧。可是原本我想做幕後，沒想到卻當了ＤＪ，成了另外一個人生的展開。

Q：創作可以一個人完成，配樂則需要和人溝通，兩者之間的工作方式差異為何？

陳：對我而言，主要的差別在於，配樂不是寫有關自己的事情；所以我可以把自己藏在音符裡面，你聽到寄託在別人故事、形式上的情緒，但你不知道我眞的感受是什麼，我最近過得怎樣。一方面我希望別人可以透過音樂認識我，一方面我又不需要這麼去表露自己。相較於完成一整張自己的專輯，從事配樂似乎壓力比較小。但我不會不滿足，因爲我喜歡閱讀，但不擅長用文字表達，不覺得自己是一個可以寫的人，與其詞不達意，不如讓音樂說話就好。所以，配樂應該是我會一直做的事情。不過最近我做的這幾齣音樂劇，可能有稍微改變。因爲音樂劇裡面需要大量的唱歌；歌詞雖然不是我的文字，可是它會跟我的生活、我的情感比較接近，它的主體性比較強。比如說在夏宇寫的文字上，可以放很多我自己的經歷，或者是對那些文字的回饋。我覺得寫那些歌我很開心，因爲我一直不覺得自己會寫可以唱的歌，但因爲它的文字可以讓我完全投入，所以某一部分我覺得，我釋放了我自己。

雷：聽得出來。從《地下鐵》、《幸運兒》、到最近的《向左走，向右走》。我感受得到他把很多能量放在裡面。建騏是個天生的配樂家。他可以在大的結構和形狀上，爲它塡上需要的音樂和風格。我自己在創作上就比較緩慢。我講的緩慢是，某部分我覺得建騏是可以很輕鬆的人，那種東西是一種天分，他的靈感是源源不絕的天分。我的緩慢在於，我每寫一首歌，都好像把自己的靈魂拿出來，看見，然後再塞回去；拿出來，再塞回去；有時候會很煎熬吧。我想建騏當然也有他創作的痛苦；但對我來說，常常在一種自我辯證的狀態當中。我從寫歌開始，配樂是比較晚的事了，認眞說起來，第一個合作對象，應該是我爸爸，幫他的紀錄片配樂。配樂眞的不一樣，除了你跟導演合作的默契，還有它已經有一個非常清楚的需求在那裡，你得針對它的需求去創作——那件事情跟你面對自我，是不一樣的。我眞的覺得，做廣告音樂或者電影音樂，老實說，還滿快樂的。因爲主角是「它」，要說話的也是「它」；我只需要知道，我說的話導演或客戶喜不喜歡，要不要而已。

陳：劇場要說的事，其實離不開生離死別，人的各種狀態。當然，每個故事都有它的獨特性，可是共通點非常多。但文本如何切入，導演怎麼呈現，還有設計、演員、空間，怎麼用不同的方式說，整體呈現出來的畫面是什麼樣子，會影響我對每齣戲不一樣的詮釋。

Q：如何面對創作中的瓶頸與焦慮？

雷：我每次發片都隔兩、三年，就是因爲我覺得，我需要生活，我需要去找新的元素。那種感覺很怪，很像是你做完一張唱片，你就把你所有可以給的都給光了。像一口井，本來飽滿的水，全部都拿去灌溉土地了，然後土地開始長草、長植物，你覺得很開心；可是你發現，井裡的水沒有了。所以，發片完的半年、一年期間，我的內在是空無一物的，第一次會有很大的焦慮，等到第二次、第三次，你就知道這是一個常態。我現在反而會放鬆心情，出去玩、找朋友、看電影，然後完全不想碰音樂，不需要給自己壓力說今天來寫個歌什麼的。奇妙的是，經過一年半、兩年，很緩慢的時間，重新凝聚能量，想創作的衝動又回來了。就像距離上一張專輯至今兩年多，我現在正在幫朋友做配樂，就突然發現，那個東西又回來了。音符自然地送上門來，你本來已經把它送出門，現在它終於又回來找你，而且變化成不一樣的樣子。因爲那顆種子已經又長大、又成熟了，以不同的面貌和你對話。我覺得有這種心情。

陳：因爲我沒有作曲基礎，完全靠耳朵直覺，所以音樂一定要先能說服自己的耳朵。我不擔心風格相近，因爲這就是我。一個人本來就是要有個風格，太五花八門也是件奇怪的事情。可是，做音樂是一種自我滿足和自我實現；當那個自我滿足和自我實現的部分，沒有辦法再說服自己的時候，那接下來是什麼？《幸運兒》算是我遇到比較大的瓶頸。《地下鐵》的成果我自己很喜歡，我想說，如何突破第一次的成績？後來我找到的施力點是，《地下鐵》很五彩繽紛，《幸運兒》的繪本本身就比較灰暗，比較陰沉。我給自己的期許是，一定要做和以前不一樣的——所以有民族樂器，有電子樂器，有不和諧的絃樂在裡面。我覺得，以配樂角度來講，它扣合了《幸運兒》的主題。我在這三齣音樂劇裡面，解決自己創作能力上的焦慮。〈失明前我想記得的四十七件事〉跟《向左走，向右走》中的〈翻譯的女人〉，是兩首我覺得影響我滿大的歌。〈失明前〉因爲夏宇的詞很長，有點對仗，它長到超過我可以處理的；我後來找到一個方式，銜接唱跟唸白之間的處理。〈翻譯的女人〉更是一種反覆的形式，它的文字非常反覆，同時述說自己又述說別人，所以你必須找到一種能和文字形式結合得很好的曲子。

Q：不同領域的音樂創作，帶給你們的不同樂趣是什麼？

雷：對我來講，都很有趣。因爲它們都是聲音，都是音樂。我不知道，原來我對聲音這麼著迷；開始做了之後，才發現超好玩的，每一個形式都充滿樂趣。好玩的原因是，我們可以掌握它，且自然而然可以找到那層脈絡。不管它變成什麼形式，你都可以找到游刃有餘的地方。寫歌當然是從小開始，配樂也是類似的經驗，我覺得跟我合作的導演都還滿好的，如侯孝賢、還有長期合作、〈我的80年代〉的導演蕭雅全、以及我遇到的一些廣告導演，他們都滿尊重我的。至於電台廣播的工作，我覺得我也在裡面找到一種新的創作模式，它給了一種不一樣的空間，有一些啓發人心的東西，也找到一種新的玩音樂的模式。

陳：光夏剛剛提到，導演的尊重，我覺得那是一種彼此的了解，他會找你，是因爲他聽過你的音樂，相信你的作品。我的工作因爲有很多不同類型、演出，不只是電影、廣告、劇場配樂，還有幫歌手編曲，當演唱會鍵盤手，那時候就可以看到不同的我。我認爲，在裡面享受很重要。做音樂對我來說，是最幸運的一件事，也是我非常享受的一件事，應該對光夏來說也是如此。即使廣告改了十幾遍，我還是覺得，它是有趣的。

雷：我今天來的時候想到建騏，我覺得他有種水的感覺。因爲他裝在任何容器裡面，他就是可以清甜可口，變成那個容器適合的樣子。你不覺得這很妙嗎？

陳：光夏的作品給我的感覺是，表面非常平靜，可是內在暗潮洶湧。比方說在電台聽她的聲音非常溫柔，可是在音樂裡面，你聽得到她有一股獨特的力量在裡頭。我覺得那跟編曲的形式，或旋律的怪，是沒有關係的，是一種感受。

Q：對你們來說，音樂最迷人的地方是什麼？

陳：可以讓在十萬公里以外的人，跟你心靈相通，即使他誤解了你要帶給他的情緒，仍然是件很感人的事。你要一個人開心的地方，他聽了哭得稀哩嘩啦，還是會讓你覺得：哇！好棒喔！

雷：我附議。我最近在看一本書，裡面就提到「漣漪」這件事情：你丟下一顆石頭，感覺它已經沉到湖底了，可是事實上它在水裡激起了一些東西，而你可以從別人身上看到那個漣漪。音樂也有這種力量：你讓別人笑，或讓別人重新得到撫慰；就像一圈圈波瀾，影響了別人。我覺得，我正在做這件事情。

馬水龍 邱再興

同窗慈父的藝術與愛

時　間—二〇一〇年七月十六日
地　點—台北鳳甲美術館
主　持—黎家齊
訪　問—李秋玫
攝　影—許斌
記錄整理—李秋玫、李彥慧

• 原刊載於第 212 期，2010 年 8 月號

一位是台灣知名度最高的作曲家，一位是台灣半導體業的開路先鋒。馬水龍與邱再興，這兩位孩提時代的同窗好友，在各自領域中開疆闢土，也在藝術的道路上相遇。一位出資、一位出力，兩位泰斗，誓言要將這個社會，注入一份美的氣息。

學音樂的馬水龍兩個兒子都念理工，而讀理工的邱再興一雙兒女卻走上藝術之路。兩位父親，都在人生的路途上給過對方的兒子鼓勵與建議。時逢父親節，以及兩人共創的「春秋樂集」重新啓動之際，我們特邀兩人對談，聊聊他們對親情、成長、以及兩位泰斗爲台灣共識的理想。

Q：聽說兩位曾是小學同學兼鄰居，能否請兩位談談認識的經過？

馬水龍（以下簡稱馬）：小時候我們都玩在一起，但更熟悉是小學五年級的時候。我們兩班的導師都是師範學校剛畢業，教學很認眞。但我們導師的風格跟邱董的不一樣，邱董班上考中學的成績比我們班好多了；我們班愛「玩」是有名的——搞童子軍、搞露營，幾乎每個禮拜日都去遠足。有人很羨慕我們那班，也有人覺得我們那班都在玩。後來想一想那根本就是現在「森林小學」的教法。可是當時校長不理解，還把導師叫去問話，但那寶貝老師那時就懂得用「植物觀察」的名義，帶我們野外教學。

邱再興（以下簡稱邱）：我們老師比較嚴，事實上那時我家的狀況是不可能讓我念中學的，也是因為老師的關係我才去念。我們班上考中學時考得非常好。後來我們兩個人就開始走不同的路。

馬：那時候的人有小學畢業就可以了。

邱：風氣的確是這樣，像我們家的人都沒唸過書，所以我從沒想過要去念中學。但老師卻一再說服我，並且答應如果考上就想辦法幫我拿獎學金。那時根本沒有想到會考上，然後走一條完全不一樣的路，這都要感謝那位老師。

當時建中還有初中部，接著我直升高中，之後又保送台大，所以我一生只考了那一次試。前幾天法鼓山請我去演講，我就是用「貴人」這個題目；每一個階段因為有個貴人的協助才會改變，我第一個貴人就是我的小學老師，沒有他我不可能去念書。

馬：人的一生都會碰到太多太多的貴人，不過在我那小小的心中埋下種子的小學老師，我還一直很懷念，他帶給我的影響，直到我現在從事教育都還受用。他說「讀書是重要，但不是一切」，所以那時候我們班常被說成是「神經班」。

後來到了六年級，我才發現應該要像邱董他們班一樣用功。因為起步比較晚，老師就在放學後留下來兩個鐘頭替我們補習，沒有拿鐘點，只是加強。我是班上第二名，但是可能連基隆中學都考不上，當時我覺得考不上非常丟臉，所以就不考了。那時還有個基隆水產學校，我覺得是省立的也不錯，一考就考上。後來愈讀就愈有興趣，剛好我父親的朋友有一個船公司，他跟我說只要水產學校畢業以後，上船實習三個月就可以直接考三副。我想也不錯，就開始夢想四十歲不結婚，要跑遍全世界——那時候只是心懷大志，根本不知道跑船多麼辛苦。

邱：不見得你設定要走的路就會是什麼路，我常說，人生啊！來的時候就有無形的手在安排，所以很難說你要走哪條就是哪條。

馬：劇本都寫好了……

Q：後來兩人一直有聯絡嗎？

邱：我們到中學反而比較有見面的機會，小學的時候大家都聚聚散散的，中學的時候我考上建中，因爲家裡環境比較差，沒有地方念書，所以校長特別給我一個教室，晚上可以拿電燈泡去用。那時候都暗暗的，很多人都不敢去，所以我都是晚上的時候去學校用教室，白天去就會看到他去學校練琴。我們在那個時候偶爾會聊聊天。

馬：反正我們家境都差不多，小學走幾步路就到了，所以那時候讀書都是在學校。其實我學音樂也是有原因的，那時的音樂老師上課還教樂理，全班都沒有人要聽，但我就對理論很有興趣。因爲每次都考滿分，他就問我是不是喜歡，我說是。因爲那時候我就會看譜了，所以他就丟了一本破破爛爛、不知道捏了幾代的拜爾給我，跟我說中央C在哪裡，我就開始慢慢從小風琴練，練到八、九十頁時，琴鍵已經不夠用了。

Q：兩位小時候各有什麼樣的興趣？

馬：我那時興趣很多，沒有環境學音樂又沒有什麼特別的督導，有時候也愛帶著一盒水彩到處寫生。我就是喜歡音樂、喜歡畫圖，體育也不得了。我學彈琴都是無師自通的，偏偏學音樂家裡就是不允許。一個大男生不好好上學，去學音樂！我後來跟他們說我要去學作曲，我解釋了半天什麼叫作曲，他們也不懂，索性就不講了，直接去走我的。

邱：興趣上他喜歡音樂，我喜歡文學。

我在中學的時候常爲了要讀書，所以得想辦法賺錢。其實寫東西也是我收入的來源，我曾經拿過全省徵文比賽的第一名，前幾期建中校刊幾乎有三分之一都是我寫的。在建中保送台大的時候，我的導師一直希望我唸中文系，但考慮到生活，最後我還是唸電機。

其實從小我就很會做生意，只要一有空就開始賺錢。後來到建中去唸書的時候沒辦法，除了寫作之外，在寒暑假也一定得到家裡是水果中盤商的朋友那去工作，大概每天早上三點半就要去上班。其實人生的轉變很大，變來變去以後很多東西我就放掉了，所以我跟文學比較結緣的時間是從初中一直到高中畢業，這是我當下要做的選擇。

Q：到後來是如何喜歡藝術的呢？

馬：我父親在我高二時重感冒併發肺炎過世，我航海跑遍全世界的美夢也就沒有了。

在父親生病了以後，我休學了一年，那時就去考台肥一廠。爲了考修繕工廠製圖畫齒輪，我還去書店找他們高工在讀些什麼東西。我在初、高中時對幾何、球面、三角也很感興趣，結果我去考就考上了。在台肥一廠上班的時候，我薪水比高中老師還高。

我在上班的時候認識李哲洋，透過他的介紹我也一邊學畫。我喜歡音樂但不去學的原因是沒有錢，基隆也找不到人教，而且初二才開始學又不能當個演奏家，只能利用空餘的時間自己練習作曲。學畫之後，我就決定要拚師大美術系，當時眞的是滿用功的，一下班吃完飯，就馬上從晚上七點畫到十一點。後來李哲洋發現我也偷偷地在寫和聲練習，就跟我說藝專有當時唯一的作曲組，我聽了欣喜萬分，才從作畫轉到音樂，所以人的一生眞的是變化太大了。

邱：我初中唯一買得起的樂器是口琴，我以前在建中口琴隊裡表現是非常好的，好幾次到中廣表演。我也一直很喜歡唱歌，我對唱歌的記憶比什麼都好，所以很多老歌到現在我還可以背著唱。美術反倒是我的弱點，那時畫圖我買不起畫筆，只好一支筆打天下。

馬水龍｜作曲家。曾任國立臺北藝術大學校長、亞洲作曲家聯盟中華民國總會暨中華民國作曲家協會理事長

後來我學過攝影，暗房、洗照片等，從另一種方式接觸美學。眞的接觸到藝術收藏是在一九八七年以後，那時我事業上有很大的波動，壓力很大之下常常中午到畫廊看畫紓壓。剛開始是看畫家的用色，覺得滿好的，之後我就開始大量涉獵藝術方面的書籍，就這樣一步一步走入收藏。

每次我決定一件事情之後，就會徹底去做。所以那段時間我收很多很多的畫。而且我在一九八〇年去了東歐，那時東歐是最辛苦的時候，但是他們的精神生活、自信待人讓我印象很深刻。一九八九年我回到台灣，當時台灣人開始有錢，可是整個社會非常亂，那時候是股票最高點，但也是治安最差的時候。我深深體會到，物質生活不是唯一，精神生活才是最重要的。我認爲我們的社會、學校、家庭都是以賺錢爲目的，而我希望能轉移大家的思維，從文化面做一個轉變，所以就跟馬老師商談成立基金會、辦春秋樂集，這是我後半生最重要的一件事。

Q：為什麼那個時候一想到成立基金會就馬上想到馬老師？

邱：事實上從他在東吳大學教書起，我們就開始常有一些接觸。我要做基金會，就是想要在藝文方面，能提供年輕族群一些不同的想法，讓他們接觸不同的事情。馬老師說作曲是表演藝術最重要的一環，而且藝術也是有時代性的，如果沒有屬於我們這一代的藝術作

邱再興｜企業家，財團法人邱再興文教基金會、春秋樂集、鳳甲美術館創辦人

品，我們這一代等於空白。而且有很多創作力非常好的學生，出社會後馬上就轉業了，非常可惜。所以我們從藝術的最源頭做起，提供一個作曲的舞台，於是就有了「春秋樂集」這個概念。

馬：邱董那時候來找我，幾年不見變成大企業家了我都不知道。他說他要回饋社會，我說好啊，窮歸窮，要回饋社會當然好。第一我建議說，不如先成立一個基金會來做整體規劃，看我們有能力作到哪，就做到哪。因爲我對音樂比較在行，深深覺得那時候在音樂文化方面，創作這一環是最弱勢的，但其實是最重要的。文化的根源其實就在創作！當時國內根本沒人理會，包括政府，民間更不用講了。我就說那我們先成立基金會吧。

我很清楚做這個是吃力不討好的事情，大家都知道，要成立基金會第一個要出名，要比較有活動性、熱熱鬧鬧的，偏偏來搞最冷門的音樂創作，我不知道這樣建議他耐得住或耐不住。

直到第一年基金會蒐集作品發表的時候，得有個名字，我就想到「春秋樂集」。「春秋」是從《呂氏春秋》來的，也有自然交替的感覺，四季就春、秋最美，也代表了「春耕秋實」的意思。後來慢慢一年、兩年、三年，名聲都傳到國外去了。我們那段時間做了十年近十一年，共有一百二十八件作品都是由「春秋樂集」所催生的世界首演。

邱：我們弄春秋樂集之前，作曲家根本就沒有發表的園地，經過二十年的耕耘，最近我感受很深，今年國家藝術獎的得獎人賴德和，還有前幾天首演的歌劇《畫魂》的創作者錢南章，那時候他們都還很年輕，在我們「春秋樂集」很活躍，現在他們的成就已經慢慢出來了，所以我覺得那段時間做的事，滿值得安慰的。

Q：聽說你們兩位不但談得來，而且在對彼此下一代的學習，也給了他們很多寶貴的意見？

馬：邱董的兒子邱君強在念台大化工系的時候，想要轉到哲學系，他說哲學系功課比較鬆，可以多一點時間練琴，可以更專心一點。我勸他以當時的年紀，要完全走向演奏已經太晚了，但指揮就比較沒關係。而且當指揮經驗愈雜愈不同愈好，有化工這種資歷，對他未來在藝術方面也是養分，我勸他好好把化工唸完。後來他眞的有聽我的。其實有不同的資歷，對藝術生涯都會有更多的精力和能量。

邱：事實上君強要去唸音樂我也很意外。我知道他很喜歡，但他考上化工系不到一年就想轉到哲學系。我很驚訝。對我們理工科的人來說，會希望他腳踏實地，音樂可以當喜好，但不要當職業。後來我們兩個人有點僵持不下，我就說既然你這麼喜歡音樂，那去跟馬老師談談，他以一個音樂過來人的角色建議比較切實際。他們談得很好，君強本來就很尊重馬老師，所以還是把化工系讀到畢業。後來我自己也比較想通，他們可以走自己想要的路，是一種幸福。我和馬老師小時候都有自己的夢，也有自己想要的路，但不一定會達到。

馬：我的兩個兒子從小到大，從來沒有讓父母操心過。雖然風格不一樣，但是他們都知道自己要做什麼。他們兩個從小都學鋼琴。有一天我問他們兄弟，要不要學音樂，因爲要上初中了，如果他們想學，我們就要開始好好地安排。他們大概看我跟我太太兩個都學音樂，覺得搞音樂不是那麼好玩，可是也怕說不想學我們會怎麼樣，不敢馬上回答，所以我就等暑假完再說。結果暑假還沒完，兩個小兄弟就大推小、小推大地來說，他們不想學。我第一句話就說謝謝你們。如果學音樂我也是很麻煩（笑）。我很重視小孩要找到自己的興趣，因爲我是過來人。我的大兒了馬徹考大學的時候，也去找過邱董。他對理科有熱誠，但就是沒有信心。

邱：我也和他聊啊。他那時候念附中，擔心考大學的問題。我把我的想法、怎麼讀書和他徹底聊了很久，也聊得很愉快。之後他就比較有信心，他本來就是個很優秀的人。

Q：那麼兩位的父親，對你們有什麼樣的影響？

馬：我的父親是中醫師，聽起來好像家境不錯。但是我父親看病，窮的人來他都不拿錢。記得有個從宜蘭來的人，瘦得跟皮包骨一樣，他是打漁的，沒有錢又得了肺癆，我父親就讓他留在家裡。那次是我第一次看到父母親口角，我父親要留他下來，可是我母親考慮家裡有小孩子不肯。那時候肺癆是絕症。我在那時候還沒吃過什麼蛋，可是我記得他住在家裡的兩個禮拜，父親要我母親每天煮一顆蛋給他，後來病人還眞的好了，臨走前父親還叫母親去準備十斤米，並且抓藥讓他帶回去，這個事情往後對我影響很大。

邱：父母親對孩子的影響都很大，不是要給孩子多大的財產，只要生活在一起就是成長。我小時候跟他一起睡，所以像是《三國演義》、《水滸傳》的故事都是他跟我講的，很多詩都是他教我用台語唸的的。記得小時候我出去賣冰棒，到暗的地方會怕鬼，我父親就教我一個咒語，有了咒語我就很有信心，再暗的地方我都敢去。但我後來才知道那個咒語是三字經的一段詩句。這就是前人的智慧。雖然我的父親沒有讀很多書，而且到三十二歲才學寫字，但他接觸了很多東西，這些東西就是很重要的傳承。所以我想一想，小時候的苦都是我長大最好的遺產。因爲自己的磨練都比原來還要多，這都是我的資產。

兩位「不務正業」的藝術園丁

朱宗慶 嚴長壽

時間——二〇一〇年十一月十八日

地點——台北亞都麗緻飯店

主持——黎家齊

攝影——顏涵正

記錄整理——鄒欣寧、張佳欣

• 原刊載於第 216 期，2010 年 12 月號

朱宗慶｜打擊樂家、藝術教育工作者，朱宗慶打擊樂團創辦人暨藝術總監，現任國家表演藝術中心董事長

嚴長壽｜財團法人公益平台文化基金會董事長。曾任亞都麗緻大飯店總裁

今年七月，朱宗慶因爲嚴長壽的一通電話邀約，帶著打擊樂團副團長何鴻棋一起到台東。在那裡，宣布從亞都麗緻退休的嚴長壽才剛創辦的「公益平台基金會」正舉辦花東青少年藝術創作營隊。嚴長壽邀集大批藝文界好友，來到此地和這群原住民少年們分享他們如何走入藝術、爲何選擇藝術，若要駐足於藝術世界中，又該懷抱怎樣的熱情、執著與努力。

找上朱宗慶，嚴長壽笑稱，全因兩人擁有太多相似處，最重要的一點就是「我們兩個都不務正業！」朱宗慶自一九八六年創立打擊樂團以來，不僅鍾情於創作表演，更致力推廣音樂教育，成立打擊樂教學系統，從多年來台灣打擊樂的學習人口僅次於鋼琴便可見其成效；此外，朱宗慶延展自身的藝術管理長才，歷任兩廳院藝術總監、國立臺北藝術大學校長等職，徹底展現「不務正業」的特質。

嚴長壽尚未自亞都麗緻飯店總裁退休前，便堪稱台灣最關注藝文生態的企業家，他從飯店旅館和觀光業的角度出發，熱切著書、演講分享台灣文化永續經營的可能；近年更與花東的地方發展成爲「命運共同體」，甚而運作公益平台基金會，以推動最終目標——「希望學堂」的設立。

兩位以高度熱忱投身藝術教育的音樂人、企業家，都來到關鍵的時間點——朱宗慶打擊樂團即將滿二十五週年，公益平台基金會甫成立一年多，藝文品牌如何走下去？如何介入、深耕台灣在地的藝文生活？在兩位對談感受到最多的，仍是他們身上源源不絕湧出的熱情。

Q：兩位一直持續推動台灣在地的藝術文化，我們好奇的是，過往是否有什麼特殊的藝術體驗，促使兩位至今關心藝術不輟？

朱宗慶（以下簡稱朱）：以我個人的表現來說，二十五歲以後好像才是我的叛逆期，從那時就逞著個人對音樂的喜好不斷追求，直到現在雖然已經五十幾歲，我還是跟自己說，隨時開始，一點也沒有時間太晚的問題。

之所以如此，我有兩個感受。第一個最大的感受是，雖然台灣看起來很小很亂，但台灣是一個不吝給機會的社會，是一個願意給掌聲的社會，假如你有很多夢想，你大可以去追求。第二是，台灣還有很多事可做，有很多可能——連我們這些搞擊樂的都可以了，還有誰不可以？

我還記得當年從維也納回台灣，第一件事情就是想怎麼推廣打擊樂。首先是進入體制，所以整整七年，我每個禮拜自己開車、後面載著一隻狗跟我全台灣跑，到各個學校推廣打擊樂……二十幾年來，台灣的打擊樂已經從小學到中學、大學和研究所。體制外也有不同種類的教學方式，此外，除了打擊樂團，也有很多跟打擊樂相關的表演團體，像優劇場、鴻勝醒獅團、十鼓擊樂團……很多種類、表演團體出來，這就是另一種可能。

我最近有一個反省，過去很多學校裡面有很多規則，傳統歸傳統、現代歸現代，兩者不會融合。國立臺北藝術大學在創校時立下的宗旨就是「兼顧傳統與現代，國際與本土並進」，至今看來眞的是遠見。我認爲不只是北藝大，其實在文化藝術領域或各行各樣都滿適用的。如此一來，不僅可以結合傳統與現代的特色，兼容在地與國際上好的理念與做事方法，保留住自己文化特色的同時，也結合他人的所長。

嚴長壽（以下簡稱嚴）：從我個人的經驗來說，藝術給我第一個最大的感動是初中的時候。當時看了一部電影，演的是舒曼和克拉拉的故事，電影中出現了舒曼的《夢幻曲》，其中小提琴的優雅琴聲，讓我震撼又感動。那時候班上有個同學，家裡非常有錢，他家有一套貝多芬全集，我到他家聽到交響樂，也帶給自己相當大的震撼。

等到念高中，我加入管樂隊，吹過小喇叭，後來做指揮。我記得那時我們參加比賽，樊曼儂的父親是評審之一，還特別把我叫到一旁誇我：「你很有天分！」可能因爲我跟其他學生不太一樣，指揮起來比較放得開，不是只打拍子。聽他這麼說，我也自覺不錯。

高二時我有一次機會去聽辛辛那提交響樂團來台灣演出，當他們一演奏國歌——那也是學校樂隊天天早上演奏的——我整個頭皮都發麻了。好像我騎的是50 C.C的HONDA，他們卻是一輛風馳電掣的哈雷，那個張力，我簡直天差地遠！當另一次機會看到郭美貞指揮的排練過程，很快地我的音樂夢就碎了，知道自己不夠認眞學，也沒那個條件，讀譜等能力和眞正音樂人相比是不及格的。就這樣放棄了。

儘管如此，音樂仍是我不可或缺的，它變成我的禪修工具一樣，每當心情煩躁時，音樂能夠讓我安定。做不成音樂家，我想自己還是可以做一個學生，一個鼓掌的觀眾。也因此，我對藝術家有很高的崇敬，也慢慢接觸到藝術家，和大家變成好朋友。

現在朱團，轉眼已二十五週年。我一直相信過去這段時間，台灣歷經顛沛流離、動盪不安，逐漸走向安定，這個安定給了文化很多養分，因此在戰亂中原來沒有用武之地的宗教家、藝術家、知識分子，能夠薈萃在台灣，比如齊邦媛和她的老師錢穆，比如殷海光、雷震、傅斯年、胡適、俞大綱……等等，又或是承襲他們影響出國深造，一批批從國外回來的林懷民、朱宗慶、劉若瑀、蔣勳等人。他們對台灣有感情，願意把國外所學貢獻給台灣社會，這是台灣眞正的價值所在。我也很願意貢獻自己，幫他們做一個打雜的工作。

Q：剛談到培育藝文人才的部分，你們一位成立了打擊樂教學系統已二十五年，一位是準備成立「希望學堂」，兩位認為從事教育，最大的挑戰或樂趣是什麼？

朱：我覺得藝術工作者通常都很有熱情，當然，也有不少人碰到挫折會選擇放棄、結束。我對打擊樂很有熱情，爲了追求自己，就要有不惜付出成本的決心。

我這些年的感受是，打擊樂的推展是一條走在很前面的路，成立打擊樂團以及後來的教學系統，是因爲敲敲打打是每個人與生俱來的本能，可以讓很多人在自然、健康、快樂的氣氛下去接觸音樂、藝術。有的人學習打擊樂純粹是把它當興趣，少數人可能是未來想進入藝術專業領域，更多人則可能因爲打擊樂而喜歡上音樂藝術，把它當成生活的一部分，成爲一輩子的愛好者。一個孩子來學習音樂，影響的可能是全家。

我們剛開始推廣時，有些鋼琴老師說，「爲什麼來搶我們飯碗？」但其實不是，後來學鋼琴的人也變多了，因爲他可能從打擊樂進入到鋼琴、小提琴、舞蹈、繪畫……這是提供人們接觸藝術的地方。如今我往回一看，發現有十萬人參加過打擊教室，這眞的滿恐怖的！（笑）

不過既然走在前端，當然有很多困難需要克服，逐漸地我們也就覺得這些困難是理所當然的，不過，也因爲有這些困難，我們才有機會，因爲沒有人做，所以我們來推動。有時候我跟林懷民老師打電話，我們會互相感嘆，爲什麼我們講話，很多人都聽不懂。其實，這是因爲我們走的是第一步，別人根本連想都沒想過，有很多法規、制度當然沒有辦法立即跟上，我們提出理念和需求，別人自然會覺得我們怎麼這麼麻煩，不過，這就是走在前端必須面對的。

至於樂趣，那當然很多。我喜歡打擊樂，還可以把它當成理想，然後因爲它認識很多好朋友。另外，我們不只站上國際舞台，也透過打擊樂服務社會，像是跟醫院、養老院合作，帶中輟生、自閉症患者打鼓……這些過程帶給我們的感動，不下於在林肯中心獲得掌聲。

嚴：剛朱老師講到的熱忱，我想那是我們共同擁有的。就是說一個有熱忱的人，他把一個看來不起眼的東西搞到翻天覆地。朱老師就是這樣一個人。那種熱忱，再加上不服輸地想要改變，就會讓社會變得不一樣。

這些藝術家們做得到我做不到的事，但我也看到一些東西，讓我很有熱情去做。我們的公益平台基金會成立才一年，我希望透過這個平台改變社會的價值觀，你可以生活簡單、工作平凡，但你依然能夠聽音樂、喜歡藝術，讓它們變成精神生命的伴侶與工具，這對我來說是很重要的。

我這次到花東只是想扮演一個平台角色，它的功能是把各種有能力、有資源的人，先取得他們對這地方的喜愛、了解、關懷，最後是創造跟分享。之所以這麼做，是因爲現在台灣有個很嚴重的現象——教育資源是匱乏、不均的，教育方法卻是統一的；表面看來公平，但這樣的標準是不公平的，因爲它排擠弱勢學生。窮苦學生希望升學，但有錢人可以讓小孩補習，沒錢的人就沒有資源。貧富不均的情況下用同一套標準讓小孩子競爭，我認爲這是不對的，尤其花東許多的原住民小朋友他們的天賦反而是藝術、音樂、美學，這些都是他們可以找到自信、影響人類生活層面的重要元素，可是卻在傳統的考試下未能發掘出來。

我想創造的，是一個流動式的藝術教室，把資源帶過去，讓這些在花東的、有天賦的小朋友不要被埋沒。不要因爲在偏遠地區，就沒有機會表現。

比如我們今年夏天辦的一個國高中生的營隊，就邀請了朱老師和打擊樂團的何鴻棋副團長、林懷民、蔡國強、王偉忠、張正傑、曲家瑞……這些好朋友來給孩子上課。課程結束後，有些孩子還寫信給我，告訴我他怎麼把營隊經驗分享給學校其他人。在回信的時候，我看到這個希望在發芽，因爲他不單單是一個人受影響，他把這影響帶回學校，帶給全班其他同學，我想這是很棒的一件事情。回到原點，若是沒有朱老師這樣熱情的人，也信賴我，這個平台不會做起來。

朱：我是之前看到報導講嚴總裁的這些想法，非常感動，就馬上傳簡訊給他，說如果我退休了希望可以追隨他，結果沒幾天他打電話問我要不要跟他一起去台東……

嚴：他這個就是自投羅網！（笑）

朱：但這趟去就是滿滿的感動。以前我心情不好都會到台東，去海邊走走、喝杯咖啡，就認爲收穫很多。這次去了之後眞的是改變我很多想法，那個感動是台灣有這麼多美好、深厚的東西，你可以怎麼珍惜跟善待。

Q：我們常說要以文化為台灣發聲，立足國際，就朱老師長期經營、管理表演藝術領域，以及嚴總裁從旅館、觀光業的角度，兩位認為我們目前還欠缺什麼？

嚴：我之前演講曾開玩笑說，如果我是行政院長，我會要求把外交部解散。我說基本上當政治上我們在國際沒有足夠的舞台時，我們外交不應只是在做小國外交，用文化交流與世界做朋友反而是最沒有威脅的，文化有很強的滲透力量，這又是我們的強項。

但現在社會看待文化的價值，我非常不喜歡。政府把「文創」當成「文化」，這完全是兩回事。

當我們把每件事情都產業化，是低估了文化的價值。當初文建會曾考慮要跟觀光局合併成「文化部」或「文化觀光部」，我就非常反對，最主要我認爲這是矮化了文化。爲什麼呢？文建會嚴格說來像是經建會，它是一個跨部會整合的、掌握政府總體文化預算的單位，相當於國家文化發展的火車頭，它可以要求教育部、外交部或交通部、經濟部要有多少百分比的預算去做文化交流。文化相當於一個國家的基石，當它能滲透到最核心的部分，文化就可以被教育所用、被外交所用、被觀光所用、被經濟所用——這就叫文化創意。

朱：嚴總裁的格局寬闊多了，我從藝術專業這塊來講。工作久了、長了，常聽很多藝術界的前輩及很多著名的企業家說「要依賴政府，不如靠自己」。的確，做任何事情，自己要先有無比的熱情，如果不夠熱愛這件事的話，是沒有足夠的動力去面對所遇到的困難的；有熱愛，才有耐心與信心自己找方法慢慢解決。

透過藝術有很多種服務社會的方法，像我最近因爲去台東，對於弱勢團體的感觸特別深。以前也是關心，但現在是你去實踐，它還會反射回來，持續觸動自己，反省自己。

像這次北藝大的學生參與「公益平台」的藝術創作夏令營活動，這些學音樂、舞蹈的同學們在我心目中都是小朋友，沒想到在台東看到他們，不但把專業所長分享出來，帶著青少年們創作，也看到他們擔任輔導志工時的稱職及對小朋友們的關懷用心，表現得很好，很令人感動。在專業上，我覺得他們已具備一定的能力，但要如何提升深化他們的文化內涵？我覺得就在通識教育。大家都說要推廣通識教育，發展人文素養，這不是只有口號。現在學校通識課一開課，學生常會搶著選課，因爲他們也發現這眞的對自己幫助很大。比如一堂法律通識課，除了課堂上課，老師也會帶他們去法院感受，那麼，一個美術系的學生就可能做出一個融入法律觀念的作品。而宗教、科技……或其他許多不同種類的課程都能幫助學生審視人生活的環境，這些課程會讓一個學藝術的學生擁有更寬廣、更和實際生活接觸的視野。

Q：那麼當這樣的藝術人才被培養起來，兩位認為藝術、文化和觀光可以有怎樣的結合？

嚴：從觀光來看，我曾在《我所看見的未來》書中描述旅行與觀光客的三種層次。第一階段就是走馬看花，第二階段是深度旅遊，第三階段叫做無期無爲，就是找自己的自在空間。我覺得未來台灣的主要市場一定是亞洲，包括日本、韓國、中國、香港、東南亞，其中最可能發展成最大市場的，一定是中國。首先中國人口多，其次台灣的文化生活、文明與自由都走在中國前面，這是他們可以嚮往的一種生活，也就是 Life Style。

當我們提到 Life Style，有個很明顯的現象是隨著地球暖化、節能減碳的新趨勢，人類將逐漸走向物質需求降低，精神的需求則向上提升的時代，這個時候台灣的軟實力和價值會更彰顯，而這些不是三天兩頭能造出的。你可以在五年內造一個世界最高的大樓，但你沒法在五年內把一個國家的文化改變，因爲這是逐步扎根的。

朱：我讀過很多嚴總裁的書，也了解這樣的想法，如果台灣民眾或來自各國的觀光客能在台灣到處走動，我覺得滿好的，但表演藝術這塊怎麼做，才能充分發揮它的特色，進而帶動台灣的整體發展？比如現在很多人看到觀光客所能帶來的效益，認爲可以做定目劇來吸引他們，並急切地以爲只要有觀光客就能撐起定目劇場；我認爲做定目劇沒有什麼不好，但若只是爲了迎合觀眾而把節目做得娛樂化，那麼，藝術工作者是絕對做不過綜藝出身的創作者的。觀光是一個機會，但如果太迎合觀眾需求的時候，只求有觀眾就好，我覺得反而會失去我們文化的深度，最後也失去市場。

並且若要做定目劇，一開始還是應以培養國內的觀眾爲主，接下來再慢慢吸引外國觀眾，最後才能達到由觀光客撐起定目劇場營運的目標。建立在地的特色是定目劇的關鍵，否則觀光客在台灣看定目劇，跟去上海、去廣州看有什麼不同？重點還是在我們要如何深耕出自己的特色，讓演出內容有特色且是精緻，值得回味的。做定目劇也不光只是在一個劇場裡面演出，而是要有整個環境、情境的配合，讓藝術融入生活、工作、整個環境之中。

我舉個例子好了，比如「太陽劇團」這類方式，把演出產值化，演出個一百場，前二十場是賠的，但後面的場次是賺的，這是一種做法。但我不想這麼做，也不會這麼做，我想林懷民老師也一樣。我還是希望回到藝術工作者的初衷，做自己喜歡並能感動自己的作品，並且建立自己的特色。讓藝文界保持住自己的特色，而不是一窩蜂去做娛樂化的演出。

嚴：我覺得非常對。這也是我一直強調台灣眞正的價值在深度旅遊，關鍵在於「我不改變我的生活，你來探索、分享我的生活」。比如說，你來這裡，發現我們有雲門、有陳建年在台東鐵道藝術村表演，或是最近有簡單生活節，你就來欣賞，但這不是爲了特定的觀光族群去做，而是台灣整個生活元素中本來就有的。

就好像我愈來愈喜歡在永康街某個店家喝茶，在那邊，那是生活，不是特別爲觀光客準備，當他走進這部分就會發現這是台灣眞正有意思的，也就分享了這個社會文明生活的一環。

Q：請問兩位怎麼看待、實踐藝文團體或是品牌的永續經營？

朱：以朱宗慶打擊樂團來說，當然是希望內容好還要更好再更好，我經常跟我們團員說，每次看到特技表演，他們做錯一個動作可能就摔傷甚至喪命了，我都爲他們捏一把冷汗。但我們演奏樂器，錯了一個音，可能吐個舌頭就過去了，這是很不公平的！我們應該也要與特技人員追求同樣的嚴謹度。

再來就是除了音樂以外各領域的參與，盡量跟社會連結，像我們這次去台東做的事情就很有意義。此外，好的品牌就該有好的服務，不是只有商業要服務。比如之前在兩廳院服務時，我就常跟同仁說，如果你有服務的精神，就會幫觀眾設想，在意他們的感受，想去創造一個讓他們愉悅、更舒適便利的環境……當然你節目精緻度是很重要的，但行政人員怎麼搭配，提供最好的服務。這麼一來，品牌自然會建立。所以我對樂團最大的期待是，沒有我也活得很好，這才是所謂品牌經營的重點。

嚴：我開玩笑的說朱宗慶不務正業，跟我一樣，因為我們熱愛這塊土地，希望它未來能更好，所以我們無法專心只做一件事情，但也同時瞭解一種管理哲學，要把機會留給下一代，就是朱老師說的：「沒有我也活得很好」。

對我來說，做公益平台基金會是一種管理態度。我們沒有對外募款，而是跟其他基金會策略結盟，代表大家來做事情。我給自己排了一個明確的進度：第一年，我是跳到第一線的ＣＥＯ，尋找問題和解決方案，接著做各種規劃。第二年，我讓其他基金會夥伴進來一起參與，不同的人跟我一起做。第三個階段，我退回幕後，讓他們走在前面，發揮自己的特色，同時直接而深入的參與。

我現在六十幾歲了，可以用的壽命也不過那麼幾年，所以怎樣讓一件事情明確規劃，而不是我在才存在。只有這樣，這個公益平台才能永續經營。如何能讓有各種長才的人和力量整合起來，才是我現在正在努力的目標，也是我比較擅長的經營方法與管理之道。

王偉忠
賴聲川

創作，在路上——旅行中的人生風景

時間——二〇一〇年十二月廿四日
地點——學學文創志業
主持——黎家齊
攝影——顏涵正
記錄整理——廖俊逞、朱安如
場地提供——學學文創志業

• 原刊載於第218期，2011年2月號

MARIMEKKO
The Car Design Yearbook
Scandinavian
DESIGN FOR SHOPPING
TOKYO

二〇〇八年，華人戲劇圈的重量級導演賴聲川、影視界的王牌製作人王偉忠，首次攜手，打造出了一齣叫好叫座、至今歷演不衰的劇場作品《寶島一村》。王偉忠的眷村故事，在賴聲川的巧妙編織下，成了一則笑淚交替，不分族群都爲之動容的生命故事。

繼《寶島一村》後，兩人再度合作，以相聲爲形式，以旅行爲題，笑談旅途中的人生風景。賴聲川是個典型計畫旅行的人，從訂機票到行程，都得全程參與，旅行一定得有個目的，然而，意料之外的奇遇卻爲旅程帶來更多的驚喜。對王偉忠來說，旅行是自我放逐的漂泊，「以爲可以尋找靈感、尋找自我，後來發現都是狗屁」，他說，結婚後有小孩才覺得「家人一起旅行的感覺最好」。

兩種不同旅行哲學的相遇，交融激盪出了相聲劇《那一夜，在旅途中說相聲》。戲未上演前，兩位創意大師面對面與讀者分享他們眞實人生的旅行經驗。在旅行已經成爲現代人最風尚的休閒活動的今日，旅行之於他們的意義爲何？旅行帶給人的啓發，如何轉換爲創作的養分？他們又如何在一次次的旅程中，發現不同的人生風景？

Q：是否能談談你們第一次旅行的經驗？

賴聲川（以下簡稱賴）：我從小就在旅行，最早大概是五歲，跟我媽媽一起坐灰狗巴士，從華盛頓到紐約；車上有人吐，味道很難受，那是我最早的記憶。華盛頓是小城市，進到紐約，一個灰色、巨大的城市，當時的紐約，跟現在長得差不多，高樓已經存在了，車也一樣塞。其實有點恐怖，那時感覺很不好。雖然我還可以適應，覺得ＯＫ，只是當時就感受到了旅行對人的震撼。對我人生比較重要的，大概還是大學畢業之後，結婚、一九七八年到美國留學，是從松山機場去。在我們那個年代，這是很大的一件事。

王偉忠（以下簡稱王）：有抱花圈？

賴：有，有抱花圈。而且那時候出國，是很悲壯的一件事，因爲是單程機票。所有人都是單程機票。那時候的事，我們都有寫到劇本裡，叫「四海包機」，最便宜的那種。

王：那可是留學生的包機。

賴：一般的747客機，一列是三個位子、四個位子、三個位子。包機雖然也是大型的，座位是四、六、四，想就知道很擠嘛。當時要到舊金山，得從台北飛香港、香港飛福岡、福岡到阿拉斯加、阿拉斯加到西雅圖，再飛洛杉磯，最後回到舊金山。一趟要花卅個鐘頭。

王：那時候很貴啊，坐飛機還得了！要經濟許可證，還要警備總部的證明。

賴：護照不夠，還要有出境證……

王：對，還得辦役男證明。

賴：還要到櫃台交錢，機場稅。那是很落伍的東西，取消也有十年了吧。現在大多數國家的機場稅都算到機票裡，不用再到櫃檯去繳。一直到十年前，到桃園第一件事，就是去櫃檯塞一百五十塊，然後拿著收據，去辦登機。

王：跟賴老師不同，他小時候在國外長大，我從小生長在台灣。當時在台灣旅行，有幾個地方，是一定要去的：日月潭、八卦山、陽明山的花鐘、兒童樂園、動物園……最近因爲花博這些地方重新開放，所以我們去看花博，想起來覺得滿有趣的，以前是大象林旺在裡面。還有比如說到高雄一定要去澄清湖，小孩子去就要拍照留念，那些照片我現在還留著，光看就覺得很感動。結果，現在這些觀光景點，都成了陸客來台的行程。

還記得那時候爸爸開大卡車，載媽媽和一窩子小孩去。一大早，天還沒亮就上車。小孩子坐卡車後面，也不知道去哪裡，上車就睡覺，晃晃晃，到了就下來玩，很開心；玩完，晃晃晃又晃回來。那種軍用卡車，都是爸爸自己開。那個記憶很棒，小時候爸爸、媽媽載孩子去旅行，是有感覺的，之偉大啊！

至於我第一次出國是到日本，坐新加坡航空公司的飛機。沒出過國，很緊張。在桃園機場搭機，一九八三年，才剛開放觀光護照。

賴：在開放觀光護照之前，台灣一般人只有兩個機會拿護照，一個是學生，一個是商務。商務那很複雜啊，你要拿多少東西去，才能證明你是商務人士。

王：財務證明。像以前辦美簽，多緊張啊！現在也不好辦，但大概十個有七個會過，我們那時候是十個只有一、兩個能過關，很慘哪。

記得我那時候第一次去觀光，很興奮。從桃園到日本野田。光是看新加坡航空公司的空姐，穿拖鞋、腳上抹蔻丹，就覺得太性感了。

Q：不同的人生階段，在旅行中看到的東西或是喜好、感受是不是有所不同？

賴：個人心情會隨著年齡改變。年輕的時候，第一次到歐洲，那簡直是一次神奇的旅行。神奇到我都沒辦法寫到劇本裡。我那時候要準備考柏克萊的博士，考試很難。當時我一邊旅行、一邊K現代劇場史。我正在看一本書，對我啓發非常非常大的，叫《前衛運動》，講一八九〇年代的巴黎，書裡提到了幾個前衛運動的代表人物。最後一章講阿波里奈爾（Apollinaire），他是一個製作人，在達達運動之前，很多奇奇怪怪的一些宴會啦、畫展啦，都是他辦的。然後，我第一次去巴黎，應該是住在一個很普通的旅館裡，就帶著那本書到處走、坐地鐵。直到快看完了，我就在塞納河左岸，隨便逛，找了一個很漂亮的公園坐下來，想把最後卅頁看完。抬頭一看，啊！他的銅像。然後，這個廣場就叫 Apollinaire！這個巧合眞是太神奇了。這種事情，說成相聲，一點也不好聽，因爲沒有包袱。但這就是我人生的眞實旅途。發覺歷史、都市，跟正在閱讀的書的關係，太過癮了。那眞是黃金年代。路上太多好玩的事了，而且火車票和青年旅社，都沒像現在這麼擠。

但是我的旅行通常是有主軸的，是要去看正在研究的東西。什麼叫文藝復興時期？什麼叫巴洛克？光看書沒什麼用，要是你能住在威尼斯最美的一個巴洛克教堂外面，就進去看，進去看才會慢慢了解。到羅馬更是如此，每個轉角、每一條街上，有羅馬時期的東西、有中世紀的東西、有文藝復興的東西、有十九世紀的東西……兩千多年的歷史都在同一條街上。

我年紀愈大，就愈佩服不需要旅行的人。應該說，「不在乎旅行的人」，像艾蜜莉．狄金森（Emily Dickson）這種。但是我覺得，人的本性，是對一些沒去過的地方很好奇。對大部分人，尤其是知識分子，旅行很重要。中國傳統裡有，西方傳統也有。成長過程中，透過旅行增加了見識，像十九世紀的美國人、英國人，必須做一個所謂的「Grand Tour」（壯遊），他必須到巴黎、到羅馬，去看到這些歐洲的古蹟，然後才算是一個文人。

王：單身漢的時候，旅行就是自己愛耍帥，喜歡到處玩。大概一九八二到八三年左右，是出國

王偉忠｜電視節目、戲劇製作人暨經紀人

觀光的第一波。我沒有出國留學，第一次出國就去日本，然後香港，一九八四還是八五年第一次到美國，抱著第一次看到世界的那種美國夢。在我們那個年代，出國是很不得了的事情。

後來，迷上了潛水，跑到世界很多地方去潛水。我們是第二代的潛水人，很早就去南亞、馬爾地夫。我第一次全世界繞一圈，大概是一九九〇還是九一年的事情，那時候做《連環泡》，有一點錢嘛，一個人在國外待了兩個多月。一九九三年，結完婚之後，就比較是帶著家人，帶著老婆、女兒一起出去。

Q：可以談談讓你們印象深刻的旅行經驗或地方嗎？

賴：在我的旅行經驗裡比較特別的，就是知識分子成長中，必須做的那種旅程。好比說歐洲大旅行，必須講究深度，不可能跟團的。年輕的時候，買一張Europass，上任何一個火車都不要錢，就一個價，學生才能買，歐洲全通，你看到車就上去。這是必須經過的年輕歷程，親自去看所有的大教堂、博物館。

還有印度我們也常去。記得八七年去印度，帶著女兒耘耘去，那時候她才七歲。因爲是小孩子，每一次這種長途旅行，都會跟她講很多，做心理建設：「我們要去印度，你要不要去啊？」她說：「要。」因爲印度當地很髒、很亂，而且我們藏族的朋友都是難民，他們很熱情要招待我們，但他們住在那裡，怎麼可能會好？所以我

賴聲川｜劇場導演，表演工作坊創辦人暨藝術總監

一直說，如果去了，人家都是拿出最好的東西給你，你不能有任何怨言。問她行嗎？她說可以。然後，我跟她說：「我們可能會去一些朋友家裡，可能環境很不好，到那邊你不能嫌人家好髒喔、好破喔！」「不會。」她說不會，那我們才去。結果沒想到她現在就嫁到那邊去了，想起來很奇妙。

王：我日本去最多趟。因爲那個時候，做一個節目《嘎嘎嗚啦啦》，孫小毛。那個孫小毛的偶就是在日本做的。那時候，台灣還不會做偶。人家幫我聯絡上，我就跑去日本，在東京旁邊，仿照孫越的樣子做孫小毛，那是第一次去東京，後來又去很多次。東京我非常非常熟，還跟他們的偶團一起去巡迴。

另外印象深刻的就是去美國，對我們四年級生來說，去美國不得了，我們對美國有夢。當時考得上大學，表示這個人的一生大概沒什麼問題，因爲錄取率才百分之十幾。如果出國留學，那更不得了。我記得畢業的時候，家裡可以出國的，都拚命地想出去。對我們這種沒錢留學的，去美國就很有一種飛黃騰達的感覺，好像高人一等。

記得第一次踏上美國的土地，又興奮、又緊張。當時是爲了領一個獎，都廿多歲了，還是很緊張，鬧笑話鬧得多了。在洛杉磯還好，中國人很多，後來飛紐約，從西岸到東岸，五、六個小時，到紐約我哥哥介紹一個他以前在黃埔軍校一起混的朋友來接我，一個混混，開跑車，英文也講不好，最會講的一句就是「Fuck You!」。我住在紐約一個 Holiday Inn，治安很不好，覺得美國好可怕，自己一個人坐在旅館裡，很惶恐，怕人家搶。光是要出去打通電話，就得演練了好久，重複了大概好幾個小時，才敢拿起話筒。講完好緊張，出了一身大汗，其實不是英文不好，而是心態問題。

Q：很多人說旅行會帶來許多生活和創作的靈感，那你們又是如何在每次的旅行中得到不同的啟發，轉換為創作的養分？

賴：有太多這樣的例子了，像《如夢之夢》，想法其實是在印度開始，靈感在那時候乍現，然後把它寫下來。印度是一個充滿靈感的地方。還有幾年前幫NSO導莫札特的歌劇，我就跑到美國東岸有個小島，在波士頓外海，叫 Martha's Vineyard（瑪莎的葡萄園），每天面對海，音樂可以放得很大聲。在旅行中有太多東西會蹦出來。二〇〇三年，我有個戲叫《亂民全講》，有一段就講旅行。四個人坐著，面對觀眾，等於是破碎的獨白；裡面滿多我的旅行哲學，那是我首次把旅行本身當作題目放到戲裡，有點像是爲這次相聲的暖身。

旅行對我來說，第一、我的目的經常是爲了創作，第二、我一路上有朋友。當然還有幾個不同的目的，比如去尼泊爾、印度這些地方，可能不太一樣，那可能是朝聖。當然，也是尋找靈感的來源。特別是，當一個作品快要完成，我就必須去旅行。要離開劇組，把它寫出來，然後再回來。很多戲都是這樣，已經是一個習慣了。需要閉關，不能一直跟人在一起，把東西組織起來，這不是排練可以完成的事情。我需要那個單獨的、一個人的時間，沒有人能夠干擾我。

王：旅行對我來說好像是有規劃的漂泊。以前因爲做電視算賺錢，所以想自己去尋找浪漫之旅，現在回想起來很無聊。故意裝得很瀟灑地，一個人背著包到處走，其實心裡是不輕鬆的，又要假裝看起來很輕鬆。直到結了婚，有了老婆，覺得比較安心，覺得旅行是有伴的。其實覺得人，人生也一樣，一個人眞的很寂寞。

Q：所以聽起來是透過旅行更認識自己？

王：一個人很寂寞的時候，面對自己的時候會講眞話，會知道到底自己是怎麼一回事。但是也有很多人旅行到最後，會迷失，有點迷路。我發現這個問題還滿有趣的，旅行不是要尋找靈感嗎？不是說要休息、要沉澱嗎？像我其實就有一次旅行，讓我身心疲憊。那次出國的原因是因爲在事業上我很年輕就做到製作人，覺得人生好像到目的地了，已經沒什麼好追求了。對，突然覺得小時候的夢想已經達到了。其實，製作人分很多種，我現在還是製作人，可是已經不一樣了。那時候不懂嘛，就想接下來還能幹什麼呢？已經做到製作人了，所以就安排了一趟尋找心靈之旅，出國兩個多月，以爲可以找到心靈的安寧，結果根本不可能。

賴：你廿幾歲就已經碰到中年危機啦？

王：卅歲。在旅行中我就到處找，看能不能找到人生的眞諦啊。狗屁！爲什麼？因爲心理上我沒有休息。我人在旅行，心還惦記著台灣的汲汲營營。人在希臘，睡一覺起來，旁邊全都是脫了上衣的裸女，但是我一點都不快樂。旅行的眞快樂，是後來跟老婆一起，哪怕在什麼地方，牽著孩子，甚至只是在台灣吃東西，看看孩子，我就覺得很安心。心有旅行，到哪都有旅行。這是對我影響最大的。年輕的時候，只想追求「漂泊」。

Q：那是不是能請兩位透露一下這次合作的相聲劇？

王：因爲我爸是北京人，他聽相聲，所以我們從小也跟著聽。我小時候一定要聽廣播的相聲才能睡覺，像是周胖子、魏龍豪、吳兆南的段子，我都很熟。而賴老師的相聲，他跟以往的相聲段子不同，很偉大。我覺得偉大在兩個地方。它是這麼長、這麼大的一段相聲，前後呼應、左右並排，裡面還有一些故事，就好像是一個大的主題樂園，不只是一個段子、一個段子而已。比如《那一夜》，或《千禧年》，內容講很多東西，但經過賴老師的組合，就變成一個劇場，成爲一個文化，就好像蓋出一個新的建築一樣。我在思考，賴老師爲什麼會有這樣的組合？東西都是散的，他怎麼安靜下來，把這些東西組合變成一個戲劇的殿堂？我覺得這是一個很大的、安靜的工作，取捨的工作。好笑不是困難的事情，可是把它組合成好笑裡面，還有一個流程、一個過程，變成合理的東西，這是很有味道的。這東西非常獨到。

賴：那倒不是，但「相聲劇」和「相聲」的確不太一樣。因爲傳統相聲不需要負擔更大結構的使命，或者，它不需要負責更大主題的使命。它就是個別的段子，讓觀眾發笑就好了。可是相聲劇不能這麼搞。它的難在於，它有點像是表坊自己發明的一個文法，也可以說，一個我們自己發明的劇種。等於是很新的東西，我們自己一直複製它，可是格式也可以改變。所以，到最後還是一個作品的內在邏輯：要怎麼樣才是一個完整的藝術表現？怎麼樣更精采。這是創作者給自己的壓力，一定要做出一個對得起這形式的作品。

王：相聲這東西對我來講很熟悉，也常用在節目中，像《連環泡》的「中國小姐」就是單口相聲；李立群和顧寶明的「歷史上的今天」就是脫口秀。我是做喜劇的人，只要找個素材，中外古今、葷素不拘，來玩，來掰，怎麼寫，都可以寫進去！但要搞成這種兩小時、兩個半小時的相聲劇，這是功夫唷。像我們做《寶島一村》的時候，雖然我有這麼多眷村的故事、回憶，但是我就做不出來。可是賴老師卻會把它前後對仗，然後拉出一個歷史大戲。憑心講，這眞是不容易。從段子要整合出一個東西，也不簡單。可是老師的東西，就是有意思。

賴：關於這次的相聲，我們現在還在編劇中，所以很多東西還沒有眞正定位。只能說現在素材蒐集到一個差不多的地步了，階段有點像《寶島一村》還沒排戲前，東西飽和到一種程度，我必須把它整個歸納出來最關鍵的，然後結構出來，然後戲一下子就出來了。在那之前，其實很難說出它最後會是什麼樣子。

如夢之始的創作靈光

賴聲川
黃哲倫

時　　間——二〇一三年五月十二日

地　　點——中國烏鎮沈家戲園

攝　　影——黎家齊

記錄整理——施彥如、黎家齊

• 原刊載於第 248 期，2013 年 8 月號

黃哲倫與賴聲川同爲對全球劇場貢獻良多的藝術家，一位在美國以傳統的現代戲劇模式，用英語從事劇本寫作；一位以中文即興的劇場導演方式，開始了編劇的生涯。

這兩種截然不同的創作模式，到底有何不同？而其過程又有什麼不爲人知的技巧與方法？讓我們藉此對談，一探其中的奧祕。

黃哲倫（以下簡稱黃）：在寫作劇本這條路上，我並非科班出身，也沒有相關背景，小時候甚至沒看過戲。直到上大學時朋友約我去舊金山，我們一連看了兩齣定目劇：莎士比亞的《冬天的故事》*The Winter's Tale*，以及桑頓．懷爾德（Thornton Wilder）的《我愛紅娘》*The Matchmaker*。走出戲院後，我突然覺得——我也可以成爲劇作家！於是，我開始利用空閒寫寫劇本，並請一位教授私下指導，他把那些作品評得一文不值——的確，回頭檢視作品，那眞的爛得可以，當時我不懂得如何寫劇本，我連什麼是戲劇都搞不清楚！

賴聲川（以下簡稱賴）：我和 David（指黃哲倫）一樣，不是戲劇世家出身，也沒有接近的背景。與 David 更大的不同是，我成長的台灣，並非現代戲劇傳統蓬勃之處，甚至有些人認爲劇場是「危險」的，在這個寶島上，我們根本沒有現代劇場的傳承。

但命運總有它說不清的道理，沒有任何戲劇背景的我，卻被加州柏克萊大學錄取了戲劇藝術博士的學位。在那裡，我同時受到「導演實務」及「學術理論」兩種層面的訓練，卻沒有編劇創作上的鍛鍊。

但我在柏克萊大學第四年時，我經歷了一次嚴重的學習危機：忽然之間，我對劇場完全地失去信仰了！已經是博士候選人的我，突然不知道自己正在做什麼，不知道什麼是劇場，不知道爲誰而努力、爲誰而奮鬥下去。

在美國看了那麼多齣戲，我卻無法將戲劇與社會現實連結，那些莎士比亞時代、莫里哀時代等等老去的時光，卻無法讓我看見劇場在現代社會扮演的關鍵角色，而這卻是最重要的！我在美國看不到，在台灣更是天方夜譚。我開始思考，如果劇場失去與社會的連結，那我何必繼續在戲劇之路上學習？

在我面臨嚴重的學習危機時，我的指導教授介紹我去阿姆斯特丹工作劇團（Amsterdam Werkteater），認識劇團中最重要的創作者雪雲．史卓克（Shireen Strooker）及團隊，擔任他的副導演，學習即興表演。

一九八三年秋天，我回到台灣，在國立藝術學院（臺北藝術大學前身）戲劇系任教。學期一開始，我問我自己，現在我是一個年輕的教授，剛從國外回來，我要用什麼教材教導學生？在系所裡，我們幾乎一無所有，只有一套莎士比亞全集，一些翻譯得尚可的易卜生、契訶夫、史特林堡（August Strindberg）作品，而貝克特（Samuel Beckett）的作品被翻得亂七八糟，慘不忍睹，只有這些我要如何教學？年度的演出要做什麼？在各種匱乏的資源與壓力之下，我幾乎是被逼著開啓編劇之路，用阿姆斯特丹工作劇團的即興表演開始創作。

我不斷地思考，要怎麼定位台灣的戲劇？怎麼確立劇場在台灣的發展？和香港、新加坡等地一樣，創作出屬於這片土地的故事？我做了一個重要的決定：不做西方經典的作品，我們要創作屬於台灣的故事。

一九八四年一月，我的第一個作品《我們都是這樣長大的》，在一個小小的、一百多個觀眾席的場地裡開始了。我們只演了兩場，在這麼迷你的戲作中，侯孝賢導演來了、楊德昌導演來了、金士傑和許多當時蘭陵劇坊的演員都來了。《我》劇慢慢變成一個擁有影響力的作品，集體即興創作的表演方式漸漸受人矚目。我從一個讀理論的戲劇藝術博士，半路出家，意外地成了一位編劇。

我想問問 David，在你的編劇生涯中，創作過這麼多膾炙人口的作品，甚至獲得此領域中最高的榮譽——東尼獎，在寫作時，你覺得最困難的地方是什麼？你有沒有遇過什麼瓶頸？

黃：當我甫踏入編劇生涯時，第一稿的寫作總是最容易的，甚至可以在三個禮拜內完成，但接下來呢？我卻不知道該如何改寫、改編，將它們段落、段落地拆開，再重新組合，對我來說是非常不可思議的。隨著工作時間的推移、經驗的累積，發現這就是編劇的一門「藝術」——如何反覆地編寫自己的作品。

然而，現在最困難的反而是如何開始下筆寫一個故事！因爲當你開始寫第一稿時，心中就得思考該如何超越第一稿，需要想得更遠更廣，該如何在故事當中挖出更深邃、甚至是下筆時都無法瞧見的角落靈感，才能達到故事的核心。

賴：David 提到一個很重要的關鍵，那需要很多時間練就，才能達到爐火純青之地。很多人稱我爲「藝術家」、「大師」等等，但我總說我是「工匠」，唯有「工匠」才能說明我在做的事情。對我而言，寫作是困難的，我從來沒有學習什麼是草稿、第一稿、改寫……通常一齣戲的誕生是這樣：在排練場，我和演員討論著架構，講個大概的劇情，一切都尚未明朗，可是外頭票卻

賴聲川｜劇場導演，表演工作坊創辦人暨藝術總監

都賣光了，我們卻不知道「劇本」在哪兒？稀哩呼嚕就上台開演了！

但比寫作更難的，卻是構思如何連接場次。David的習慣是先創作劇本，再進排練場，我卻是一邊和演員工作，一邊寫出劇本，舉例來說《寶島一村》那時的工作情形：某天我正打算寫第一場戲，卻發現來的是第十二場戲的演員，我只好先寫那場戲的劇本，把第一場拋諸腦後，過陣子再想辦法把第十二場戲與第一場連結在一起，並且與往後的場次呼應——這是非常困難的！然而，經過這麼多年的經驗，我和演員們都學會了如何跑在劇本之前，邊演邊寫，邊寫邊演，那是很難以言喻的寫作技巧，經驗的累積讓我自然而然就學會了。

黃：我有幸看過你的兩齣戲劇，以及三齣不可思議的製作，特別是《如夢之夢》。在《如夢之夢》裡，有非常強烈的「詩的語言」，一個故事接著另一個故事，如行雲流水般，一層層地向下挖掘取故事的核心。此外《如夢之夢》的舞台設計，有別於傳統，觀眾與演員沒有明顯的「這頭」與「那頭」，而是將觀眾放中央，舞台圍繞著他們。種種的巧思，讓我心中開始產生疑問：你的作品多半是即興創作，那麼，故事的起頭在哪？如何讓這一切開始的？

賴：在我的創作習慣中，存在著兩種模式。第一種模式，經常存在我早期的作品中，是「完全的即興」。

舉個例子來說，一九八四年《我們都是這樣長大的》製作完成後，我做了一齣戲叫《摘星》，由蘭陵劇坊所演出，「摘星」僅僅是一個名字、

黃哲倫｜美籍華裔劇作家

主題，內容是關於智能不足的小朋友與他們家庭之間的故事。在開始排練前，我們走訪許多身心障礙中心，與小朋友及他們的家人談話、聊天，那時，我們沒有預設任何結構、背景與主題，「完全的即興」，連內容、形式都是開放的。

每天訪談結束後，我們回到排練場，大家分享一天中所聽見、看到的事情，可能是個故事，可能只有一個動作，我則根據所有人的觀察與敘事，設定出角色和情境，開始即興表演，最後我們做出了十六場戲，在一九八四年三月底演出，名字就叫做《摘星》。

第二種模式的創作，是比較霸道的，我主掌一切，已經不像是即興了，而是「直接創作」。在排練場中，近乎「命令」地告訴演員對白、走位，而現場的記錄人員會立刻筆記，在一天結束後，我拿到這些筆記，才開始編輯。這是相當奢華的編劇模式。

我把當初我在荷蘭與柏克萊大學所學的編劇技巧，融會貫通爲自己的方法，當我把自己放進故事情境內時，劇本一下就完成了，相反的，如果我在狀況外的話，所有的排演與創作也就停擺了，這是很痛苦的一件事情，做出來的戲也會不好看。

我體悟到：作爲一個編劇，在創作時，你必須在你的作品裡面，要活在那個劇本裡頭，在每個人物角色的心裡，在純粹的狀態之中，一切的連結就產生了。

黃：我完全同意，當寫作劇本時，你必須在劇本之中。雖然創作時，我人在書桌前，可是有時寫得入迷，恍然間以爲自己走入劇中，彷彿是裡頭的角色在說故事給我聽，甚至說出我無法寫出的、令我感到驚訝的故事，當處於很好的寫作狀態時，我彷如也在角色中學習了一些事情，他們帶領我領悟到許多無法理解的困境，而這就是身爲一個編劇最好的一部分，超過世界上任何事情！

劇中的人物常常會活過來，自己解決了劇中所發生的事情，那種感覺實在太奇妙了！有時候你在劇本之外是掌控者，有時又在劇情裡頭成爲被操控的角色，那樣身分轉換的奇妙之所在，是我覺得身爲一個劇作家最迷人的地方。

賴：我百分之百同意 David 所說的，有時候角色可以解決劇情裡的困境。我更加相信：一個劇本是要被發現的。當你開始創作劇本時，或許你要說的故事很抽象、結構很龐大，然而只有你融入、走進這個故事時，它才會被揭發，所有的情節、角色才會一一活過來，身爲一個劇作家最重要的，就是發掘一個作品。

有時候一個角色在劇中做出超越原先設定的決定，你就得停下來檢視，看看這個決定合不合理，是不是他會做出的事情，如果是，要追下去，看它會帶你去哪，而通常，這意外的轉折，會幫劇作家解決許多難題。

黃：當我受邀前往新加坡、香港、菲律賓等地的劇團開設工作坊時，他們常問我該如何重寫、改寫劇本，希望我能夠傳授經驗。這些劇作家們普遍都很年輕，他們以爲只要寫了第一稿，就可以交付導演，開始排練，接著上台演出。但是在美國劇場的傳統上，劇本的第一稿通常只是剛開始的起點，需要先經過「預演」，邀請觀眾進場欣賞「未完整」的演出，從而觀察、了解觀眾的反應與接受，才能修改第一稿的劇本。接著，會有一場讀劇會，所有演員繞著桌子圍坐一圈，開始朗讀劇本，而我總能在這個階段，從演員的朗讀中發現劇本裡的錯誤，以及需要改進的地方。

我常覺得創作劇本，一方面近似於寫小說，另一方面又好像在作一首曲子，音樂從來不存在於「紙」上，它們得被演奏出來。對我來說，讀劇會的用意正是如此——劇本不該死板板地躺在紙上，它們應該被大聲地念出來，才能夠更接近戲劇的本質。

事實上，劇本的創作過程是非常繁複的，草稿出來後預演、舉辦讀劇會，甚至有演員工作坊、排練，每一個階段我都有修改劇本的機會。在美國，一齣戲有一個禮拜的預演，而音樂劇是三個星期。我每天都會根據前一天的狀況更動劇本，但這樣的模式該怎麼在亞洲發展？譬如賴聲川的作品絕大多數是即興創作，排演的同時也不停修改劇本，卻沒有經過觀眾的互動。我很好奇的是，在美國傳統劇場的編劇形式，有可能套用在亞洲嗎？

賴：在台灣劇場如果預演到三個星期，大概會被趕走吧？因爲在台灣、中國、香港、新加坡等任何一個劇場，它最多給你兩週搞定一切，所以我們幾乎是被逼著在首演當天一切就緒，這是非常困難的。有沒有辦法做得到？當然沒辦法！我們常笑著說首演就是彩排！後面幾場再陸續修改，每一次演出結束，都仍在修改劇本，譬如《如夢之夢》演出四場，便修改了四場。

黃：這也是很正常的，然而我很少遇到，只有再次做這齣戲時才會發生。每個人的習慣不同，而當我在創作劇本時，我會預留一半的時間修改。

賴：然而我認爲，如果一齣戲的結構原本就相當完善，其實不會出太大問題，那麼David，你怎麼看「結構」這回事？

黃：結構無庸置疑是非常重要的。在我開始寫作之前，我常思考著幾件事情：首先，有沒有一件困擾我的問題，必須透過寫作來解決？而這個問題通常會變成劇本的主題。其次，我開始下筆時，我常常只有模糊的概念，例如《鐵軌之舞》*The Dance and. the Railroad* 一開頭，兩個角色處於不同的立場，但卻在結束時，互相交換了——我從不知道他們會如何發展！對我而言，寫作就像一趟旅程，我大致明白要前往何處，卻不知道該如何前往，而寫作正是發現這條路的過程。

最後，在我的寫作習慣上，我常常會把故事奠基在已經寫好的作品上，這很怪，就像《中式英語》*Chinglish* 就是根據另外一個故事發展出的版本。而我也很關注形式的問題，比如在《中式英語》的中英文台詞的比例、投影會造成的戲劇張力等，又或者《鐵軌之舞》結合的中國戲曲，這些種種都是我開始下筆寫作前，所會考慮的「結構」問題。

賴：我認爲結構可以讓我直接觀賞整齣劇的全貌，在我下筆之前，我需要很強的結構，我想這就是我和 David 在編劇技巧上很大的差異，我必須看到整齣劇的全部，才能流暢地創作。結構便是一份好的大綱，若大綱本身有些問題，那就是蓋一棟廿層樓的房子卻在蓋到第十五層時發現缺漏，只有一種解決方式——拆掉重蓋！在寫作之前我必須打一個很詳盡的底稿，就像畫圖會打草稿一樣，但只有在眞正開始下筆時，你才會感覺到當中幽微的部分，而許多細節自然就會浮現了。這個做法就與 David 的大不相同了。

黃：我能理解，因爲你是邊排練邊寫作劇本，因此絕對有必要先訂好嚴謹的大綱，否則一旦排演，便很難更動了。我想，每個劇作家都有自己編寫劇本的習慣與技巧，都會找到適合自己的方式。

Q：想請教賴導一個問題，如果創作劇本時，在腦海中浮現一個很棒的畫面，但卻不知道要如何安插進劇本中，你會怎麼做？

賴：我常說戲劇其實是「有機」的狀態，一切的連結是自然的，沒有強迫性，以《如夢之夢》

劇中人物離開上海的那一幕爲例，兩人交錯而過，而離去背影的影子映在牆上，很美的畫面，我自己也很喜歡，然而我卻不是先想到這個畫面，再強制加入劇中的，而是因應整齣戲的節奏和需求，自然地浮現。

我們，就是自己的困境

蔡柏璋　魏雋展

時　　間｜二〇一三年十月十五日
地　　點｜咖啡小自由
主　　持｜廖俊逞
攝　　影｜趙豫中
記錄整理｜施彥如、廖俊逞

• 原刊載於第 145 期，2013 年 11 月號

由蔡柏璋和魏雋展主演的新戲《浪跡天涯》才開賣不到廿四小時，票房就以迅雷不及掩耳的速度秒殺完售。回過神來，我們才驚覺，劇場走到這個時代，終於有了屬於自己的「票房明星」。

兩位集編導演於一身的七年級劇場創作者，現階段的成績，無疑是同年齡層的創作者難以望其項背的——蔡柏璋，擁有嚴謹而完整的科班訓練，卻完全沒有學院派的包袱，作品貼合時代脈動，從《K24》到《Re/turn》，無一不是口碑票房雙贏的佳作；魏雋展，從默劇、小丑、操偶到寫實表演，自稱表演系統「雜食」，卻深厚紮實，表演作品如《最美的時刻》、《假戲眞作》，屢獲台新獎入圍肯定。

然而，他們並不以此自滿，反而不斷透過上課、旅行、閱讀等，拓展自己的生命經驗和創作歷練。談及未來的生涯願景，他們都認爲，把自己變得更好，整個劇場環境才會改變。

面對這個世代劇場工作者普遍的生存難題，魏雋展說：「我們，就是自己的困境。」或許，唯有認識這點，挫折和失敗，才能轉化成前進的動力，才能在這塊小小的島嶼上，督促自己繼續進步。

Q：兩人何時開始立志當演員？

蔡柏璋（以下簡稱蔡）：剛考上台大戲劇系時，其實滿沮喪的，還沒進去就想轉系。在這之前，我對戲劇沒有任何想像，高中參加合唱團，以及從小就開始聽相聲，勉強可以扯上邊。這兩件事，基本上都和「聲音」有關係。

上大學以後，或許是全班只有我是南部人的關係，和同學很疏離，當同學都在排彼此的戲時，我跑去參加研究所學姊的畢製，演契訶夫的《櫻桃園》。長達六個月的排練時間，每天下課就往北藝大跑，受馬汀尼老師很多指導，才知道戲劇可能是怎麼回事——那幾乎是我後來決定留下來的原因。學姊和馬汀尼老師仔細分析契訶夫的劇本，雖然當下聽不懂，可是時間一久，生命經驗和劇中人疊合，突然了解契訶夫在講什麼時，非常感動。如果契訶夫可以用幾句台詞看透這麼多事情，表達這麼多我從沒注意、可是又認同的人生面向的話，那戲劇裡，一定有更多事情可以發掘，所以我就留下來了。

魏雋展（以下簡稱魏）：我大學念外文系，系上每年都有公演。大一時，系上搬演《仲夏夜之夢》唐朝版，大家穿古裝、講英文，我負責噴乾冰和敲鑼打鼓，當下覺得劇場非常迷人。那時的女朋友是唱歌的，我以為我會走上樂團這條路，夢想是當個吉他手，從沒想過當演員。

大三時，因為參加同黨劇團的演出，突然發現，欸，我演戲的天分好像比玩團彈吉他好很多！陸陸續續，演出機會一直沒間斷，我也沒想太多，只覺得演員的工作很好玩、很適合我，就一頭栽進去了。退伍後，曾和家裡討論要不要出國念書，之後決定留在台灣，考上北藝大研究所，不知不覺就走到今天，很單純的想法。

Q：請兩位分別談談，在表演這條路上的學習路徑？

魏：由於我不是正規科班出身的，我所受的戲劇訓練比較「雜食」。一開始，我跟邱安忱學「方法演技」，算是我正式接觸表演。後來去了紙風車劇團，有兩次從下午六點排戲到隔天早上六點，那簡直是魔鬼訓練！不分晝夜地流汗，意志力、毅力等種種，都在那段時間打下基礎。突然覺得：經歷過這種地獄式的磨練，應該可以在任何環境下存活了。

有一段時間，紙風車和政府合作「教師編導研習營」，李永豐把完整的蘭陵劇坊演員訓練大綱拿來用，我擔任助教，他教到哪裡，我就得立即示範——幾乎是把我的膽量、開放度徹底地打開，大大啓發我的即興演出能力，那是無可取代的經驗。

同時，我考上了北藝大的戲劇研究所。課餘時間，我會到圖書館找默劇史，把不同時期的資料整理出來，再從中找出喜歡的演出方式，融合、改變，做創作性練習。反覆嘗試後，表演給朋友看。各種東西都吸收一點，不見得是特定系統下的技巧，而是在融會貫通下，慢慢變成自己的東西，所以我的默劇表演，不是屬於某個派別或老師的帶領。默劇這條路，我是這麼走出來的。

此外，我也大量參與短期的工作坊，在密集的課程中，吸收某個表演方法的輪廓，藉此改變日常中自我摸索的學習道路。

蔡：不同於雋展自主、廣泛地學習各種戲劇的面向，在台大戲劇系，一個禮拜僅僅六個小時的表演課，我反而會質疑學院教育，在這麼短的時間內，可以帶給一個眞正想當演員的人什麼東西。

我的表演基礎，是由馬汀尼老師、朱靜美老師、羅北安老師，還有大三那年在美國交換學生時所奠定，特別是美國那一年，讓我很震撼。那所學校的戲劇系其實沒那麼有名，但令我驚訝的是，每天晚上都有audition（演員甄選）；大劇場、小劇場，都有戲上演，不只有戲劇系的學生，全校的學生都會來參與演出或看表演。回國之後，我開始和班上同學一起搞「獨立劇展」——從製作、排練到演出，學生一手包辦。不管是演音樂劇，還是原創的戲，重點是「自己做自己的戲」這件事情。

畢業後，我到英國學聲音表演。在國外，完全沒有人認識我，我第一次可以自在地和別人互動，從他們眼中，投射出眞實的自己。這樣的「重新開始」，對當時廿六、七歲的我，是非常重要的轉捩點。我接收了大量的愛——過去，我不敢表達，如今，我敢於表達、對表達產生欲望，這讓我的個性有了很大的轉變。

Q：很好奇你們面對劇本時，如何準備一個角色？又，身兼編、導、演，不同身分的轉換和影響為何？

魏：寫實是很基本的。當我接到一個寫實的劇本，我做功課的方法還是非常老派的。那些往常所受的肢體、身體訓練，會很自然而然地轉化成養分——身體的行動線對了，角色自然就在那裡了。關於表演，不論跳舞或演戲，最後的核心是接近的，只是捏出來的形狀不一樣，每個形狀裡頭，都有「由內而外」以及「由外而內」的層次。對我來說，並非寫實就是由內而外的。我覺得不管是由內而外，或由外而內，情感與技巧、寫實與抽象一定要並存，不可能是對立的。最後你必須要自由。

蔡：我和他完全相反，我反而極度迷戀由外到內的東西。因爲我堅信，只要觀眾看不到、看不出來，表演就不成立，所以我不信內心澎湃那一套，我也不信從內到外。只要我有心，觀眾就會看得到，當然誠懇是最基本的，「我看到什麼」才是眞正重要的。

蔡柏璋｜編劇、導演、演員、歌手，
台南人劇團聯合藝術總監

今年，我從莫斯科旅行回來之後，變得非常討厭話很多的戲。在莫斯科看戲時，我猜因爲民族性的原因，他們處理契訶夫，都用很火爆、直接的情感，那一定程度影響我看戲的品味。所以，重新排《Re/turn》時，剛開始我很排斥，心想，怎麼這麼多廢話？不能只用身體說話嗎？

導戲時，因爲自己也是演員，所以我知道演員不喜歡聽到什麼筆記、什麼話對演員來說是無效的，比如說「不誠實」。我相信沒有一個演員會故意讓自己不誠實，他們都會在一個覺得自己很眞實的情況下，表露某些東西。被質疑「不誠實」，是最殘忍、嚴厲的指控！眞誠度不是我能夠決定的，我沒有資格以一個導演的身分和演員說：你根本不誠懇，你在說謊。

魏：演員出身的導演，是兩面刃。有時候，一個演員在表演上出問題時，導演必須肩負表演指導的責任，但有時就因爲太過專注於演員，反而無法看見更大的、屬於概念上的問題。所以我認爲，保持一點距離，才有腦力和心力，面對一個導演眞正該處理的問題。

Q：剛剛提到演員的身體，你們都曾經和驫舞劇場合作過，那次的經驗帶來什麼刺激？

蔡：跟「驫」跳舞是很特別的經驗，在這之前，我完全沒有想過我會跳舞。我記得第一天排舞時，我們玩故事接龍，我爲了要讓他們

魏雋展｜演員，三缺一劇團藝術總監

印象深刻，編了很多誇張的故事，比如說一個老太太從路邊的垃圾桶拔出一支衝鋒槍，編完以後，武康（驫舞劇場藝術總監）說，好，現在把剛剛那些故事跳出來。那時在腦中出現的第一個想法是：給我一個道具，我要把它當作槍！我一心只想著，要有些什麼來輔助我講這個故事，對於自己可以用身體表達，毫無概念。回想起來，那對我來說，是一個小小的震撼教育，我發現我如此依賴我身體之外的東西，也不知道自己的身體可以做到這麼多。

跳完舞後，身體好像被打通了，那是在跳的當下，無法感覺到的。它幫助我以劇場導演的角度，來看如何跟觀眾傳遞訊息這件事。剛開始我最常和武康爭執的一點就是：你爲什麼想要做這支舞？這支舞想要傳達什麼？要觀眾接收什麼？可是武康覺得沒有必要，他覺得現在發想A，在舞台上跳B，給觀眾看到是C或D也無所謂。我花了一段時間來理解、消化這件想法，現在變得很喜歡也絕對贊同這個理念。

魏：參加《繼承者》之前，我學默劇遇到了瓶頸，我想要接觸一點抽象的東西。跟「驫」工作時，有一個經驗我很喜歡，那是我最挫折的一天。威嘉要求我們先想一個角色，再把角色背後的動機轉化成動作，不能依賴語言。因爲緊張的緣故，我試著做，試了兩三次，最後當機，腦子一片空白，丟不出東西，沒有流動，沒有美。停了卅秒，我跟威嘉說，我不知道該怎麼做。那一刻我覺得很丟人，做劇場十年了，我居然告訴別人我不知道該怎麼做。那天眞的是我表演生涯的谷底了，之後管他的豁出去，就覺得沒問題了。

Q：除了導演，你們同時也身兼劇團的藝術總監，能否以自身的經驗來看同輩劇場工作者普遍遇到的難題？

蔡：在認識柏伸（台南人劇團藝術總監）之前，我一直對台南人劇團存在某種「很俗」的地方劇團印象，直到從美國回來後，透過同學介紹，和柏伸有進一步接觸，覺得和他某些觀念很契合，兩人便很密切地討論創作。剛好，台南人有一個機會要到馬祖演出，柏伸看了我在莎妹劇團的作品《e.Play.XD》後，覺得不如把這個廿分鐘的小品延長爲一小時，擴編成六個人的劇，後來才有《K24》的誕生。這是我在台南人的第一個製作，我很感謝台南人願意提供資源，讓我去做這樣的事情。

魏：草創初期的團員，只有我還留著。搞劇團，最重要的是成員，目前的團員剛開始像盤散沙，直到有一天——其實就是《男孩》開始之前——我突然覺得劇團需要明確的規劃，所以我在團內徵選，花了一年半的時間創作《男孩》。未來三到五年，我要讓每個團員幕前、幕後走過一輪，所有人都有基本的表演能力，以及操偶等其他專長，大家開始有共同努力的目標。我正在學習如何經營一個劇團，學習戲劇之外的東西，並把它看作另外一種表演。「三缺一」漸漸開始步上軌道，有共同的目標，一起成長的奮鬥的力量。

蔡：二〇〇九年，柏伸邀我和他一起擔任台南人的藝術總監。在劇團，他是黑臉，我是白臉。排練時，如果我有情緒，我會選擇直接和演員說，看著他眼睛說，我覺得既然可以這樣解決事情，那爲什麼要生氣呢？

同輩工作者普遍面臨的困難，主要還是經濟來源的困擾，很多優秀有潛力的演員想要單純靠表演在台北生活，勢必得不斷接角色。如果還想要「存錢」作未來進修的基金，勢必得跨足廣告或電視電影，幸好愈來愈多優秀的劇場演員，也在電視圈逐漸受到肯定。

魏：我贊成蔡柏的看法，在劇場與電影電視之間還沒有眞正流通，市場沒有打開前，我們在一個狹小的市場內永遠都會去抱怨金錢的問題。但說眞的，錢是永遠都會抱怨的，還不如去好好創作。另外一個我想提的是，台灣演員對於自己的日常性訓練菜單，其實是不夠有想像、也不夠有規劃，在這一點上，我們就是自己的困境。

Q：成為一個演員、至少是一個還不錯的演員，你們覺得要具備什麼樣的特質？

魏：我以前覺得，演員需要有驚人的意志力。但是隨著年紀增長，碰到不同的老師，我會發現，擁有強大意志力是一回事，可是那有時會變成「苦行」。「苦行」可以是一種存在感很強的劇場，但我更嚮往另外一種。我曾經和一個小丑老師學習，他就像空氣，無所不在，任何事情發生，他都接受，都很放鬆，因爲放鬆，連一點點細微的變化，他都掌握得到，所以，觀眾不得不看他。因此，我後來覺得，很大很大的放鬆空間，以及高度的幽默感，對我來說，這兩者無比重要。

蔡：我覺得演員不能過度訓練，但要能不斷接受新的刺激。人隨著年紀增長，一定會對表演、美學有不一樣的看法，所以要隨時隨地準備接受新的東西——接受、調和，並往前進。一個好的演員，必定是一個對世界有關懷的人，如果一個人沒辦法關懷身邊發生的人事物，我覺得他是沒辦法演好戲的。

Q：兩人在劇場之外如何充實自己？作品的靈感，創作的取材又為何？

蔡：我承認我喜歡上課。除了上課可以讓容易怠惰的自己被迫鍛鍊身體之外，我一向對於各種演員訓練方法相當迷戀。也唯有透過不斷學習各種不同的方法，才能找到更適合自己的方式。旅行當然也是擷取靈感的最佳方式。我不服輸、逞強的個性往往在旅行的時候幫了忙，因爲不想示弱，所以旅途中遇到的朋友所提的意見，常常都是硬著頭皮就說「我可以」。例如一降落拉脫維亞就被拉去滑雪，在挪威伯根被抓去爬山，莫斯科被灌伏特加和醃黃瓜等等，都是我在台灣的時候，很容易躲在舒適區（Comfort Zone）就不想做的事情。

而旅行這段時間，的確會影響到我創作時的深度與廣度。現階段我對於外籍勞工，所謂「移民」、「移工」的議題非常有興趣，可以和台灣現在的社會做對照。下次如果要寫劇本，我會朝這個方向前進。

魏：短期的工作坊進修是必備的速成充實，但閱讀是慢性的長期充實，閱讀帶給我很多靈感，所以我的書常常被劃得亂七八糟並且寫下很多有的沒的點子，漫畫也是我很重要的說故事與分鏡老師。當然旅行也很重要，每年我會固定在台灣徒步旅行，徒步有趣的是，可以規劃得很嚴謹，也可以全無規劃。當走路本身就是目的地時，時間感會完全不同，走著走著就走進了一種節奏感裡面，好像可以永遠這麼走下去，而路邊會出現很多讓你驚奇的事情。

接下來的「土地計畫」，就是徒步旅行時產生的想法。有一次走到彰化王功，那幾天正好是這幾年風最大的時候，風一停，我們跑去吃蚵仔，同行的友人說快吃，國光石化蓋起來後就吃不到了。我是一個海鮮狂，因爲不想要沒有蚵仔吃，就研究關心起國光石化。我才第一次覺得，原來一個開發計畫會影響到我原本的生活。那次的經驗之於我形成了一個微妙的連結，我與土地之間的關連，原來這麼細小又這麼巨大。我愛蚵仔，所以我要幫蚵仔講一個故事。

Q：這次兩人在《浪跡天涯》首度同台，談談還沒認識對方之前的印象，以及合作之後，有什麼落差？

蔡：聽說北藝大有個很厲害的人叫魏雋展。

魏：聽說台大戲劇有個很強大的人叫蔡柏璋。

蔡：我看《最美的時刻》的時候，就覺得那是我一輩子都沒辦法演的戲。我覺得一個演員能夠在台上對自己的身體這麼自在，眞的非常令人景仰。這次實際合作，發現他背台詞好慢！（大笑）

魏：我其實認識蔡柏很久了，但很少有機會一起工作。知道他做很多跟歌唱有關的事，很羨慕他的聲音表達，單純地想要擁有和他一樣的聲音。這次合作演出，我覺得他對文字很敏感，當我們討論劇本卡住時，我會粗糙地覺得過關就好了，但蔡柏會去找其他的可能性，哪一個才是對的。他對聲音和文字的要求都很精確，很細膩。

Q：聊聊排戲經驗？

蔡：在新戲中，有一幕我們要站著做愛，除了有些東西需要自己克服之外，我想如果換另外一個對手，可能就不會這麼順利，我不知道這個感覺要如何形容，但是對我來說這場戲很難，要如何在排練場演出這一切：喘息、呻吟、射精。

魏：回到剛剛談的由外而內的建立，這件事情上我和蔡柏不謀而合地有共識，所以這讓我們在排戲、討論時，很自然地在同一個軌道上。

蔡：我和雋展幾乎沒有什麼磨合期，就可以在同一個頻率上討論、發展。

Q：如何想像十年，甚至廿年後的自己及台灣的劇場？

蔡：我希望能夠趁年輕（應該還可以算年輕吧？）的時候，透過旅行或國際交流，多和與我年齡相仿的創作者一起工作、生活、聊創作。我覺得雖然語言是一個藩籬，但是創作的脈動和靈感是沒有界限的。接下來十年裡，我還是會想要繼續旅行，旅行和劇場對我來說是無法分開，也無法割捨。旅行的同時我也在創作，創作裡我實現了心裡的旅行。

我很期待現在一起在線上努力的同好們能夠繼續撐下去。十年後，我們都四十歲了，我們就會有一票很棒的中年演員。最期待的應該是希望台灣能和歐美看齊，電視、電影和劇場不應該分得這麼清楚，當中的資源、人才、想法和創意應該要流通的。

魏：我希望十年或廿年後，三缺一劇團能建立起更完整的演員訓練系統，也希望劇團內的每一個成員，願意去想像自己如何成為一個更好的創作者。我覺得每一個劇場人變得更好，環境就會改變。想當演員的，花更多心思建立起自己的訓練脈絡，想創作的，花時間作更好更有品質的創作。我還是相信好的創作生命自然會更長，至於要不要走向兩岸三地或是國際化，那些都必須先回到，創作真的好嗎？能碰觸到人嗎？或是你在創作中問了對的問題嗎？能夠在這個核心裡走個廿年，我也就不會愧對自己、愧對觀眾、愧對創作了。

駱以軍 李銘宸

「胖」達人的重量級心聲

時　　間——二〇一四年一月十八日
地　　點——什物 A Kind of Cafe
主　　持——鴻鴻
攝　　影——登曼波
記錄整理——廖俊逞、王顥燁

• 原刊載於第 254 期，2014 年 2 月號

駱以軍，五年級中段班小說家的代表人物；李銘宸，七年級後段班迅速竄紅的劇場新秀，兩人看似沒有交集，卻在這次黑眼睛跨劇團主辦的「胖節」中被配成對。因爲，從外表看來，他們唯一的共同點，就是胖！

在這個瘦子當道的年代，「瘦就是美」成爲主流審美標準。相對地，胖子的生存空間備受排擠。然而，我們不禁想問，胖，到底是個人的健康問題，還是集體社會文化的歧視？胖，可以性感迷人嗎？胖，可以是美的嗎？

這次，我們找來駱以軍和李銘宸對談，身爲專業的「胖」達人，兩位有什麼不爲人知的辛酸血淚，要跟我們分享？他們如何把「胖」轉化爲創作的素材，發展出「胖美學」？且讓我們來聽聽，他們的重量級心聲。

鴻鴻（以下簡稱鴻）：先請奶爸（李銘宸）談談怎麼會有「胖節」的發想？

李銘宸（以下簡稱李）：算是我和製作人朱倩儀一起發想的。其實一開始只是誤打誤撞。某一次排練遇到颱風天可是沒有放假，所以我沒有解 call。那天很恰巧準時到的演員都是胖子，在等待其他演員來的時間有點無聊沒事做，我就想那不如拍個照、打卡，上傳臉書好了。剛好當時朱倩儀正在做「女節」，我就突發奇想地在上傳這張五個胖子的照片時寫上「『胖節』向『女節』致敬」。她看到後，就提議應該總有一天要把「胖節」的概念和價值執行出來。結果後來這只是變成我們一群人之間的玩笑，譬如說我們可以做「肉鵝湖」、「肉娥冤」或是「肉伊采克」之類的，但不知從何時開始居然愈來愈認真討論，然後現在就要準備做出來了。

鴻：你覺得「胖」這件事情爲什麼令人著迷？或是說，「胖節」的核心精神是什麼？

李：有趣的是，身爲一個胖子久而久之習慣了「胖」這件事情，反而對於自己的胖沒有太大的感覺。不過，和朱倩儀決定要做出「胖節」之後，開始討論了比較多以前沒想過的面向；「胖」可能不只是字面上的意思，它也許是一個狀態。像是我選了日文的「麵包（パン）」，音同「胖」，作爲策展的視覺，除了它看起來好看以外，也賦予了「胖」更多的意思。

我覺得「胖」有點像是從小到大和我們一起長大的好朋友。不過成長的過程中，似乎也因爲「胖」而被迫要成爲一個樂觀的人，就像每個班級裡都會有一個胖同學，而且通常都是康樂股長……一種刻板印象吧？其實胖子並不是大家所以爲的懶、沒有自制力……

鴻：駱以軍可能會承認。

駱以軍（以下簡稱駱）：這樣說不是沒有道理的，但那是刻板印象。像最近嚴凱泰說的，你連吃都不能控制，你還能控制什麼？可多了！

李：作爲一個胖子去逛街，聽到店員對我們說「都有分 size 喔」，心裡就會覺得這是在針對我。

駱：今天算是第三次和你們見面，我始終覺得你們是一個東圖斯坦解放組織，但我才是眞正的阿富汗人。可是這很有意思，「胖節」很像是一個革命復甦的概念。我覺得從九〇年代一路下來的某種反覆的認同操作練習，終於到了「胖」，比如說同志、階級還有女性，在這個國家建構的過程中，在各種空間承受的暴力或是歧視。有一陣子是吸菸者，然後有種族，也就是外籍，最暴力的差距，甚至是流浪動物。這個城市其實不知不覺地在定義它以爲的「美」；它不定義你是醜的，它先定義你是非常激烈的、極端的美。所以，在我眼中你其實是瘦子，但連你都會感受到「胖」的危機。

鴻：談談你們成長過程中，曾經因爲「胖」而受到的歧視？

駱：我從小就是一個胖子。我們家住永和，是外省第二代家庭，那時候的外省小孩不穿內褲，我們會穿著「褲頭」就出來外面亂跑。可是其實就是內褲，只是我們自己不會覺得。所以你走到竹林路上還是穿著褲頭，但你換上學校制服時就不會把褲頭穿在裡面。我覺得穿內褲的這個清潔概念是本省的，我和我哥到了小學四級都還是沒穿內褲。有一次體育課要做翻筋斗，因爲我太胖了，輪到我的時候，結果我一翻，褲子就從褲襠整個裂開，全班包括女生都看光了，大家一直笑，我非常羞辱地夾著……

還有一次，我去寧夏，到那邊的沙漠去騎駱駝。因爲牠們非常高，駱駝是跪著的，讓大家一個一個選騎上去。騎上去之後，駱農會發出一個「去」的聲音，那個駱駝就會站起來，往前走；就像遊樂場的翻山車那樣，第二頭來了，再上去一個，「去」一聲，就起來了。我是最後一個，我騎上去，那個駱農「去」、我腳下的駱駝動都不動，駱農就去踹那隻駱駝，但牠還是起不來。那隻駱駝還哭了，太重了，起不來。（大笑）

李：有那麼重嗎？

駱：駱駝的眼睛藍藍的，像外國人一樣，我覺得好像在哭，好悲傷。我姓駱，我好像在虐待自己的祖先，後來就沒騎了。

李：我比較沒有這種程度的經驗。不過，我一直以來都是班上最胖的那個人。因爲我沒有讀幼稚園，小時候比較沒有群體生活的意識，等到上小學之後，對於大家比較容易捉弄、嘲笑或看不起胖子，一開始有點不知所措。一路上學的過程中，自己慢慢地轉化成自娛娛人的態度，畢竟我也不能拿這種事情和自己生氣。可能就個性使然，因爲我也希望大家開開心心的，好像這樣搞笑一點也比較 work，但一路以來，就慢慢變成「既然大家都說我胖，那有什麼好避諱的呢？」的樣子去成長。

像我們現在都已經長大了，所以你可以選擇自己要怎麼穿著，或是你選擇適合自己的體型去穿。可是以前讀書的時候大家都穿制服，你的身體長什麼樣子、你的長相和其他人的差異，基本上是很容易被發現的。加上髮禁，大家其實都長得一樣，可是反而因爲這樣，長得好看就是眞的好看，他剃平頭也好看，女孩子怎麼剪也好看，身材好的就是穿制服也好看，高還是高，壯還是壯，胖永遠是胖。

駱：就像我貼打書照，貼那種有靈魂的嚴肅創作者的，只有一兩百人按讚，貼戴立忍的就五、六千個。（笑）不公平啊！

李：我們現在可以接受自己長什麼樣子，然後找到所謂的自我風格什麼的，然後大家就稱讚你說喔你很有型什麼的，可是在以前是不可能的。像駱老師說的，在成長的過程、在審美裡面，你會一直遭受別人如何看你的眼光。我覺得最有趣的是，它也幫助你，或者說幫助我，在這樣子的探索裡，發現自己可以發展其他事情，而不會去管外型的事情，雖然偶爾還是會有些情緒，但是眞的會因此有不一樣的發現。

鴻：就像刺激你去滋養你的內在美。（大笑）

李：我覺得不是滋養耶。

駱：是滋養我們的外在美。（笑）

鴻：駱以軍你可以談談當初我們找你要以「胖」爲提綱做一個劇場創作時，你爲什麼提供這些

李銘宸|劇場導演，風格涉創辦人

素材？

駱：鴻鴻找我來，我覺得非常好玩，好玩到還有一種非常巨大的心虛，因為確實我不懂劇場。所以我想我的角色就是素材，甚至我覺得作為一個人類學的參考，你們是如何把胖的概念變成一個愛麗絲夢遊記，因為透過劇場，可以讓它裡面停格、結構、建築，然後看清楚每一個三百六十五度的方向，這是我的想像。但當時我和鴻鴻撒嬌說，我可能沒辦法做到編劇的狀態，鴻鴻便提議可以丟個小說，還好我手頭有兩三篇剛好是寫胖子，但其實那兩篇是對胖子比較負面一點，我怕我好像在詆毀「胖節」的文藝復興精神。（笑）

李：我覺得這還好。

鴻：對啊，我覺得劇場本來就有它黑暗和負面的部分。

駱：胖的美學革命在好萊塢電影裡面其實都在滲透了，一直都有試圖在玩這個，可是其實它最後的收束，其實還是一定那個人是瘦子。我這次丟的兩個，其實兩個都非常的負面，那個負面不是說它是不好的，而是它作為一個負面的主視，成為自己的變形記。她是一個胖子，可能是在一些所謂的社會標準化的瘦妹裡面作為一個很胖很胖的女胖子，它可以抓到一個女祭司，或是描述者、創造力的角色，可是你最後會發覺其實她的性慾對象，或說性幻想的對象還是瘦的，還是金城武，而不是鄭則仕。

另外一個則是，他是那種隱藏在教會裡面那種無害的教妹妹，其實他

駱以軍｜作家

非常厲害，是一個很有才華的傢伙，而且總是成爲一個聚會裡的掌握、開心果，甚至變成一個亮光的聚點，他有辦法把整個聚會弄得非常好笑，一直講冷笑話，其實這些人都是創作者、變態的。一個哲學教授，因爲篤信基督教，他一直宣稱他是處男，不能有婚前性行爲，整個晚上都在聽他講各式各樣的性經驗，而且除了他的老二是處男以外，他的手指頭、嘴巴、手肘，全都早就不是處男。所以，我覺得看你們能不能從裡頭抓到想要的，如果你最後還臨幸這兩個材料，如果沒有，太黑暗就不要理他。

李：不會不會，黑暗很好。

駱：爲什麼那時候跟鴻鴻提「胖背山」，其實它是一個到不了的地方。在《斷背山》裡面，他讓兩個同性戀在最保守、最會被打死的年代的美國中西部那樣的村莊，可是，愈在那個最壓抑的地方，反而他們的愛情的詩變成非常非常悲傷，但其實到不了，因爲你永遠不可能在一起。可是，因爲永遠不能在一起，所以李安把它變成了一個幻影。我覺得「胖背山」是把它變成一個胖子版的一道倒影了，就變成笑的世界。不過，你也滿黑暗的，到後面還是有可能讓那個胖子試圖去描述自己的獨特性，或是走過那個話語的沼澤，或者說自己最後還是有一個很乾燒的慾望，其實他是想變瘦，或是他是想像個瘦子一樣活在世界裡。

鴻：奶爸作爲策展人，可不可以談一下其他幾組創作者的表現方式？

或是和他們的討論有觸及到「胖節」的不同面向？

李：基本上會先找這群人，主要就是因爲我們輩分差不多，我們都有合作過，也看過彼此的作品，當然我們也很希望邀到北安老師啊、美秀姊、或是舞蹈界的蘇威嘉。但就還是以我們這個世代爲主。

我邀這群人，主要是我認爲他們有胖的經驗。或者是說，我們在表演藝術圈裡，其實大家對身體這件事情，不管是你自我意識，還是你看別人，還是你被要求，或被怎麼樣過，會特別清楚，因爲你作爲一個演員，或者你作爲一個表演者，你應該要長得怎麼樣什麼的，那其實是幾乎沒有二話可以說，就像當 model 差不多，即便你很胖，老師都會要求胖應該是什麼。

鴻：所有人都盯著你。

李：而且他會覺得你要胖不胖，你要麼就要更胖，要麼就要更瘦，你不許要胖不胖。

駱：（大笑）好慘。

李：老師們也會這樣說，其實胖的人很好接戲。所以後來我找這些人，就是至少要有胖的經驗，像楊乃璇，其實她在編舞、或在舞蹈界來說，是可能不夠格作爲一位標準舞者的。我們的聊天或創作分享裡，她也時常提到編舞家不會喜歡她胖之類的。可是，你就可以看到她的作品不同於很多人，她有更細膩的質感在看待情感、在看待人的接觸、人的相處這件事情。包含她自己很喜歡碧娜·鮑許（Pina Bausch），她用這樣子的關注在她的作品。我們當初在聊創作計畫發想的時候，她就很直接說她要做《交際場》，因爲鮑許做《交際場》就是很本質地在談愛情、聯誼、萌發愛情、還有如何去探索愛情這件事情，《交際場》原文本來就是土風舞跟聯誼舞的意思。因爲鮑許做過老年版的，也做過少年版的，所以楊乃璇就像要做胖子版的。那當然要議論胖子的愛是不是愛就是之後的事，她會把它做成什麼樣我也不確定。

張臍米的話，如果大家知道，張臍米就是永遠忽胖忽瘦，他可以突然胖得跟熊一樣，然後也可以瘦得好像運動選手那樣。我眞的是被他嚇到很多次。也因爲他在創作上的關注一直都比較特別，像他這次想要結合拍賣和擂台等形式去談胖這件事情，想要從胖子會面對到的霸凌出發。他認爲變胖或是變壯、變ㄎㄨㄞˇ如果也是從生物學而來、是個本能的話，變胖其實是增加你的體型，爲的是要抵禦自己可能會受到的傷害，或是因爲你受到了傷害，你的身體才會自然地變胖，爲的是保護自己。所以他的劇名叫《打腫臉變胖子》。

黃郁晴一直以來都主修表演，但她從來都不瘦。我覺得在我們系上會很常看到這些事情，老師會逼著妳要瘦。原因是，如果你想演女主角，那你不可以胖，可是有些人因爲她長得就是老樣子，老老的，比較有趣，老師就不會逼著妳要瘦，因爲老師會說妳就是不適合演女主角。

鴻：但是郁晴又是個小女生的樣子。

李：對，她其實是女孩子的樣子，但是她同樣也可以把女人、女主角的表演處理得很好，可是她一直都是胖的，老師會希望她瘦，她也會不自覺給自己必須要瘦的壓力。她的劇名叫《心頭肉 Kind, Smart, Beautiful》，我覺得這滿有趣的，因爲「Kind, Smart, Beautiful」是電影《姊妹》裡面的黑人保姆女主角一再對她照顧的那個白人小孩說的話。她用這樣子的對照作爲劇名，可以看到她對於不管胖瘦的人的良善關照，因爲我們一直以來覺得胖子是醜的、胖子是懶的、胖子很奸詐，所以他就會吃特別多，或是很會偷懶，時間觀念很差之類的。

陶維均比較像是要和大家分享一種胖子的生活禪，他的劇名叫做《憂鬱少年 pi 鬥陣的奇胖漂流》。主要是透過脫口秀的形式，或許他會比所有瘦子更尖酸、更犀利地去批判「胖」之於你們到底是什麼？或是「胖」其實多麼重要。我們因爲胖開啓了其他事，或是開啓了其他的生活眼光而瘦子無法做到之類的，他的文案很有趣，他寫「不信你看林益世多快樂啊」。這樣是有點延伸了，可是就像我們知道政治人物很多是胖的，那政治人物為什麼會胖？不胖的政治人物，或是我們知道有一些長得比較好看的政治人物，他的呼聲、他的支持度又是來自於什麼樣的事情？或是跟我剛剛有提到的，人又是如何以直覺來判斷「美」到底是什麼？陳雅柔之前在女書店進行她的書店小劇場計畫「人魚斷尾系列」。這次她會從一部分的性別議題切入胖這件事情，還有最近台灣人開始關心起來的食品安全問題，她的劇名叫做《體脂家庭代工 Fatcory》就是取 factory 的諧音。我們可能想到胖就很理所當然地聯想到吃嘛，那吃的東西跟胖的關係是什麼？也許像是個循環或是鏈子一樣，為什麼「パン達人」會發生這樣的事情？布丁為什麼會沒有蛋還有布丁味？這些事情，跟我們追求的草的綠色、葉子、抹茶綠色，為什麼是用另外一個色素去混出來的？人對吃這件事情，或人對氣味、口味的這件事情，好像胖子們比較可以理出一個邏輯道理來啊。

駱：好難喔。

鴻：你可以了，讓我突然了解。

駱：原來你今天也是第一天知道。（笑）

鴻：知道這麼多細節啦。我覺得你也可以問為什麼要有一個「胖節」，我這樣聽著聽著，突然覺得，其實整個世界每天都在進行「瘦節」啊。

駱：就是一個嘉年華嘛，就是把瘦倒過來。其實大家都非常ㄍㄧㄥ，非常不快樂，然後這段時間大家狂交配，演傻B。我聽了還滿感動的，我都沒有想過「胖」有這麼多面向……

李：其實很複雜，我們會這樣被養起來，背後真的是有一個很大的……就很像果汁機的一個結構，但我們雖然被稱作胖子，可是我們還是被上面很大的結構給生出來的。如果沒有上面的結構在製造價值觀，其實大家也不會對「胖」這件事情那麼有意識吧。我們在某個時間點以前是不會在乎我們長什麼樣子、或是怎麼樣才是對的。每個人對於「好看」，是有很多可能的。

駱：對，就像我剛剛聽到一個胖子禪，這個也很好。

鴻：胖子的生活禪。

駱：當下吧。

李：包容，接受。

葉綠娜 魏樂富

交手卅五年 鋼琴上的雙人世界

文字—邱秀穎
攝影—顏涵正

● 原刊載於第 258 期，2014 年 6 月號

每當談起魏樂富、葉綠娜這對鋼琴夫妻檔，總讓人想起海涅的詩《北國之松》，和詩人筆下那在白雪皚皚的北國孤挺的一棵松，愛戀想望著熱帶南島上的一株棕櫚！魏樂富來自德國，一個與台灣風格迥異的國度，嚴謹、守時、一板一眼、條理分明，是什麼樣的吸引力讓他遠渡重洋而來，與他口中那位隨性、不拘小節、想到什麼做什麼的妻子葉綠娜攜手走過了卅多個寒暑？

音樂以外，魏樂富還有很多興趣：文學、繪畫、珍玩收藏，這些興趣也自然而然成爲葉綠娜樂此不疲的愛好。比起談論自己時的言簡意賅，葉綠娜對夫婿魏樂富的一切更顯滔滔不絕。

訪談的前一晚，兩夫妻才心血來潮，錄製舒曼的《敘事詩》作品 122 到深夜兩點，由魏樂富以德文朗誦敘事詩《荒野的男孩》（詩／黑伯爾 Friedrich Hebbel），葉綠娜鋼琴伴奏（音樂／舒曼），一個美麗的夫唱婦隨畫面，於焉在眼前開展。

Q：兩位老師來自南轅北轍的文化背景，可否與我們分享這是怎樣的一種個性結合？

魏樂富（以下簡稱魏）：（拉起妻子的左手）看，她的手上沒有什麼？

葉綠娜（以下簡稱葉）：（愣了一下，大笑）沒有手錶！

魏：對！永遠沒有手錶！你們可以想像一個人從來不戴錶嗎？不戴錶怎麼知道時間？

葉：但是，我自己都會知道時間啊，我並不需要手錶！我自己會感覺到時間的！

魏：（狐疑地笑）嗯，妳確定妳可以「感覺」到時間嗎？而不是變成讓大家配合妳？

葉：眞的，我會感覺到我現在該做什麼事了。好吧，我承認，我很隨興。魏老師是那種凡事都要事先規劃，永遠都要比約定時間早到的性格，不過，也因爲我隨興，所以相對之下我比較有彈性呀！

Q：這些性格上的差異，是否也如實地反映在兩位的鋼琴演繹上呢？在雙鋼琴演奏上，兩人會因為理念或音色的不同必須進行磨合嗎？

葉：其實譜上已經規定了一些範疇，所以沒辦法毫無邊際地去發揮，而我們演奏時必須按照作曲家的指示來彈奏，所以應該沒有太大的問題需要進行磨合，只需要依照譜的指示演奏出來而已。

魏：其實聽眾要分得出來兩架鋼琴的不同音色也並不是那麼容易。當然，也有像霍洛維茲（V. Horowitz）那樣的神人，可以左手和右手演奏出完全不一樣的音色，但這畢竟是少數。而且，有時也要考慮到曲子的特色，有的曲子，雙鋼琴的分配就是一架鋼琴彈主旋律，另一架鋼琴彈伴奏，那麼大家只要做好自己的角色即可，不太會有衝突；當然，也有像浦朗克（F. J. M. Poulenc）那樣，兩架鋼琴會彼此以對話形式表現，那就又是另一種情境。所以應該要視曲子而定。

Q：魏老師來台卅多年了，還記得最初對台灣的印象嗎？是否有過哪些文化上的衝擊？

魏：其實會來台灣，而且在這裡長住下來，是一個偶然。

葉：對，我們當初其實是計畫要到美國，卻因爲一個證件沒辦好，陰錯陽差地回了台灣，（望向魏樂富）你要聊聊我們那個火車的故事嗎？

魏：對，因爲一班開往漢堡的火車，讓我來到了台灣，而且一留就是這麼多年。那時候，我們要趕往漢堡補辦去美國的證件，在往漢堡的火車上，我想用洗手間，於是跑到了隔壁車廂，結果等我出來，怎麼感覺火車停住不動？它應該早就要開動才對，後來才發現車廂的門被關上，我回不去原來的車廂了，而這列火車從這節車廂開始會停在本站，另外半截才會繼續開往漢堡！

葉：對，當時他所有的衣服、行李都和我在一個車廂，他卻被留在另一節火車裡，沒有繼續前行。所以他就請人廣播，叫我下車，他會馬上過來和我會合。總之，當時一切都很混亂，所以後來我們就沒去美國了，而是陰錯陽差地回到了台灣，哈哈！

魏：我一開始覺得台灣很好玩，最特別的是，你們對時間和空間的感覺和西方人很不一樣。西方的語言有比喻、介系詞，歐洲的文化建構在空間的概念下，所以平常使用很多介系詞，比如前、後、上、下、裡、外；可是你們的語言比較沒有這些，你們的文化並非以空間爲主，而是建構在人與人之間的關係上，我當時想，哇，這樣也能活下去啊？還有，以前台灣人對未來並不感到焦慮，好像發生了可怕的事情，例如廁所的東西壞了、颱風來吹翻屋頂了都沒關係，這要是在德國，早就讓家裡的父母緊張抓狂了！但是，卅多年過去了，我好像也對這些事情慢慢麻木，如果發生了，我好像也變得沒關係了呢！

葉：對，另外就是台灣人對待時間的方式讓他很不習慣，他總是說，如果德國人跟你約定一個時間，就表示你最晚在那時一定要到那裡，但是，在台灣，那表示你「最早」要到那裡，哈哈！

Q：這麼大的文化衝擊，會讓魏老師泛起鄉愁嗎？聽說葉老師廚藝精湛，所以，當魏老師思鄉時，葉老師會為他煮一餐馬鈴薯佐德國豬腳來一解鄉愁嗎？

魏：我一年回德國兩次，每次回去，我的鄉愁就被「破壞」了！

葉：其實，也不用親自下廚，因爲我們家隔壁就有一家很不錯的德國餐廳。

魏：哈，那是巴伐利亞菜耶！巴伐利亞對德國人來說是外國！（相視而笑）（按：巴伐利亞人一直到今天都堅持他們不屬於德國。）

Q：兩位老師最近又將演奏李斯特的《魔鬼圓舞曲》，而魏樂富老師曾寫過一個趣味短篇小說《鋼琴家之手》，就是以《魔鬼圓舞曲》為背景所寫成的，是否能為我們介紹一下這部短篇小說與《魔鬼圓舞曲》的關聯？

魏：這篇小說的靈感其實來自十九世紀作家哥特赫福（Jeremias Gotthelf）的小說《黑蜘蛛》*Die schwarze Spinne*，他寫的這個就跟魔鬼有關係，故事裡有個女的讓魔鬼親了一下，結果這個吻就變成一個黑色的東西，然後就變成一隻蜘蛛。蜘蛛會生小蜘蛛，每個碰到蜘蛛的人都會死掉，然後，這蜘蛛被留在一棟房子裡，幾百年以後，有人把它拿來釀酒，結果這蜘蛛又從酒裡面跑了出來……因爲我從小就很喜歡這個故事，就把鋼琴家那雙練習《魔鬼圓舞曲》的手想像成蜘蛛，然後變出愈來愈多蜘蛛，還衝向他的樂迷造成恐慌，就這樣寫成了一個驚悚短篇。

魏樂富｜鋼琴家，國立臺北藝術大學音樂系教授

葉：其實那個時候會創作這些故事，主要是爲了供稿給當時的雜誌還有報紙，因爲每個月都必須交出一篇，所以就寫了這一系列。

魏：唉，沒辦法，台灣的編輯催稿催得急啊……（攤手苦笑）

Q：這個故事充滿著想像力，描繪瘋狂樂迷會跟蹤鋼琴家，鋼琴家簽名簽到手快廢了，還必須利用國家音樂廳裡面的密道去躲避瘋狂粉絲，內容十分有趣！

葉：對啊，那個時候國家音樂廳才剛剛蓋好，所以有了一些點子，把這些都融合到故事裡面，哈哈。其實我們還有一篇《我的死亡眞相》也和這篇類似，那是取材自我倆同學的故事，講一個人看到了自己的死亡。

那個靈感是因爲我們同學有一天在學校的公布欄張貼了一個和他自己同名同姓的訃聞，然後自己消失了三個禮拜，大家都以爲他眞的死了，結果其實不是，只不過是同名同姓而已！

Q：另外，魏樂富老師也寫了《浮士德》，可是非常特別的是您寫了《浮士德．喜劇》，我們知道歌德寫的是《浮士德．悲劇》，可以來聊聊您的《浮士德．喜劇》嗎？

魏：哇噢，這個不是悲劇，是個喜悲劇！但是，歌德不是第一個寫「浮士德」的人，在中世紀就已經有很多人寫了這個題材，然後像

葉綠娜｜鋼琴家，國立師範大學音樂系教授，樂評人，電台主持人

湯瑪斯・曼（Thomas Mann）也寫了《浮士德博士》。我寫這個，是因爲當時我已經寫了滿多的詩，又寫了很可怕的魔鬼，這樣的話有一點太可怕了，應該需要一個反差的角色，因爲不可能只寫一個這麼負面這麼可怕的魔鬼，所以我需要不同性格的角色，於是我就嘗試性玩一玩，看看有沒有辦法寫出一個與梅菲斯特（Mephisto，魔鬼）有對話的「浮士德」，就用了很多我以前寫過的詩，把它們放進這個作品裡。

葉：他在寫這個浮士德的時候，人在舊金山，他就在大街上邊走路邊講邊寫，我的姪女們看了都「哇」地大爲驚歎。

魏：我的浮士德是一個鋼琴老師。

葉：然後那個魔鬼是一個女學生。

魏：NO! NO! NO! 瑪格麗特（女主角）是女學生，那個魔鬼是那個女學生的爸爸！

葉：不過我想，這個不是突然寫出來的，應該是說，這是從小就看了那麼多，然後突然有一天，有了靈感或別人想要你寫些什麼，你就把它們加起來，這不會是突然有的，不可能的。

Q：魏老師寫了很多有趣的詩，葉老師的文筆也很不錯，可以簡單與我們分享兩位老師的文學之愛嗎？

魏：我最近寫了一個有關「時光機」的十四行詩，第一段用現代德文、第二段模仿路德時代的德文、第三段模仿中古世紀的德文，大概就像《尼貝龍根之歌》那樣，最後再回到現代德文。

葉：也就是他把文字轉化成時光機器，從現代乘著時光機回到了十六世紀，或返回了中世紀，再回到現代那樣。他很喜歡把玩文字，其實德國的音樂家以前都要學這些修辭學，用各種不同的押韻、字母對換、位移（如迴文）製造出各種不同的趣味，中文似乎就缺少這樣的可能性，有些可惜。其實音樂都是從詩歌、聲韻演變來的，所以文學對音樂非常重要！

Q：老師們的居家古色古香，從進門處就看到三彩陶，屋內也有不少收藏品，所以蒐集古物也是兩位老師的興趣嗎？

葉：這些收藏有點故事，主要是我以前的一位副修學生後來以此爲業，許多你們現在看到的擺飾都是從他那裡來的。

這裡面有些東西看似古老，不過應該是仿的。學生告訴我，某些仿製品可以做到很像，甚至是去挖掘地層下的古代泥土，用那些泥土去重新模仿揑製的，所以就算拿去化驗，也驗不出來到底是不是眞的。只是，後來我們發現怎麼一樣的東西愈來愈多，所以我們想，有些很有可能是仿的吧！不過，主要拿來居家裝飾，所以眞的假的其實沒有什麼關係。

魏：我還有收藏尿壺！（開始一一搬出他的各式尿壺收藏品）這個是簡單的尿壺、這個是小孩用的、這個有椅子加附在上的是有錢人家用的、這個是女用的，還有這個你們猜猜是誰用的？

（他得意地拿了個迷你版在手上，大家都猜是嬰兒用的。）

葉：（大笑）那是別人送的啦！不是尿壺，是以前人寫書法時給硯台斟水用的，只是形狀看起來很像，所以魏老師都把它們湊在一起。

這些尿壺大都是人家送給他的，裡面有些奇怪的沉澱物，大概是眞有用過吧？哈哈！這些尿壺不管是眞是假，反正都是親手做的，也算是手工藝！

其實魏老師平常對洗碗沒興趣，但是有人告訴他尿壺要拿去泡漂白水，他還眞的就每個都很認眞地去泡了耶！哎唷，我的天啊（笑）。還有他有陣子好生氣，因爲大家只想來採訪他談這個！

魏：（轉頭）會不會專訪照片刊出來，只有一張我拿著尿壺的照片？

（全場大笑）

中年男子的純情告白

陳昇
吳天章

時間—二〇一四年六月十一日
地點—李啓源電影工作室
攝影—登曼波
記錄整理—李岳

• 原刊載於第 259 期，2014 年 7 月號

一位是有濃豔風格的台灣當代「台客藝術家」吳天章，一位是作品充滿紅塵味帶著中年男人浪漫詩意的流行音樂大師陳昇。兩人看似相似，其實又有很大的不同。他們一樣「台」，一個來自專出台客的基隆，一個是專出流氓的雲林人。他們對愛情有相似的看法，陳昇看似放浪隨性不輕易把愛說出口，卻堅持不離婚；有過一次離婚經驗的吳天章，愈來愈不相信眞愛，卻還是認爲離婚是相信「下一個對象會更好」。他們口裡說不相信「純情」，卻以自身的愛情實踐詮釋關於中年男子的「純情」世界。

Q：談談怎麼會有這次合作？

吳天章（以下簡稱吳）：我欠李導（李啓源）一個人情，我上一個作品的錄影是他幫忙，我的實務經驗比較少，所以靠他捉刀。這次差不多就是來還人情才答應這個演出。本來是李導的下一部電影要找我做美術，中途插入這個工作，我覺得滿有趣的，就接了。現在流行跨領域，我周邊的朋友都說這個組合很好。我和昇哥有個同質性，我們的作品都帶有人間的紅塵味，李導提了這個想法，我們都覺得很好。昇哥是流行音樂界，我比較接近純藝術。這是一個很好的機會，我沒有眞的接觸過劇場。

陳昇（以下簡稱陳）：我沒有願不願意接的問題，只是因爲認識了這些人，所以就接了，也不知道爲什麼舞台上會安排什麼劇情。做戲就算虧錢，也不會虧到哪去，要爛也不會怎麼爛。我就算不相信其他的人，也會相信我自己，再加上有兩個大師，我作爲一個觀眾都很期待，想看看會怎樣。

我不知道什麼劇場不劇場，我只知道舞台這回事，我爲難的是要背腳本。

我和吳天章以前碰過面，喝過酒，就覺得會合。我跟幾種行業的人特別「合」，像畫漫畫的，我跟蕭言中見過一次面就超合的。還有一種就是兄弟。吳天章就是畫畫跟兄弟的混合體嘛。我覺得這樣的人身上有種特質，很簡單就可以拆下「self protect」，我進這個行業吃了很多苦頭。像我上電視，語言不一樣，啦咧很多，媽的，我跟你明明不熟，怎麼就突然跟我稱兄道弟了起來。我發誓，我不知道怎麼說話的時候，就決定不要說話。結果，上張菲的節目排排站，我都沒說話，張菲把我拉到旁邊說，如果每個「客人」都跟你一樣，我的節目都不要做了，你要回話啊。可是我不知道要說什麼話嘛。

我跟吳天章的頻率差不多。上電視，大家頻率不一樣，大家都痛苦。問一個問題，三天後才會回答，爲什麼一定要現在回答？我公司的老闆就跟別人說，你們不要以爲陳昇不回答，他只是三天後想好了才回答你啊，本來就是啊，有些問題的答案不只一個，要好好想一下。

我不知道他喜不喜歡我啦，我還滿喜歡他（吳天章）的。

吳：我先喜歡他的歌啊，才再喜歡他的人。

我歷屆女朋友送我的情歌都是陳昇的，從民歌時代一路到後來，像是〈把悲傷留給自己〉（陳：這是兄弟最愛的歌）。但昇哥的歌後來比較沒有民歌風格，帶有一點俗味，有中年人的味道。父親那一輩都告訴我們要當男子漢，查某人要飛，要走，我都放她們走，不會去牽住她們。去求好像是很沒面子的事。我去求過一次，也求不回來，從此以後就認定，只要她要走，我絕對不去求。

那次去台南車站，等到她朋友看不下去，叫我不要等了。是當兵時在部隊裡捐血中心認識的護士小姐，捐血時驚爲天人，大家每天去捐就爲了追她，最後追到了。我回到台北打拚，女孩子幾個月就變心，退伍後私奔過一次，但我們過不下去，我放她回去（陳：你只是她其中一個啦，人家是捐血中心的小姐耶，有多少對象，什麼你放人飛，是人家放你飛啦！）。

人到中年了，就像李導這次用《純情天婦羅》的純情，就是說這個年紀應該經過風霜、挨過滄桑的男人。

Q：這次的作品談的是愛情，兩位人到中年，對感情是不是有不同的體會？

吳：我們開同學會都有一個感嘆：眞愛是什麼？聽到的人多，看到的人少，跟撞鬼一樣，都用講的。我覺得人性是「不永恆」，所有的東西都跟特定的時空和記憶有關，連藝術也不永恆了，像我看到古典藝術也一樣。人性不永恆，連藝術也不永恆了。我們當下的審美都有一定的時代性，這個時代一定有一個特殊的氛圍。

愛情有一個原型，有一個原始的原型，很多人結婚有很多現實的考量，並不是滿足自己最初那個對於愛情想像的原型，可是情歌可以滿足你這個原型的想像。情歌可以大流行，是因爲它契合了大部分聽者對於愛情原型的想像，但現實的愛情可能不是這個樣子。

陳：我跟我老婆是以前唱片公司的同事，她本來要出國了，出國前一個月，叫她來錄音室，她問我什麼事？我說不出來，便寫了一張紙條給她：「I think I like you.」我還沒有到愛，愛是不能輕易說出口。

我老婆看了，愣了一下，說：「怎麼會這樣呢？」她還是出國兩年。我一直跟她寫信，我眞的很喜歡她啊。反正我就是一定要牽制住，她都拿綠卡了，就還是回來，然後還是在一起。

Q：人到中年，承認純情是不是會不好意思？

陳：我前面十幾年的婚姻有很多危機，比如經濟上的危機、情感上的危機，比如會懷疑，爲什麼是她而不是另一個人的問題，過了十幾年之後，我覺得這種懷疑沒有意義了。我這個行業的朋友大部分都離過婚，我覺得超沒意義的，我不是說我跟我老婆是湊合著，我認爲所有的男人都在找一個比老婆更幼齒的原型而已，再找都是老婆那個 style，只是比較年輕一點而已。菜都一樣，只是比較嫩而已，這超浪費時間。

生活搞亂，事業也不行。一個失敗的婚姻可以搞個十年的時間，你人生有多少十年？很多人會說，我要追求眞愛，才能創作……我沒有在影射吳天章喔。我個人覺得他很浪費時間。我不要浪費這種時間，我寧可跟我朋友去旅行啦咧混夜店。

我不敢跟我老婆說，我這一輩子就死愛著你。我們本來就是不會說愛不愛這種事，像我們都沒聽過我爸媽在說我愛你，噁心死了。我老婆一天到晚罵我，她是純外省人，沒嫁給我之前，一句台語都不會。她覺得我們這種台客怎麼這麼「ㄍㄧㄥ」啊，到現在我也沒有很正式跟太太說過我愛你，我說不出來，但我的人生就包含你的一切了啊，你的喜怒哀樂都是我的了，我何必再浪費那個時間去說。

（問：有什麼實際的行爲表現愛嗎？）我的房子我的存款我的 everything 都是她的。我跟她說過，有天我們若是散了，只要留那部呆車給我開，其他的我都送你！眞的。我把所有的版權，後半生還沒寫的版權也一切都送給你。因爲我愛你啊。我要是離婚的話，也不會再結婚了。幹麼要離了，再結呢？所以我景仰你！（對吳天章說，他離過一次婚。）我愛你這句話，一輩子只能說一次，（問：你要什麼時候說？）……等我快嚥氣的時候。（問：這事不是早說早好？不會來不及嗎？）那是我跟我老婆的事，關你什麼事啊！

吳：對一個中年人來說，如果純情的對象不是自己的太太，可能問題會比較大。我還是覺得，所謂純情是特定時空下對某個對象很專注，愛情跟藝術都只有當下，沒有永恆。

我離過一次婚，其實我也贊成昇哥說的，一段失敗的婚姻的確會讓男人失志一段日子，我比較幸運是離婚那段時間，剛好小孩的監護權是我的，剛好那年我也入選威尼斯雙年展，我沒有太多的怨。怨偶之間的那種怨，不是像《基督山恩仇錄》那種怨恨，有時反而是工作的助力，反而更加努力工作。

我也眞的愈來愈不相信眞愛，當時離婚，我就是覺得，下一個對象眞的會更好。（問：眞的有更好嗎？）這個……嗯……

Q：從愛情的態度，似乎可以看出兩位不同的創作態度。

吳：我很羨慕像昇哥那樣「七步成詩」，我不是，我是「鐵杵磨成繡花針」。我常會冥想，把環境弄得很舒服，吹冷氣，把眼睛閉起來，幻想那個畫面。我目睭看到太多東西，沒辦法專注。我會去想東西怎麼去組合。我想到之後，會上網查，做草圖，休息一下，再繼續做。我有一點資訊焦慮，覺得藝術創作要與時俱進。我想出來一個可試的，就會做草圖，用電腦去做。我是自己去做。我有自己的徒弟，我有發想了，再請學生加進來。

我通常一個人工作比較多，前期都是自己來。我動到3D動畫去把姿勢定下來，我拍的人都是我找來的朋友，他們很熟了，都要求讓他們自由發揮啦。我都說不要浪費底片了，畫面安排我都仔細想過了，不會比我安排的位子更好了。瞎子摸象那些，我都定好了，像手要怎麼握比較漂亮，這種細節我都已經決定好了。所以我不會把人叫到現場擺老半天，或是要他自由發揮。我不是七步成詩型的，而是鐵杵磨成繡花針的，我都把失敗率降很低再進棚拍。我的前期作業通常都很久，有的還拖到半年。我每次發想的時候，用電腦做了草圖，先壓在電腦裡，等有展期了，再把草圖拉出來做，有些壓了兩年。

陳：我們讓自己專注而刻意不接觸的東西不一樣，比如我不看電視，也不用網路，我最先進的東西就是廿個朋友的電話。

大家以為我很虛華愛啦咧。我去 Piano Bar 是吸收材料的時候，比如我跟一堆兄弟去 Piano Bar，幾個兄弟都是材料，像是新寶島康樂隊的材料，我十年前發生過暴力案，我媽媽哭著說，改行啦，不要做這個太複雜了。其實我的生活很簡單，但交陪一般來說比較複雜。

我沒辦法像伍佰那樣，把自己關起來。寫什麼？寫電動玩具，寫電腦虛擬世界，最後寫到外太空，我認為他寫完〈挪威的森林〉之後，就沒有人的味道了。大部分寫作的人都有這樣的問題，就是把自己關起來，用自以為是的想像去寫他們的新材料，寫到外太空去，沒有認識新的人、新的素材。我要看到，我才能寫。

吳：昇哥的作品有很重的紅塵味，我也一樣出身在紅塵。我爸以前在西門町畫電影看板，他以為念美術就是跟他做一樣的事，所以很反對。我爸後來改行，去基隆開摸摸茶，我以前很「聳」，高中大家要開舞會，我不知道舞會是要跳西洋音樂，還跟同學說，我爸在基隆開咖啡廳，有很多音樂唱盤。他們以為是西餐廳，我帶來的都是東洋的演歌，這是要怎麼跳？所以我從高中被貼的標籤就是基隆來的台客。

我的「聳」是與生俱來，我讀大學看到義大利黑幫電影覺得裡面的人很帥，就去西松國小附近買二手風衣，我畫素描課就穿風衣，從大門我就用慢動作走進來，老師看到還說，來來來，吳天章你爲什麼要穿風衣來畫素描？我說：我在路上看到黑狗。老師說：路上看到黑狗跟你畫素描有什麼關係？我則答：那我穿風衣畫素描又跟老師你有什麼關係？結果，老師就叫同學來看說你們這個同學眞的很天才，所以我的綽號又叫「天才」了。

有次更搞怪，我風衣送去乾洗，只有一件，結果不見了。乾洗店老闆說，不然我這裡有很多沒人領的西裝你挑一件去吧。於是我又穿西裝去畫素描了，老師又問：天才，天才，你怎麼穿西裝來畫素描？你是不是在兄弟飯店當服務員？還是下課有到葬儀社吹西索米？因爲我這次挑的西裝是湛藍色滾兩條紅邊。

陳：對我來說，沒有「台」不「台」的問題，只感受到城鄉的差距。我從小就想逃離這個家，因爲我家鄉下有個圳溝，圳溝的盡頭是村子的公墓，村子所有的死人都經過這裡到公墓埋葬，從小就覺得陰森森的。秋天的時候就躺在稻田裡，秋收的稻田裡開滿紫色的小野花，耳邊聽到的是死人送葬隊的嗩吶聲，我看著天上的飛機拉了一條白線，我就想：「我絕對不要死在這個地方。我一定要出來。」我看那個飛機上一定有一個人趴在窗口看下來，看到一個小朋友躺在稻田裡，在想什麼？我在想，那個飛機上的人是要飛去哪裡？那個飛機承載了多少夢想、願望，我要參與那個事，我不要死在這個地方。

不過，如果不做音樂了，我反而又想要去宜蘭買塊地，蓋一個樹屋，像小時候的鄉下種很多蕃茄，養很多狗，請很多朋友來家裡吃飯。

吳：我一輩子只會畫，我沒辦法想像我不做這件事，還能做什麼。

李宜錦 姜智譯 薛志璋

帶頭的首席，也是背後的靠山

時間｜二〇一四年十月廿一日
地點｜台北國家音樂廳交誼廳
主持、記錄整理｜李秋玫
攝影｜顏涵正

• 原刊載於第 263 期，2014 年 11 月號

採訪完畢，攝影師想捕捉他們拉琴的樣子。有人提議莫札特小夜曲，其他兩位都同意。音樂一開始，悠揚的齊奏立刻飄揚在空氣中，但說完開場白，進到主旋律時，三人卻不約而同地跳伴奏的部分，讓大夥兒笑成一團。

薛志璋、姜智譯、李宜錦，三位小提琴家分屬高雄市交響樂團、臺北市立交響樂團與國家交響樂團。在台前他們是樂團的首席，在台下卻是認識很久的好朋友。雖然一個外冷內熱，一個陽光型男，加上一個高EQ美女，無論個性外型都很不一樣，但有個共通點，就是非常年輕就當上首席。即使三人面對這個頭銜都相當謙虛，但聊到工作卻是欲罷不能。在一個回答、又有另一個補充後，我終於可以了解，他們要扮演的角色不僅是領軍、還要隨時救援，而他們的存在，就是教人安心。

Q：作為首席，各位是否時時鞭策自己，要一直將自己的琴藝保持在最巔峰的狀態？上台是否還會覺得有壓力？

薛志璋（以下簡稱薛）：我常想，如果小提琴整個聲部都跟我犯同樣的錯，那就很慘了。大概是因爲這樣，加上情緒控管不好，所以我直腸潰瘍的毛病一直都沒有眞正痊癒。長久以來我都感覺有壓力存在，大概是因爲臉皮比較薄吧！在我的認知裡，首席就像樂團的一顆大石頭，不帶頭向前滾的話，就是一顆討人厭的絆腳石。

姜智譯（以下簡稱姜）：我們就像弓箭一樣，一直在緊繃的狀態。但繃久了，也許就沒有察覺那是實際上的壓力。還有一個就是勝負心強、怕丟臉（另兩人一致點頭）。我們都很年輕就坐上這個職位，很多前輩都在看著你怎麼坐這個位置。有時候不見得是技術上適不適合，而是太多關愛的眼神讓我們不安。我自己還會放大自己的失誤，尤其是周遭的人還在測試你的狀態下，一個閃失，左鄰右舍的眼神就會很有殺傷力。我覺得琴藝跟女人化妝一樣，自己化得好不好、順不順只有自己知道。也許別人看不出來，但只要別人多看你一眼，你就會覺得人家知道你哪裡化不好。

薛：即使別人不是有意的，自己都會懷疑是不是有那種意思。

李宜錦（以下簡稱李）：對，那種眼神有萬箭穿心的感覺……我認爲壓力來自於自我要求與高度的自律，不過也強迫你成長。像我們常要拉獨奏樂段，這時候就覺得自己是赤裸裸地被放在聚光燈下。即使排練只是稍微出一點狀況，我那一整天心情都很不好。

臉皮薄不是意味著我們說不得，我記得以前巴夏（Rudolf Barshai）來指揮，他說過一句話我到現在都還很受用。他說：「你一定要很認真地維持你自己的標準。當你退步的時候，第一個知道的一定是你自己，第二個知道的就是你的 stand partner，等到周遭人都知道你退步時，那就太慢了。」所以我只要意識到自己拉不好，就要很努力。

Q：首席的工作繁複，該如何在工作與家庭中分配時間？

李：要學會更利用時間。尤其是當媽媽之後，即使沒有排練，我一樣要按時練琴，不能鬆懈，想辦法拼湊零碎的時間。即使是十幾廿分鐘的空檔，沒有琴房，我也會將譜放在地上，站在走廊練起來。我沒有辦法等到一個很舒服的環境再開始練琴，那樣時間就不夠了。

姜：我都兩點睡，七點半起床。所以小孩如果順利九點鐘睡著，我就至少有五個小時可以做事情。如果小孩在身邊時，我就十二點帶大女兒去一次廁所，兩點再去一次，這樣她可以順利睡到六點半，我後面睡眠品質也會比較好。但現在老二出生，就比較沒那麼規律。雖然睡眠很少，但我已經習慣了。給我十分鐘，我就可以睡得很熟，之後就可以活躍兩三個小時。我本來就有點工作狂，太早我反而睡不著。

薛：我是永遠睡不夠。現在小孩都已經比較大了，但他們小的時候，我也都睡得很熟，因爲都是太太在起床（笑）。我幸福多了，現在知道自己的情緒會影響身體狀態，所以我現在走養生路線，盡量不要去想太多。

Q：蠟燭兩頭燒，是否會影響演出的品質？

姜：相信大家都有這種能力，不管是在外面有多麼不愉快，琴拿起來那一刻就可以投入。我拉完琴之後心情就很好，也就不會生氣了。

李：我覺得就像開關一樣，雖然工作壓力大，但工作上我最喜歡的部分，就是在演出、排練音樂的那一剎那可以釋放我的壓力。有時候生活上有些不順心，但在演奏中我就可以很進入音樂。所以演出可以讓我暫時脫離原來生活的框框，重新面對後，我就覺得又有不一樣的能力去面對。

薛：我覺得你們兩個很厲害，我是排練完心情特別不好。我常會覺得拉琴不是很自然的嗎？爲什麼會弄得那麼複雜？關於練琴這件事情，我倒是沒有花很多時間，我寧可先想好，知道我要怎麼做，這樣我在拉的時候，不管什麼畫面、情緒，做功課時就已經具備。或許坐在那個位置上，你不能夠放空。一般人常有那種「反正別人會準備好」、「首席會決定」的心態，但對我來說，態度應該要一樣，我們要想想身爲音樂家的責任在哪裡？我做好了我該做的功課，那你呢？我常常會碰到這種期望上的落差。當然我在演奏時會很投入，之後會是一種放鬆和解脫，但我不會將它看成是我的目的。我只是很單純地感受音樂，結果拉完之後感覺很好，那就好了。

姜：我認識他（薛志璋）很久，他相信每個人都具備很好的能力，將人的角色訂在很高的標準，所以他才會一直受傷。他覺得每個人如果都好好地、朝一個理想的目標去實現，就會是個非常完美的呈現，但他一直在失望。

薛：我覺得期望高或低是相對而來的，但無論如何必須是正向的。每個人當然都會因爲教育、成長環境而有落差，但我以往比較不能夠明確分辨這是人跟人之間本身的差異性所造成的必然結果，至今我還是沒辦法掌握得很好。

Q：首席最重要的責任之一就是與人溝通，可否談談這點？

薛：我換過很多的工作地點，其實有某種程度都是因爲我自己覺得沒有辦法跟當時的團體有很好的溝通。那麼多年，我碰到一些狀況，也慢慢在學習調整。也許我表達能力上、或說服力不夠，像智譯就很會講話。

姜：坦白說，我以前是非常孤僻，不會跟人相處的。舉例來說：第一，我是在音樂班長大的，所以面對的大多是女生。當我去當兵的時候，就覺得自己快瘋了，不知道怎麼跟同性相處。第二，以前我的脾氣非常壞、個性又急，連校長都要我寫切結書，不准我在學校鬧事。不過當兵

李宜錦|小提琴家，國家交響樂團首席

之後，在那個環境磨練，性格上也變得圓滑。

進北市交後，我會反過來觀察別人當作借鏡，如果有某些行爲我不喜歡，我就會提醒自己不要去犯那個錯誤。

李：份內的事情，我一定會花時間將它做好，但我覺得溝通、提高EQ，是我進樂團到現在還一直在學習的。有時我發現一些問題，例如打擊一直無法打在拍點上，我們就會被影響。我如果直接就去跟對方說：「你這裡怎麼一直打不準？」那我想他會很受傷。但後來想，如果我跟他站在同一個立場說：「你這裡的拍子對我們來講太重要了，如果打對了的話，我們聲部整段都很順暢。」這樣就會讓對方感覺到自己的重要，效果會好很多，而且會一直持續下去。當首席要溝通無礙，讓目的可以達到，這是我工作上滿重要的一環。

姜：我是「固樁腳」。其實我常有個反射動作，就是發現有問題時，眼神就會立刻往問題所在地瞟過去。那不是故意的，但我覺得這樣很不好。所以如果問題在打擊，我就會去跟他說：「你就是一個牧羊犬，前面這一片（團員）都是羊群，你就負責幫我看羊、趕羊。」因為如果絃樂拉在點上、管樂吹在點後，那打擊就會很慘。所以我說：「你就幫我逼他們」。之後如果我發現問題，對著他們挑一下眉，他們就開始注意，慢慢也就會將集中度做起來。跟人溝通時用詞很重要，尤其是對年紀輩分比我們高的老師們說話。不過我也覺得「日久見人心」是眞的，假如很八面玲瓏、沒有原則，我相信很快沒有人會信服你。但假如最開始的想法就是去榮耀這個位置，而非榮耀自己，那麼說服力就會提高。

薛：我每年在家裡辦兩次聚會，聯絡一下感情。樂團的氛圍需要營造，做的是音樂，但發出聲音的終究還是人。如果一個指揮讓人沒有辦法很享受音樂，那麼即使很努力演奏，也沒有辦法做出最好的狀況。相同的，如果音樂上我有期望，我也必須顧慮到個人情緒、排練氛圍，甚至上台了還得要扮個鬼臉，讓團員戰戰兢兢的心情緩和一下。

Q：能否談談在舞台上最驚險的狀況？

姜：我相信大家都曾有這樣的經驗，就是演出狀況感覺「包氣」（按：出包的氣氛）很重。我記得剛當首席沒幾年時，有次在台上覺得那個氣氛緊繃到臨界點，已經快要爆了，連我自己也快承受不了那個壓力。當不知道該用什麼方式處理時，我就嘗試性地、刻意自己放炮。但你要知道，聽到有人放炮後，那個緊張感瞬間就整個垮掉，大家終於能放開來演奏了。當然，也碰到指揮「不見了」的，那時候還要報小節數給他，還要用英文（大笑）。所以現在，假如大家都知道今天這個指揮不是很靠得住時，我就跟大家說「有狀況就轉頭看我，我會帶。」這就是默契。

薛：還有指揮給錯 cue 的，最可怕的是當自己算糊塗了，在很擔心的時候，指揮居然還給在一個錯的地方。

李：最害怕的就是臨場反應，這都會讓我嚇出一身冷汗，因爲這根本沒辦法預料。但是遇到沒有辦法在同一個磁場進行的指揮，對我們來說，卻是一個很好發揮的機會。因爲平常習慣有人給我們指示，但當指示都沒有的時候，反而會打開耳朵、扭緊神經，就像要溺水的人，會攀住任何浮木，那個團結出來的結果，有時候還眞不錯。

姜：所以演出評比常出現那種指揮比較弱的時候，樂團反倒比較好（眾人大笑）！因爲大家一條心、在同一條船上。可是話說回來，別人都不知道我們自己有多努力，而是說這指揮有多好。

李：他演完就走了嘛，但我們還有招牌要顧。有次眞的碰到我們實在沒辦法 follow 的指揮，我只好在最後一刻，趁指揮還沒上台前，跟大家說「演出的時候請看我」。否則看指揮反而是干擾。結果我也同意這時候大家都會演得不錯。

薛：我通常跟團員說，你既然可以說出他們的問題，表示你比他厲害。既然如此，你爲什麼不幫他？樂團團員常常會處在一個角色扮演上的錯亂，就是沒有人告訴我要怎麼做時，就什麼都不做，這是一個邏輯上的謬誤，分明大家都有那個能力，卻沒有做，不然怎麼會有指揮明明很有問題，而樂團反而演得好的情況？

Q：如果遇到不欣賞的指揮，要如何發揮作為指揮和樂團橋梁的作用？

姜：在某些情況下，我自己不能「不喜歡」一個指揮。一旦我有先入爲主的觀念，我就沒有辦法客觀地將自己當作是溝通的橋梁，因爲我很快地就會站在團員的這一方，反而無法幫助到指揮。我想他一定有他的一些想法，有時候是語言的問題造成溝通不良。

我不知道其他兩團會不會這樣？例如一個指揮上台跟大家講早安，結果團員卻沒有任何表情，那對一個外來者來說，很可能就會造成誤解，影響到他站在舞台上的表現。所以我都會很大方地回應，那怕只有我一個人。而且休息時我會跟他說說話，跟他說其實大家只是害羞、給一點信心。我們必須要有同理心，知道他們其實也很辛苦，有時候五天一場音樂會、一直飛，都麻痺了。但我相信他們也會希望來到一個陌生的國度，得到很好的回應。

李：我們必須站在一個輔助指揮的角度。因爲沒有辦法選擇指揮的品味，有時候會覺得自己是讓他們操控的玩偶一樣，他想要怎麼走我們也只能跟著他。老實說，我們也遇過比較難合作的指揮，後來樂團跟他有點像對抗，那個狀況眞的很難解。

像我們很喜歡赫比希（Günther Herbig），他每次來，第一次排練只要從後台走到指揮台上，大家就會發自內心地鼓掌，像是神一樣迎接。他也同樣地，即使年紀這麼大，也願意一年來找我們一次。

姜智譯|小提琴家，臺北市立交響樂團首席

薛志璋｜小提琴家，高雄市立交響樂團首席

薛：對我來說，沒有什麼看不懂的指揮，即使是三歲小孩你都可以看得懂，只是說你該怎樣解讀？有時候團員直接說：「這要怎麼演？」其實都是半開玩笑，是一種情緒上的抒發，事實上都會知道怎麼演。

Q：當初為什麼想進樂團考首席，而不是當一位獨奏家？

薛：我認爲獨奏家有兩種層次，一種是可以在任何艱困或美好的環境適應得很好；另一種是需要跟所有的人有互動，而不是將自己當作是一個主角，讓其他人來配合。我欣賞後者，因爲他已經進到藝術家的層次，這更不容易。事實上在樂團中拉獨奏樂段，有時比自己拉獨奏還要困難，因爲突然來那麼一段的時候，你需要具備的是比一位獨奏家從上台前就知道自己是獨奏的準備功夫還要高。你看柏林愛樂的聲部首席，當有機會獨當一面時，他們的表現常遠遠超過一般商業市場的獨奏家。

李：而且我發現從他們的獨奏中可以感覺得出來，他們更會站在樂團的角度來演奏，像在做室內樂一樣與樂團呼應。

姜：我差點不走這條路，我興趣還有很多，退伍之後，我一直有很大的疑問，我是不是要一直這樣下去？而且那時國外有獎學金，加上那時只有國立藝專（今國立臺灣藝術大學）畢業而已，想說應該要念個大學吧！結果北市交開缺，就誤打誤撞地進了樂團。會當首席都是指揮陳秋盛老師指定的，後來他離開之後，樂團才正式地做了一次audition，讓各聲部首席能更被肯定。我覺得我們很幸運能夠被放在這個位置上，因爲能夠仔細聽獨奏者，尤其是聲樂，敏感地預測什麼時候換氣等等，這裡可以學到很多原先沒有想過可以擁有的能力。

薛：我第一次當首席是在念藝術學院的時候，當時鄭立彬組了「關渡室內樂團」，因爲我也是創團人之一，所以有了第一次當首席的機會。當時我也加入台北愛樂管弦樂團，首席是蘇顯達老師。坐後面的時候我就開始想，如果我坐在那個位置，這個時候我應該做什麼事情？這樣一來，我可以百分之百確定我在任何一個時刻可以拉得跟樂團首席一模一樣。那時我就在模仿、學習如何幫助樂團？梅哲（Henry Mazer）那時已經開始有點狀況，在台上隨時會漏掉拍子，可是當我在想「慘了！怎麼辦」的時候，蘇老師就乾淨俐落地給了一個很漂亮的提示，讓我覺得：哇好感動！

我後來待過德國樂團、在澳門樂團副首席兩年，接著到國台交，之後開始客席高市交、北市交。我沒有強求一定要這個位置，但總是有那個機緣，畢竟這個空缺並不是隨時在那邊。

樂團帶給我的樂趣比獨奏帶給我的更多。聲響上的豐富、曲目的多樣化。我想，眞的要玩音樂，對我來說最好的是兩種位置：一個是作曲家，另一個是指揮。但我鋼琴不好，對我都不可能，所以我覺得在樂團最好。

李：我很喜歡旅行，所以從大學就開始每個暑假就去考一個樂團的音樂節，這樣我就可以在歐洲玩一個月，有工作又有獎學金。我也很喜歡跟大家一起工作，而且覺得獨奏家其實很孤單，雖然在台前光鮮亮麗，但生活很不安定。唸完碩士本來要念博士，但那時ＮＳＯ有副首席缺，就飛回來三天參加考試。那是我第一個爲工作的考試。考上了之後忽然意識到我的留學生涯就要結束。老實說，剛開始我非常不適應，台北這個城市我根本沒住過，因爲我是高雄人。後來隔了兩三年首席位置出缺，我就去考。

在樂團中有安全感。眞的可以聽到獨奏聽不到的音響效果、顏色、和聲，它帶給我內心的震撼大過於一個人獨奏。而且當首席可以藏匿在樂團之中，也有機會在一個很特別的地方演奏獨奏樂段，稍微滿足一下獨奏家的感覺，之後再潛下去繼續跟大家一起。

Q：首席的位置是大樂團才有，轉換到室內樂如何調適這個角色？有什麼不同？

薛：室內樂同時包含獨奏在裡面，一個聲部就是一項樂器。確實很多大指揮家都說過樂團應該要像室內樂團那樣演奏。當然這是理想化，因爲一個小提琴聲部就十幾個人。現在室內樂縮小到一個，每個聲部都是獨當一面，同時又必須要展示出自己的想法，以及作曲家的意義在哪裡。或許這些東西在樂團比較不被討論，但室內樂就是赤裸裸的。

室內樂不那麼受喜愛是因爲它不存在於我們的文化中，而且很多時候室內樂曲目相對地沒有那麼平易近人。它的形式很像是看一桌貴婦討論得興高采烈，而我是一個窮光蛋，話題怎麼樣都搭不上一樣。

室內樂的陳述很像獨奏家畫一個線條，其他人負責塗顏色，但不能夠超過；又像同一個時空，產生不同層次的景色，裡面很多有趣的事情。所以就有如別人用我們不懂的語言講笑話，也許不懂，但聽到他們表情很好，你也跟著笑。人心裡都是有感受的，如果可以處理得很有意境，加上聽眾再看看樂曲解說，是可以感受得到的。

姜：樂團的擴張從室內樂而來，非常強調合作與聆聽。這次兩廳院找我們演出室內樂，很多人都以爲我們三個要一起演，雖然不是，但三場的出發點都是一樣的。我覺得自己有點像大廚，要決定端什麼菜，從中我就可以把一些想法顯現出來。平常因爲練樂團，我們容易聽命、達成指揮想要做的事情，收起自己主動的想法。但這次透過好朋友的刺激，重新啓動，就會發現自己能力還在。我們盡量讓聽眾聽到我們創造的驚喜，那個時空我們會跟著舞台上的氛圍走、不自覺微笑，假如他們能夠感受得到，那就成功了！

李：室內樂演出時，個人的獨特性被放大，排練有趣很多，而且可以很仔細去研究音樂。在樂團拉久，習慣聽命了，的確也不會去思考太多。我們需要一點提醒，利用這個排練，就會發現原來音樂的彈性比想像的還要多很多。

Q：演出前要帶頭出來，演出後要帶頭退場，時機怎麼抓？

李：每次要下台掌握的 timing 總是讓我有點壓力，你們會不會這樣？因爲我不知道獨奏家要不要安可？有時候是還沒有結束的氛圍，觀眾還在拍手，好像應該要站久一點，但已經沒東西演了。有的獨奏家不熟，也不好意思問有沒有準備安可，就只好看狀況，或者要求對面的團員幫我打暗號。

姜：我們現在的指揮希望謝幕盡量久，要讓觀眾盡情拍手。不過有時候謝幕又站又坐的次數太多，團員也會有聲音。如果是這樣，我就從頭到尾站著不坐下，這樣就可以讓觀眾一直拍手，也會縮短一點時間。至於獨奏家要不要再出場這個問題，我會看狀況，有時候他們會把琴放在後台，這表示沒有安可。有時候我就乾脆轉頭往後看。或者，我也會用一些動作鼓勵獨奏家再演一首，或鼓譟觀眾拍手。

薛：進場我都堅持跟團員一起，而不是最後自己單獨出來，因爲要同進退嘛！比較熟的獨奏家，我會直接在台上問要不要安可，如果反應還是很熱烈，我就跟他說再拉一首吧！不過我們樂團在高雄，如果要趕高鐵，就要知道不能在這上面做太多花樣。

Q：首席確實的工作像什麼？

李：排練之前要寫弓法，讓所有弓法統一。

薛：柏林愛樂首席 Daniel Stabrawa 說：「樂團首席的工作，就是指揮出來的時候要帶大家一起起立，然後音樂會結束，指揮或獨奏家表現得很好，要帶頭鼓譟。」所以我們要控制場面，指揮退場之後，特別是大家坐下之後，聽眾的鼓掌就會慢慢小下來。所以在坐下之前，我就會比個手勢跟觀眾暗示繼續拍手，不論後面還有沒有安可。

姜：好玩的是可以控制群眾，假如觀眾注視你在鼓掌，你只要開始拍節奏，大家就會順著一起拍。

李：我們像班長一樣，要維持排練順利進行，演出要流暢結束。要當指揮和團員之間溝通的橋梁。

姜：有時候要像總管。要很有禮節，儀態和高度要代表樂團。

薛：像上台前，我會在後面小聲提醒大家：「走路走快點，要 smile……」

姜：在後面說「前仆後繼……往前走」，這時候又很像路隊長了。

賽場上南征北討 台灣囝仔訂下未來之約

莊東杰 曾宇謙

時　　間｜二〇一五年七月九日
地　　點｜劉振祥攝影工作室
主　　持｜李秋玫
攝　　影｜劉振祥
記錄整理｜李秋玫、吳如斐

• 原刊載於第 273 期，2015 年 9 月號

相機鏡頭前，兩個大男孩靦腆地笑著。對於站在眾人面前這種事，他們早就習慣，但沒有了音樂相隨，他們就像武士卸下了一身的武器，回到最眞實的自己。「手不知道要往哪兒擺？」看著他們尷尬，我們嚷著要播放幾天前大賽實況錄音。只是，這麼做到底會是幫助還是折磨？我們終究沒有試。

不過可以確定的是，在七月初的那幾個晚上，對國內愛樂者來說，是煎熬的！那是少有的國內樂迷集體熬夜、守在電腦前聆聽曾宇謙拉完最後一輪、公布獎項的時刻。當獲知他得到本屆柴科夫斯基音樂大賽最高榮譽時，眾人即使隔天帶著黑眼圈，心裡仍是甜滋滋。而更令人不可思議的是莊東杰，在短短三年內獲獎不斷，今年上半年更一舉拿下三個大獎。依大賽的允諾，他極有可能會成爲台灣第一位與維也納愛樂合作的指揮。

一個才剛獲得大獎飛回來；一個明天就要往外飛。兩人的交錯即使短暫，卻已有了約定。看著他們的笑容，不免喟嘆他們一路征戰的顚簸。從今以後，兩人都即將展開生命的新頁，無論啓航飛到哪裡，他們確信，出發點就是台灣。

Q：莊東杰來自音樂世家，而曾宇謙卻剛好相反。兩人看似極端對比，但在音樂都有出眾的表現。可否請兩位談談出生於如此背景的優缺點？

莊東杰（以下簡稱莊）：我不知道怎麼回答，因爲我是在這樣的環境下長大，所以沒有體會過宇謙那樣的感覺。我想壞處就是會變比較晚熟，我從來沒有想過「爲什麼要學音樂」這件事。可以得到這麼好的教育，好像是應該的，所以我不知道有多珍貴。

就像我從來就不覺得我爸是什麼大家說的「法國號教父」，因爲他就是我的爸爸。他在我家糾正我，就是從廚房走進來，開門就直接走了。因爲他隨時隨地在聽我練習，我壓力也大，不過當然也不代表他的壓力就比較小。

曾宇謙（以下簡稱曾）：我們剛好相反，他的優點是我這邊的缺點，而缺點就變成我的優點。因爲我爸媽都不懂，所以我學琴過程就很快樂。沒有人懂，就代表我怎麼拉，大家都覺得很棒，他們會覺得：「你的琴已經能夠發出聲音了，不錯！」就會拍手（笑）。後來當我弟弟在學的時候，爸媽也都大概聽得懂了，就會有較多批評。

生在學音樂的家庭，有時候可能會遭受比較多的批評，但我不管做什麼，對我們家來講都是非常新的，所以一路上好像沒有什麼太大的挫折。直到後來到美國，開始認眞面對這件事情之後，才發覺一些問題。很多時候都是誤打誤撞，當然這也不一定就是不好，但有時候就會走很多的冤枉路。

莊：對我來說，就是覺得音樂唾手可得、不懂珍惜，所以有段時間離開了，直到那時才知道音樂對我的重要性。因此我覺得不管是哪一種環境，最重要的還是在「人」，如果眞的喜歡的話，什麼環境都不會是問題。

Q：兩位從小就展現音樂才華，常被稱為神童或天才，請問你們對這樣的讚譽有什麼看法？是壓力，或是鼓勵？

曾：我不喜歡被人家說成天才，因爲這好像說你都不用努力，但實際上我覺得能夠堅持到今天、能比賽、能得名，每個人一定有某種程度的天分，剩下的就是看誰比較努力！我相信很多小時候被稱讚「你這樣很有天分！」的人，後來都是有很多的因素，導致無法繼續。不光是學音樂，像是網球選手盧彥勳、謝淑薇，他們能夠走到那樣的地步，一定都是有非常大的天分，加上努力不懈，各行各業也都是如此，你要達到一個目標，一定都是需要努力的。

莊：我想補充的是，那些從小就被叫天才的小孩，到了一個新層次，就必定要調整心境。例如寇蒂斯音樂院（Curtis Institute of Music）是集結了世界各地的菁英，每個天才在他們國內都是小明星，但各地的明星聚集在一個地方時，馬上就會感覺到，原來天分還是有層級之分。有一些人沒有辦法調適自己，所以會有一些心理的疾病，因爲那個眞的是壓力太大了。

曾：我還發現很多很有天分的小孩子，到那邊之後就開始不練琴，我覺得這也是很大的問題。原因是他離開父母了，沒有人督促他練習，再來就是，很多朋友在一起玩，一天廿四小時扣掉吃飯、睡覺，剩下時間如果就是拿來玩，時間一下子就過了。在那邊不只要練習，還要學會長大，特別是自己一個人的時候。

Q：近幾年來兩位都花了很多時間到各地方參加比賽，有什麼心得可以分享？

曾：比賽是一個跳板。寇蒂斯雖然是一個非常好的學校，但並不像以前的茱莉亞，可以讓一些傑出的學生很容易就有機會上到舞台上，讓他馬上就可以有一個很好的發展管道。但我們要怎麼讓大家看見？唯一的方法就是透過比賽。當然也不是普通的比賽就夠，以小提琴來講就是要像柴科夫斯基，或是伊莉莎白這樣等級的比賽，才有辦法引起經紀公司的注意，然後開始有一些表演安排、跟知名唱片公司錄專輯的機會，除此之外就沒有什麼方法了。

比賽對我來講，一直都是鍛鍊自己的機會。有時候自己練習，也沒有什麼演出，怎麼去測試自己現在的程度？比賽有時候是一個不錯的方法。從大比賽看，人外有人，天外有天，眞正厲害的人也很多。我這次能得獎，自己都覺得很幸運。我當然有期待過，但根本沒有辦法預期得獎。就算是在這樣等級的比賽，我相信一定還有更厲害的人。所以每次的比賽我給自己的目標就是，能夠進到決賽，我就覺得很滿意。

莊：就像宇謙講的，現在很少學校能夠幫助學生去表演，指揮這行更是。以前還有一個滿多人採用的方式，就是跟在一個大師旁邊學習，像弟子這樣。但現在愈來愈少，因爲現在連大師都愈來愈少，更何況現在所謂的大師跟以前的大師年紀也不一樣了。而且我覺得指揮還有一個困難的地方，就是種族與膚色，這方面仍然是很不吃香。一個亞洲人不一定會有大師願意帶著你在旁邊，所以最快的方式就是比賽。

Q：比賽到最後，會不會變得同樣是參賽者反而比較像是朋友，而不是對手？

莊：有啊！我覺得很妙的是，幾個大賽的感覺都非常不一樣，有一些大賽非常競爭，大家都不跟其他人講話；另外一種大賽是大家第一天就變朋友，所以我覺得跟主辦單位營造的氛圍很有關係。像我二月參加蕭提大賽時，就有人來相認招呼：「你是東杰嗎？我們五月又要在馬爾科（Malko Competition）碰面了。」因爲當時初賽名單已經出來了，那當然之後就變朋友了。還有那種「搞笑型」參賽者，譬如說在休息室一次只有三個指揮，第一次見面稍微尷尬，然後就有人突然站起來到白板前面，開始畫小橋流水，想要把氣氛變比較好，想跟你交朋友。不過這

莊東杰｜指揮家。訪問當年度獲蕭提國際指揮大賽亞軍、萊比錫中德廣播指揮大賽冠軍及馬爾科國際青年指揮大賽冠軍

都不一定啦，要看比賽氛圍，也要看人。

曾：比賽當然有，到後來甚至是，有樂團找我演出，如果發現對方跟這個樂團演出過，就會打聽「這個樂團怎麼樣」（笑）？因爲畢竟我們都在同一個圈子，大家就互相交換訊息。其實我覺得到這樣一個層級的比賽，大家的心態都還滿健康的，最後到底誰得名眞的不知道，沒有必要一開始就把氣氛搞得像是要來拚個你死我活。

Q：遇過那種競爭心很強的參賽者嗎？

莊：難免，有一些人還是會，可能就都不跟你說話。

曾：會啦，有那種都不跟人家說話的！可是我遇到的大部分都還 nice，我也會跟他打招呼，不過偶爾也會有一兩個臭臉的，但那種通常也不會特別厲害（笑）。

莊：眞的，那種通常第一輪就沒了。

Q：比賽中有發生過難忘的經驗、糗事嗎？

莊：就是講丹麥文人家聽不懂（笑）！第一天他們還聽得懂，我說：「大家好，我是莊東杰，東杰的意思就是東邊的火燒木。」大家就覺得好新鮮。後來又進第二輪的時候，我就跟他們開玩笑：「這個火燒木又繼續燃燒著！」結果講完大家就楞住，居然沒有人聽得懂，這是糗事吧？到第三輪，只好開玩笑說：「今天沒有丹麥文的隨堂考，謝謝大家。」

曾：我在新加坡時，第一輪只有一首曲子是要跟伴奏的，那首曲子很短，三到五分鐘而已，可是彩排時我睡過頭了，原本好像是講兩點吧，結果我睡醒的時候已經五點多了。醒來就覺得「好像有什麼事情要做，忘記了」，後來才發現「啊！是彩排！」可是因爲那是上台前一天，也沒有時間了，所以就是上台的前半個小時稍微對一下而已，也沒有什麼太大的糗事啦！也還好那首曲子眞的很短，不是跟葛濟夫的彩排還睡過頭（眾人笑）。

Q：對你們來說，比完賽之後，有什麼樣的重大改變？

曾：得了獎，所有人對你的標準就更高，那麼你就要一直維持這麼高的水準，然後要不斷進步。我覺得壓力比較大，但這是對自己的挑戰，也是期許。這只是一個開始，因爲如果想要當一個職業的演奏家，需要不斷地經營，每場音樂會你都要讓指揮、團員還有觀眾都對你有很高的評價，要做到這點，就需要不斷地練習。

記得頒獎前一天中午，我跟經紀人吃飯時聊到「萬一得名了，之後會是什麼樣子？」那時就想，要是得了獎的話，還眞的不輕鬆。之後的整個生活都會因此而改變。沒有的話，生活就還是一樣。現在，就是不能砸了「柴科夫斯基大賽」這塊招牌。

莊：馬爾科也是耶，主辦單位甚至還跟我講說：「東杰，希望你未來三年要好好表現，不要砸了馬爾科的招牌。」講完還趕快補充：「雖然我知道你一定不會。」可是他還是講了心中的話啊（笑）！其實他們好不容易選出了一個人，萬一那個人不是對的人，他們也有壓力。更不要說我們了，我們是承擔自己的形象，外界在你得獎前後，對你是截然不同的標準，可是其實我們都知道，我們沒有變。

比賽的三個月前，所有獎項就公布了。譬如說，就有包括廿八個樂團的合作、主審可以當你的導師三年、可以指揮維也納愛樂……我永遠不會忘記看到那個獎項的當下，簡直不敢相信，覺得這怎麼可能？哪有廿、卅歲的人可以去指揮維也納愛樂。我還把畫面印下來傳給我爸媽，說「你看，這是我要去比的比賽，贏的話可以指揮維也納愛樂。」直到眞的進到決賽，才想，天

曾宇謙｜小提琴家。訪問時甫獲柴
科夫斯基國際音樂大賽銀牌

啊！已經快要有可能變成眞的。最後要公布名次的時候，三個人站在台上，先公布第三名，第三名拿到獎項後要先下台，所以就剩兩個人，然後我就先跟他擁抱了一下，我們兩個都覺得，不管怎麼樣都還是朋友。到主辦單位宣布，要直接公布第一名的刹那，我就想，這決定了一個人可以有廿八場演出及維也納愛樂合作，另一個什麼都沒有。這天差地別眞的很奇妙，但我還是我。

Q：宇謙是已經決定不再比賽了，東杰呢？兩位對未來有什麼想法？

曾：接下來的問題應該是要開始經營，要確認、保證每一場演出都要盡到最大努力、做到最好。以前會覺得，有些演出不是很重要，我稍微練一下就好，現在不行。這是對自己，也是對得起這個獎的一個責任。

莊：我也確定之後不會再比，因爲其實比賽對我來說還是不舒服的，骨子裡我認定音樂是很主觀、無法比較的，但礙於現實，爲了想要有更多更廣的舞台，我還是選擇比賽。好不容易在這次大賽中有穩定的經紀公司相中我，我也終於可以脫離繼續比賽的魔咒。

未來的每一場音樂會都是重要的，經紀公司會盡量安排，可是聽過有非常多例子，像是簽了幾年後就解約，解約的原因通常是因爲沒有樂團要再邀請你回去。要安排「第一場」音樂會很簡單，因爲大經紀公司推的人，樂團都會接受，可是如果沒有表現好，樂團就不會再找你回去。當所有的第一次都合作完之後，如果沒有第二次，那等於就沒有音樂會了。所以第一次靠經紀公司，第二次是靠自己。

曾：對我來說，這個時期也是關鍵，在下一屆比賽的得獎者出來之前，你到底是往上還是往下？那往下之後就沒有了，往上的話才是眞的有機會在國際上出名。

莊：這也是馬爾科給廿八場音樂會的意義，三年後又會有個第一名出來，在這期間內，能夠爭取到幾個願意再找我去指揮的團，那就是自己的造詣了。

Q：有什麼鼓勵自己進步的法寶嗎？

曾：這次比賽，我在琴盒裡放了一張之前去比賽的參賽證明。那是去年九月，我連決賽都沒有進，但是我覺得自己的表現其實還算不錯，後來才發現原來進到決賽的六位參賽者，有五位是裁判的學生，剩下的一位後來就是最後一名。既然這樣，好吧，那我就接受。所以我就把參賽證明放到我的琴盒裡，每當我累了、想休息、想鬆懈的時候，就拿出來看一下，那時就覺得，我應該要更認眞。

特別是這次，柴科夫斯基大賽對我來說，也不能說是最後一個，至少我不想再比這麼多賽，我覺得沒有意義，而且如果下一次要再參加也是四年後。

看到那一張參賽證明就會想，就算他們有裁判，我一定要把程度拉得更開！這樣他們就會有顧忌，像這次比賽的轉播，有超過一千萬人點閱，這麼多的觀眾在看，他們就不敢那麼隨便。說來好笑，當我放那張參賽證明之後，新加坡比賽就得了第一名，柴科夫斯基也算是得到最高榮譽。當然也不一定是因爲那張紙啦，但我想，算是幫我沒有進決賽的那一次洗刷了不平吧（笑），所以它對我來講，算是個幸運物。

莊：我沒有幸運物，如果要說永遠的支持者，應該算是我弟弟吧！每次比賽在公布最後的名單之後，他就會啓程來打氣。像那次我兩點比完賽他就說：「我機票什麼的都看好了，你只要say go，我就go」。然後六點鐘公布進最後一輪，我就傳訊息給他說：「好，過了。」所以他馬上八點飛，十一點就到了，出現在我的旅館前面！包括之前比蕭提大賽，他也都來加油，跟我一起歷經了幾次公布名次的時刻，所以馬爾科那次他才會說，他緊張得快要昏倒了，超怕公布出來又是第一名從缺。

Q：兩位在國際上比賽表現很傑出，除了音樂之外，你們有什麼樣的嗜好、消遣嗎？

莊：我剛結婚，婚前跟婚後很不一樣。我在歐洲的課業還沒有完成，而太太在台灣有工作，等於一直都是遠距離。所以我工作與唸書之外，只要一有空就是飛台灣，多一點時間陪老婆。現在終於結婚，我也贏得大賽，所以我們決定定居柏林。但未來可能也差不多吧，我聽說很多指揮也都是如此，因爲很忙，所以一有時間就是希望留給家庭。

興趣、消遣的話，我還滿多元的，我喜歡研究一些哲學、心理學，因爲這跟指揮息息相關。指揮是跟「人」工作，而不是樂器，這些學問都要有特殊的思維和理解，所以我喜歡看這方面的書籍，也覺得它們很重要。

曾：我下了台之後其實就是個一般人了，大家會做的休閒活動，譬如說打籃球、上Facebook，偶爾用手機打電玩嘛（笑）。當然有時候詮釋一首曲子，還是要去了解作曲家的背景，但這些東西我並不把它歸類於休閒，休閒對我來說比較像是去慢跑之類的，同時也鍛鍊自己的體力。可是當音樂會很多的時候，最好的休息其實就是睡覺（莊：我同意！）。因爲眞的沒有什麼時間，像那天頒獎典禮完畢，音樂會結束之後可能已經十二點，回飯店我還要整理比賽三個禮拜來的行李，等我整理好都已經三點了。然後還要洗澡，隔天我們要搭早上五點半的車去聖彼得堡，我根本沒有時間休息。我們差不多十二點多到，之後兩點半開始彩排，但等到七點左右換我時，指揮卻說我的曲子不需要彩排，又要再繼續等到十點多才能上台，所以中間我就累得睡著了。這就是爲什麼我說「能夠好好的睡一覺」就是最好的休息。

如果還有體力的話，我會在當地走走。因爲職業的關係，我去過很多的國家，能夠感受很多在我們這個年紀的人感受不到的，這也是一種歷練。許多偉大的音樂家，都是從旅行還有生活上的一些經驗所累積的。有些東西其實不是去看哪本書，就一定有辦法理解，因爲說實在的，書是死的，可是這些風景是活的。像我去芬蘭，就覺得那裡實在是太美了。當然我沒有在冬天去過芬蘭，但你如果在冬天去過芬蘭，你就可以體會西貝流士創作時的情境。

Q：如果你們兩位有機會合作，您心中最想要演奏的一首曲子是什麼？

莊：我已經想好了！但宇謙先說。

曾：我不知道欸，我們從外界看，都會覺得音樂會曲目一定都是經過精挑細選的，但很多時候其實就是指揮當下的決定。通常像葛濟夫那種指揮，根本就是他講什麼就是什麼。如果我跟東杰討論的話，就是我現在有什麼曲子，東杰提出他的想法，我們就找這兩個想法裡面最接近的。

莊：我希望跟他在維也納愛樂拉蕭泰然的曲子！我在 YouTube 上看過他拉蕭泰然的小品，表現得很好，而且他就是台灣人，詮釋蕭泰然當然是最適合的人選。能夠去維也納愛樂這麼難得的機會，一定要帶台灣的音樂，而且我就是要說，我是台灣人，能夠帶宇謙，一位台灣的小提琴家，而且可以拉蕭泰然，那眞的很棒，這是我的心願啦！

曾：其實之前我們就有講過要合作，但是沒有成，不過我相信之後一定有機會。

莊：我覺得應該不會等到那麼久，也許在二〇一八跟維也納愛樂合作之前就會成眞，可以在台灣先演一次（笑）。

劉若瑀 黃誌群

愛，也是修行

時間——二〇一五年十二月十五日
地點——國家戲劇院大廳
攝影——登曼波
主持、記錄整理——李秋玫

• 原刊載於第 277 期，2016 年 1 月號

下了舞台，身著劇服的阿禪師父一身是汗，出去更換衣服。等待間，行政人員圍著蘭姐，一邊問問題、一邊告知行程；她則一面看著樂器撤下，一面招呼我們稍待。不一會兒，阿禪師父氣定神閒地出現，兩人才終於相會。在按下快門前，蘭姐突然轉頭，兩人相望、頻頻點頭，像是一組一組密碼的發射與接受，我們看不懂。

回想二〇一二年的五月，他們噙著眼淚說累了，決定暫停創作三年。然而在這沉潛的期間，兩人所忙的事情似乎也沒少過。不但將醞釀已久的作品《愛人》帶到德國首演，讓國外看見融合鼓樂、武術、舞蹈、文學及合唱的劇場，更在今年帶回台灣演出，隨後將移師香港藝術節表演。劇中面對「愛情」課題，他們用東方文化的「太極」中，雙人對練時，敵我防衛攻擊的「散手」，表達情人之間你推我就，若即若離的情慾狀態……

領著優人神鼓一步步走來，人稱阿禪師父、蘭姐的黃誌群和劉若瑀，在舞台上不但上演《愛人》，台下也是愛人夫妻。即使兩人一動、一靜，一內、一外，卻也一起工作、一起生活、一起打鼓、一起修行。

一起受訪，忽然瞥見他們不約而同地將十指交疊放在腿上。想起方才相互點頭後，兩人回眸的一笑，此刻才懂，原來對他們來說，愛，同樣也是修行。

Q：優人神鼓的作品《愛人》Lover，內容從「情人之間撲朔迷離的愛情遊戲，魚水之歡的性靈合一，到歡愉之後的無限留戀……」感覺相當露骨，且與團隊充滿禪意哲學的風格截然不同。請問兩位「愛人」聯手製作《愛人》的由來是如何？

黃誌群（以下簡稱黃）：雖然露骨，但事實上我們都接受過這世間的洗禮，以自身的經驗去進入這個作品，是最「眞實」的。

劉若瑀（以下簡稱劉）：我那個時候眞的是有一些挑戰，一開始講這個主題的時候，我們就思考，「愛」這個字在人世間是有很多詮釋角度的。慈悲是一種愛，耶穌也講愛，於是我們用這個方向去找一些詩來做題材。恰巧阿禪師父平常就在念泰戈爾（Rabindranath Tagore）的詩，知道詩人跟上帝間的對話都是用「情人」的角度在詮釋的，所以我就跟這次的作曲家佑斯特（Christian Jost）推薦，結果他毫無反應（笑）。

後來想，愛人就愛人嘛！既然如此，哪些詩才是眞正談到情愛？我們找到〈關雎〉，那是中國最古老的詩歌總集《詩經》當中，最著名的、也是第一首談到情愛的詩，這點還是吳靜吉博士告訴我們的。後來，還找到漢樂府古詩〈上邪〉。這當中當然還有徐志摩、張愛玲的情詩，但後來認爲中國古詩情愛的部分，跟西方的剛好有明顯的對比。就決定用中國古詩來談情說愛。

黃：佑斯特希望找到人世間共通的普世價值，像修行就是很少人能夠體會的，但他發現東西方都能感受深刻的，就是愛。

劉：詩的意境，沒有掉在西方或東方的故事框架裡。對我們兩方來說都比較容易，也就是說可以在文化中打開一個門。

Q：以往的表演著重內心深層的寧靜，但面對這種情慾編創與詮釋，如何跨越門檻？

劉：在舞台上如何表達，對我們來說眞的很有挑戰性。好在佑斯特先把音樂做出來，後來又把合唱完成，我們就開始聽音樂創作。音樂中可以感受到他表達激情，有青春年少、男女之間挑逗，可是我就在想，這該怎麼編？但後來確實根據詩的意境走，感覺上，還算容易找到。不過重點是，我還要去編身體語言。過去我們連這種語言都沒有，幸好最後找到音樂與身體的關係，確立方向之後，還是紮紮實實一個一個編下去。例如其中第二首，〈May I feel said he〉更露骨（《愛人》中段，由佑斯特所選的美國詩人康明思 E. E. Cummings 詩作）。就像其中一段，男人跟老婆道貌岸然地看著海，但隔著船的另一邊，有他的情人在等他。等到他過來之後，就翻雲覆雨。音樂的旋律意境是有的，我還可以找得到，然後順著方向編動作，眞是豁出去了（笑）！

黃：我的角色是擺渡人，在一艘船、另一個空間。雖然矇住眼睛看不見，但旁觀者的心裡卻對一切事物一清二楚。

劉：我們想過讓阿襌師父扮演情人的角色，但團裡的年輕人實在太年輕了（笑）！不過這些團員裡面，很多人都在情竇初開的年紀。有位主角剛好去年結婚，還有人談戀愛、有人要結婚。就像第四首的那一對是夫妻，他們在團裡認識、結婚，現在孩子也出生了。我就讓兩位去發展，感覺非常自然。說實在，我們往常在團裡都避談這些，工作時既不在這些事上開玩笑，平常也沒有太多肢體上的接觸。要他們打個鼓都很有力量，但是要怎麼去逗女孩子，有的不會，有的則是很有障礙，這方面我還要教呢！

黃：但我覺得年輕人比較開放，能夠很自然，所以學得很快。

Q：兩位是夫妻，也一起修行，您認為愛情與修行能否並行？

黃：可以啊！我們倆就是活生生的例子。我認爲修行伴侶與夫妻並沒有衝突。除非出家。佛法在出世或入世都一樣，兩者是可以包容的。修行之後對情愛的看法可能更全面了解，這樣的了解，使得我們在生活上的相處等等都會容易、順暢很多。

愛人之間本來就會有爭吵與爭執，有些原因其實非常枝微末節，這些我們都經歷過。有時回頭一看，只不過遲到個五分鐘，沒什麼大不了。可是經過修行之後，就會更寬容，更替他人著想。也許因爲對方晚睡晚起、或者交通上出了問題而已，這麼想，愛反而更深刻。

劉：修行的時候反而看見更多，才發現原來女生的自我，都不知道是自我，都覺得男生都應該如何如何。當自我開始發作時，就會責怪他人，但在修行之後就會多些體諒。

我覺得兩人愈黏膩摩擦愈大。所謂修行，不是道貌岸然地過日子，而是看見自己，所以放下的不是情感，而是放下自我。修行不只在於夫妻，還包括兒女、父母之間的相處。權力、認知、觀念都是可以被放下的，這樣一來反而容易相處。

黃：「愛」不是一個問題，執著與方向才是。

劉：以我們兩個爲例，早年衝突比較多。有時想，「我已經累得半死了，你幹麼不等我」。人都會這樣，累的時候情緒就會不好，情緒不好就會對周遭沒有耐心。但是如果可以讓自己有比較多的時間禪修、閉關，回來的時候就會比較有耐心，一年一年下來，衝突就會愈來愈少。

Q：所以放下自我，就會改變。蘭姐以往給人的印象就是一個女強人，但現在有時似乎像個小女人。

劉：我不得不這樣，再強下去命都沒了（笑）。這麼一直撐下去，就會發現身體負荷不了，再

劉若瑀｜演員，導演。優人神鼓藝術總監。

來，就會發現周遭的人事物會一直靠著你。因爲組織愈來愈大、事情愈來愈多，我慢慢了解自己沒有辦法什麼事情都走在前面，所以有時候就退後一下，讓大家去忙。

黃：她帶團帶很久了，經過歲月的磨練，已經讓她變得溫潤。就像一塊石頭，本來很尖銳，經過多年的衝擊，就變得愈來愈好看，（劉：謝謝囉！）這眞的是件很美的事。

Q：阿禪老師在這些年來有什麼變化嗎？

劉：他倒是很厲害，卅年如一日（兩人大笑）。其實不能說沒有啦，應該說是在他自己的境界中轉變，一開始他對於修行這件事情超級執著，眼睛都不往旁邊偏一下，吃飯、打坐都很專注，但現在是愈來愈放鬆了。我認爲我的變化比較大，可能是我的工作與責任較大，跟著壓力大、情緒起伏也跟著來。不過我發現，當我不要讓自己過度勞累時，我就會轉變。所有的位置回到自身調整後，就會看見周遭。如此一來，愛就不像之前那樣是擔心的、焦慮的、著急的，而是回到孩童時代的純眞。要不然妳說談戀愛怎麼談？牽手散步看電影而已嗎？不是，是兩人之間有某種微妙的感覺，這只有在親密的關係才會有趣，而且要放鬆才會有心情去製造。

Q：所以會向對方撒嬌嗎？

黃誌群｜作曲家暨演員，優人神鼓音樂總監

黃：有有有！她常常，哈哈！

劉：（害羞）回到家還這麼ㄍㄧㄥ不是累死人了！

黃：所以我就任由她撒嬌。

劉：他很會接招的耶，非常好笑。我都假裝，但他其實心知肚明，卻故作是眞的在跟我鬥，一直裝到我接不下去，就只好說：「好啦好啦！可以睡覺了！」

黃：我比較不會撒嬌，通常是她出招我接招。

劉：他接招很好笑。例如我回家很累，就低頭閉眼直喊說：「我太累了，我要睡覺。」他就說：「不是在這裡不是在這裡，家還沒到，等一等。」我說：「喔！還沒到？」就繼續撐，一到家我就說：「好累好累，我要睡了！」他就說：「不是在這裡不是在這裡，再往前走兩步。」向前走一下我就說：「不行了，你把我抱上去。」他就會說：「抱妳上去……妳知道……妳現在體重有點重耶……再走兩步，跨過樓梯，好好好到了。」這樣他就逃過去，不用抱了。

Q：夫妻一起帶團，如果意見不合該怎麼辦？

劉：我們倆意見唯一不合的原因，一個是工作上的，一個是小孩。很有趣的是，公事的話，兩人意見即使非常不合，還是會認眞溝通、公事公辦。但是談完了之後，繼續是家人，我們這招是非常精準的。記得有次在排練《時間之外》，音樂上我們有些不同看法，我覺得作品應該這樣，但他認為應該那樣。他說：「我站在音樂總監的立場，認為音樂應該這樣處理。」我就以不疾不徐的口氣跟他說：「導演是我，所以最後決定的是我。」之後，我就很公平地說：「好，那就兩種狀態都做一次。」我心想，要讓你看看結果會怎樣。那時團員們很緊張，因為兩個人都很堅持。後來兩種都做完，果然很明顯的是他的比較好。他說：「那就這樣囉？」我只好心服口服地說：「同意！」然後繼續工作，完全沒事。

夫妻在工作領域上吵架很煩人的，大家都在看。所以我們必須冷靜，以藝術創作者的身分工作，不把私人的關係帶進來。你知道夫妻吵架，是可以耍賴的，但是工作絕對不能這樣。

黃：不管怎樣，一定要回到專業領域上。

劉：包括我們在家裡吵架，小孩進來，我們就停止，不要讓孩子看見父母親的無奈。後來小孩也學到了，比如我女兒跟兒子吵架，我們一進來問：「你們倆剛剛好像在吵架？」他們就會假裝反問：「我們剛剛在吵架嗎？不，我們剛剛在聊一件事情，關於那件事情是什麼什麼……」所以兩個人的事，不要變成周遭全部人的事情。

我們的確有很多時候必須要在家裡討論公事，事實上我們倆在公事上意見不同的機率不太多，雖然他是學武術出身，我是學戲劇的，但對某些素質上的觀點是一模一樣。所以我們的衝突真的不多，剛剛說的那個，還是我唯一記得的例子。

在行政上，一定會有些意見不一致，這時通常需要時間去講。他會講，我會聽，之後我再講、再聽。這中間有很大的部分是聆聽，互相聆聽才會將他的A跟我的B，綜合成新的C。他比較不熟悉團務行政的事情，我就必須很清楚地解釋：因為什麼什麼，所以這件事情要如何如何調整。他比較專注於創作，好在我也會創作，所以可以和行政搭上橋梁，協調溝通。要站在哪個方向，有時必須拿捏取捨，在這關鍵上，我的角色就很重要，必須要讓他們信任作品可以完成，但也必須讓行政人員安心。

黃：是的，聆聽很重要。

Q：可是阿禪師父話比較少，會不會比較處於聆聽的角色？

劉：他很會說！

黃：其實工作上，我會的。

劉：他外表看起來很溫和，內在卻很堅定清晰，不像我是比較有彈性的（笑）。但有時候這樣也很好，因爲如果他不堅持，很多東西反而不好。他很多小事不管，可是大事卻很清楚。他不動其實是好的，這麼長的時間，我認爲反而是我在依靠他，把力量撐下去。

黃：有時候這種堅持還要過兩三年才證明得出來，所以一定要堅定。例如《時間之外》，這個作品有潛力，但成熟的時間還沒到。第一次首演時，有些問題我很清楚，但卻還不知道問題出在哪裡，這時候不能突然一下全改掉，只能一點一滴地調整。

Q：談到孩子，阿禪師父之前去印度時曾寫家書回來，去年也將自我的探索以《在印度，聽見一片寂靜》為名出版。請問在現今通訊設備這麼發達之時，什麼動力讓您這麼做？

黃：十四年前我去印度，小孩也都還很小。我那時候要離開三個月，最放心不下的就是家裡的事，再來就是小孩，自從有他們之後，我很少離開他們這麼久。出發之前我也沒想過會寫那麼多家書，而且在這之前也從來沒有寫過。

當時到了那邊，看到滿地都是動物，有羊、有豬、有狗、有鳥、有猴子滿街跑，很像動物園，但卻統統都是沒有圍籬的。走到蓮花池那邊看到佛陀坐的九頭蛇，我就想跟他們講這些故事。

最記得我在印度喝奶茶時，碰到一個小女孩跟我要錢，我沒有給她錢，但是我把我的掌心放在她手上，跟她說 Namaste，就是印度文「平安」的意思。那小女孩就走了，但沒有幾步後，竟然轉身對我微笑，我感動得快要落淚，於是就把這些小故事寫下告訴他們。

劉：那次這樣寫完，我們把它做成《與你共舞》。之後他就變得很會把意境用文字表達。所以接連的《時間之外》、《入夜山嵐》，我們都讓他在創作之前先寫一些詩，寫了之後我就比較知道音樂的起承氛圍、怎麼去作這個作品。後來的作品幾乎每一首曲子都這樣做了。話說那之前我都不知道，原來他會寫詩呢！矮由～～（笑）

Q：有沒有特地為太太寫的情書？

劉：情書就是家書了。

黃：我寫信給她，就是告訴她我現在正在經歷些什麼事，最多的就是分享一些內在的成長。

劉：講到分享，我想到最近我們有個小作品是《黃金鄉》，裡面要唱歌，問題是練習總要有個對象，我的聲樂老師告訴我，回去唱給阿禪師父聽吧，要對著他唱才會有情感。我只好回去跟他說：「老師叫我回來唱歌給你聽呵！」（笑）

黃：她眞的有這麼做，而且愈唱愈好！我就聆聽啦、讚美啊，這就可以了。

劉：至少沒有走音（笑），他會幫我找旋律，因爲有些曲子是流行歌曲，我們找到原唱，還滿貼心。我有沒有寫情書給他？沒有啊！我只會拋媚眼。（大笑）

Q：對子女的愛很自然，對團員呢？

黃：一樣是自然的。我們常說我們是土地公土地婆。

劉：他們也會講我們是「二老」，哈哈。我們對他們通常是有求必應，但其實他們也很少來要求。我們的團員都跟很久了，像這次指揮還沒來，他們就都先把曲子練好了。

黃：他們都知道自己該做什麼。

劉：其實除了創作之外，我們還做了好多事。

黃：這些事情都是很自然出現，讓我們去做。

劉：是啊，每件事情都是有原因的，像當時去做景文高中部（景文高中表演藝術班由景文高中與優人神鼓合作創設，讓學員接受音樂、肢體、劇場、靜心領域多元整合開發的課程，是培育專業表演藝術工作者的扎根計畫）的原因就是沒有傳承。你看，舞蹈團和樂團都可以從舞蹈系和音樂系找人，但我們就沒辦法。我們的團員即使受過音樂和舞蹈的訓練，也不能馬上上場。所以這些青年優人就非常好用。現在有青優加入正式的職業團，在學校念大學、研究所的都有。過程中很辛苦，但到後來發現，好在當時有做這些事，否則現在問題就很難解決。這些事情都需要累積，培養一個人不是三、兩天，而是三、五年。例如這次演出用了這麼多樂器，就是需要這麼多人，沒有就是沒辦法。幸好一轉身，發現有青優在那兒，就感覺這些辛苦是值得的。去年年底，我聽到施振榮先生講到：「有很多台灣的企業，在一個瓶頸上都發現，十年前少做一件事，那就是人才培育。」那時剛好青優在演《早安》，我就深深感到：「啊～～我十年前累個半死，沒想到現在收到成果了。」那時恰好訓練青優整整十年，我們也剛好宣布累了，幸虧有青優可以替補上去演。

黃：就是這樣，讓我們不得不繼續往前走。

劉：這樣一停下來，影響層面很大。但有時看到結果，就真的覺得：啊～背可以往後靠一下，然後，還可以繼續前進。（兩人相視而笑）

林強 鄭宗龍

從生活中觀想 撿拾你我的遺忘

時　　間｜二〇一六年一月十一日
地　　點｜淡水雲門劇場
主　　持｜黎家齊
攝　　影｜劉振祥
記錄整理｜李秋玫、李宜樺

• 原刊載於第 278 期，2016 年 2 月號

一個上山下海錄製聲音、一個從傳統身體學習肢體。林強與鄭宗龍雖然各屬音樂與舞蹈領域，但卻熱中於「採集」。但別以爲採集只是爲了累積厚度，「收集，再丟棄！」才正是兩人創作的現在進行式。一路走來，他們直到《十三聲》交會，一同撞擊融合、再將點子去蕪存菁。林強說：「看了表演，只感覺我的音樂很好聽，那我就失敗了。」而鄭宗龍則是全心聆聽：「專注在舞蹈裡、專注在舞蹈裡！」他們期望的並非電光火石，反倒是浸泡在一個氛圍裡，拋出點子、消化、再生出新點子。

Q：林強是第一次為劇場做音樂嗎？

林強（以下簡稱林）：嗯，沒錯，應該是第一次做舞劇。劇場的話，以前跟北藝大的馬汀尼老師合作過一齣劇，叫《好久不見》，好久了啦！跟馬老師認識是在我出唱片那一年，一九九〇，所以他們就找我做音樂。

但是舞作太抽象，宗龍又不想有太清楚的人物感情編排，所以用比較抽象的方式溝通，相對較難！況且我們年紀又有差，他喜歡的音樂和我喜歡的不一樣。當然因爲他年紀比我輕，也滿尊重我的，我就把它當作是一個工作，大家都是同輩在討論。

Q：我很好奇宗龍喜歡什麼樣的音樂？

鄭宗龍（以下簡稱鄭）：好像沒有「特別」喜歡的……

林：我們早上才在車上聽陳明章的歌，還有黑名單工作室以前有一個女生叫葉樹茵，她唱過一首台語歌叫〈傷心無話〉。

鄭：我比較少聽台語歌，我的舞大多都是用古典樂、現代音樂，就 Michael Gordon、Steve Reich、Arvo Pärt 這些。

林：我那天去臺南藝術大學，才發現他們研究所有一個系叫做「流行音樂」。我原先想，研究所照理講應該研究現代樂或古典樂，過去應該有一個……怎麼說，類似階級的概念。但現在愈來愈多元，才開始去找過去在民間的流行音樂元素研究。以往我們覺得流行音樂不比嚴肅音樂高，但觀念會漸漸改變。不是因爲古典音樂或是現代音樂不好，是這個社會愈來愈尊重「不一樣」，包容多元，不把姿態弄得很高、沒有高下分別，我覺得這樣滿好。

鄭：我自己接觸古典樂的時候，其實也像強哥講的那樣，可是也有一大部分是想要從裡面學習一些結構和邏輯，了解聲音怎麼給人感受。

Q：但是你近年來的創作似乎不是這樣？

鄭：對，從《在路上》就開始接觸很多世界音樂。

林：而且之前雲門2的編舞家「柱子」（伍國柱），那時就開始用一些台語歌編舞。

鄭：是啊，他也跟羅大佑合作《花月正春風》。

林：這個應該有影響吧？

鄭：加減啦，那時候開始有一些在我記憶裡的聲音一直跑出來，對比之下那個情感會比較強烈。而且，現在那些在街上的迎接的聲音愈來愈少，才會覺得愈來愈珍貴，就是有那種想要接觸的衝動。

Q：兩位這一次合作是怎麼開始的呢？

鄭：我十五歲第一個作品就是用強哥的〈春風少年兄〉，而且我們兩個有一點親戚關係。後來我在林口廣藝廳，聽到強哥現在在做電影和影像的音樂。

林：喔，那時有些多媒體的數位藝術家在那邊演出，我被邀請過去視察。

鄭：後來透過我們的美術設計何佳興牽上線。他曾在一個新的小的展演空間與強哥合作，他在牆上寫《心經》，強哥用那個場地的氛圍做音樂，感覺滿好的。聽他建議，覺得好像可以接觸。一開始沒有抱著要跟強哥合作的想法，只覺得好奇，這個好奇累積了一段時間，最後才跟強哥約在士林見面。

雖然知道有親戚關係，但互相不認識，也沒見過面，可是聊了之後就覺得，嘿～就黏住了（笑）。其實我那個時候，也大概在《杜連魁》之後，慢慢累積很多困惑，那個矛盾非常強烈。

Q：怎樣的矛盾？

鄭：就是對於做事情的一種困惑，爲什麼我們不能順著我們欲望前進？然後他告訴我說：只有限制你自己的欲望，你才有辦法昇華，順著你的欲望沒有看到一個好的結果，就是會一直一直這樣下去。

林：所以古時候的人講「欲是深淵」嘛，眞的要去哪裡不知道，那個很危險啊！

鄭：然後也去理解強哥以前的荒唐……而我其實也在荒唐。

林：沒有，你也是學一些藝術家，他們應該在欲望上面無止盡地揮霍、去探索、去展現人的一種自由。學得很徹底啦！（眾人大笑）

鄭：可是就發現沒有路，然後身心靈俱疲、找不到中心點。

林：我的一些經驗可以提供給他，因爲我是這樣過來的。

鄭：我們就從這樣開始聊，然後就愈來愈有感覺。

Q：你有在他身上看到自己的影子嗎？

林：每個人的遭遇都不一樣，每個人要去面對的現實生活都不同，但是我類推他大概是怎樣的狀態。

鄭：可是我覺得那個本質是一樣的……

林：當一個創作者本來就會遇到這些嘛！你要那些東西，就會想辦法去突破，但有些人找的方法是用智慧，然後有些人是用身體去對撞（笑）。當初爲什麼要選擇用這樣的方法，肯定沒智慧。因爲想不到其他了，自然就直接用本能。但那會有很多的副作用，包括身體的傷害，讓心裡的一些單純的東西慢慢變不見。

Q：感覺上，宗龍近期的幾支舞蹈，一直到《十三聲》有個一脈相傳的痕跡，那就是採集。你自己有沒有驚覺到你這個舞蹈，跟以前舞蹈有些改變？

鄭：差別很大！我覺得以前是一直處理心裡面的感受，那個標準是「西方」，是美國紐約的那種現代舞團的標準。但我一直很希望找到自己的語彙，卻又不可能憑空而來，所以還是要從我的生命經驗裡面找。可是在生命經驗裡面，這樣的舞蹈身體好像比較難看到，後來發現民間的

林強｜歌手、DJ、音樂創作者、電影配樂製作人

身體是活潑的、是沒有受拘束的，所以才一直從這裡面想要抓到什麼。

民間的身體是從《在路上》就在做，其實也不是只有台灣，從東南亞、印度、日本，日本的「能劇」那樣身體都印在腦海。有時一個手擺、很少動作，卻可以看到非常精細。昨天還聊到李天祿老師的布袋戲，強哥說即使沒有這些「偶」，可是這手動起來跟眞的一樣，這讓我想到「能劇」，或者是印度的舞蹈、峇里島的舞蹈，僅僅是些小部分手部關節的運動就非常迷人。就這樣連結，也可以回來我們台灣的「車鼓」、「陣頭」的身體。其實林老師還有一些前輩們很早以前做過「八家將」、「武術」，就已經有這樣的作品，只是我一直很希望再去找，然後再轉化出我的樣子。

Q：林強在音樂創作的過程當中，有用到這樣的採集方式嗎？

林：有，我以前經常這樣。我都會帶一個卡帶錄音機，把麥克風別在胸前口袋。只要去一個地方，喜歡那個聲音，我就會把它錄下來，然後把它當作是未來做音樂的素材。

無聊的時候，我會坐火車、騎摩托車，或者搭其他車子去一個地方。我也不曉得目的地會是哪裡，只是經過這裡感覺還不錯，就下車了。然後去那邊走一走、市場逛一逛，看看那、看看這，然後覺得不錯，就把它錄下來。而且這樣不會讓人家覺得你是要來錄音，

你不會明顯地拿一個什麼東西，只要麥克風夾著，然後按下record就是。我有一首音樂作品叫〈單純的人〉，那是我幫侯孝賢導演做《千禧曼波》開場的歌曲，裡面就有一些市場旁邊的商店，有賣早餐的歐巴桑，大概早上十一點要打烊，那個時候他們在那邊笑啊、刷地啊，我覺得很有趣一直站在那邊，她就問我說：「少年ㄟ，你要做什麼？」我就把它錄下來了，放進歌裡面。（笑）我說：「無啦，我看一下啦。」她就說：「看一下沒要緊。」會想錄音一定是心裡面有很多的感動，覺得：「啊！這群歐巴桑眞是太有趣了！」我體驗到人都有一種單純的美，不管什麼身分，所以把那首歌取名〈單純的人〉。

Q：宗龍的採集如何轉化成舞作呢？

鄭：我覺得那像觀察！就是說對看到的事物，更近距離地理解它的動態，像樹、動物的動態是什麼樣子。「人」很棒的一點，就是他是唯一可以自己去創造的生物，萬物中沒有可以自己記憶、編排、改變節奏的。所以我會常常去做、去看這些可以動的東西。像王羲之很愛「河」嘛！所以他的毛筆字用看河的泊池，然後所遛出來的那些勾法那樣的感覺。我在德國有一次看到一隻鴿子在那邊，頭動來動去，我就想，有沒有可能讓舞者的頭也可以這樣子？所以回來做了一段頭部就像鴿子一樣動的舞蹈。

林：昨天我們在討論，生活裡會看到一些殘缺、不完美的人，或是在龍山寺看到很多遊民，他們的肢體或外表不被我們所尊敬，或者甚至有一點高下的感覺，我就想要在音樂上面有這樣的一種表達。透過對那種事的感觸，使得我們創作，不要再用過去習慣的方式去面對，而是重新認識。我在音樂上面會把它做出來，但我沒有想舞蹈的動作。不過基本上宗龍聽到他要去轉化成舞蹈，這就是我們兩個最主要溝通的一個創作，他困難的地方是在這裡。

鄭：其實我在做這個作品或是在探索中，就感覺我有一種「醜」和「美」的喜好，這可能是被訓練來的。那個「醜和美」的喜好，就像這樣的姿勢（單腳踞坐），是平常不被允許的。可是在中國古代的唐朝、隋朝的佛、菩薩都是這樣，那民間，就像剛說的乞丐的身影要怎麼放在上面？遊民的身體被放上去是「美」還是「醜」？要怎麼連結？我覺得這中間還是有一些要觀察。

林：我們還是要把它打破，重新把它建構，這個是困難的。

Q：所以《十三聲》的創作方式，是宗龍先編舞，然後林強看了舞再去做音樂？

鄭：並行。有時先有一段音樂，然後再討論，或者我再做一段舞。

林：可是他有時也是想像而已，然後我的音樂出來後，又是一個不熟悉的狀態，所以一直滿困難的。

鄭：但我滿享受這種過程，就是「泡」在裡面。這種泡法沒有辦法是命令、或是已經算好的，就是兩個人，或者是跟其他的藝術家一樣，泡在這個作品，然後像滷味一樣，把它滷到入味這樣。

Q：你以前有這樣編舞過嗎？

鄭：沒有，這次才這樣。

林：過去怎麼編舞，就是聽現成的音樂，每天聽聽啊！可是現在我就說，你要不要改變一下，沒有音樂你也可以。

鄭：沒有安全感你知道嗎？很恐怖！

林：我也沒有這樣過啊！做電影有時候很清楚導演要什麼。他會先跟我講這一場戲是什麼故事，可能他遇到一些比較憂傷的事情，那音樂大概就知道要怎麼弄了嘛。

《聶隱娘》也是，我知道導演要的是古樂器的，他會去找古琴或是一些中亞的、胡人的那些，根據那些中東撥琴類的樂器，我大概就會直接有一個想法，會去找很多這樣的音樂素材，先讓自己進入到音樂裡面，所以還是比較明確。

我還跟舞者聊過天，我說，如果我音樂做出來你們沒感覺，我算是失職。（笑）

鄭：不會，這次合作下來，我覺得強哥的音樂有一個包覆性，他像風一樣托著這些虛無縹緲的肢體，所以舞者有感受到這個看不到的 energy 在後面頂著。

Q：我們在記者會聽到的片段，有一點點像廟會的音樂？

林：他跟我講他的成長背景是在龍山寺的廟宇附近，因爲平常的老百姓生活跟廟的關係很親近，食衣住行所有發生的任何事情都在廟的附近嘛！

鄭宗龍｜編舞家，雲門２藝術總監

鄭：電影也在廟門口放，布袋戲、歌仔戲都廟門口，吃的、喝的全部都在廟口。廟會像嘉年華，也像一齣舞台劇，各種形形色色的偶、神明在街上走。每一尊神像、每一個「陣頭」的身體樣貌都不一樣，非常有趣鮮活，而且那些色彩與北管的聲音都是非常強烈、刺激的。

林：我跟他的感覺不一樣，我小時候看到那個遊街……

鄭：ㄟ驚（會害怕）？

林：不是ㄟ驚啦，我是被拉去……其實也不是被拉去，不曉得那個時候是怎麼樣，就是跟他們一直走。（笑）走到很遠很遠的地方我突然驚覺「欸？這是哪裡？」就迷路了，那個時候大概六七歲。

還好小時候爸媽教我背家裡的電話，後來幾個阿伯覺得奇怪就問：「欸，你在幹麼？」我說：我家電話是幾號幾號，他們才知道這個小孩迷路了，然後帶我去警察局打給我家人，警察伯伯就騎摩托車把我載回去。我的意思就是說，我對廟宇的整個感覺很自然，沒有經過任何的思考，也不知道爲什麼，就這樣被帶去了。長大了之後，我慢慢對這些事情有更多不一樣的看法，那不是鬼怪或迷信，但心裡面都有這些東西的印象。

鄭：我母親是很虔誠的民間信徒，所以逢年過節、神明生日，我們家的「廳頭」，就是神明桌，就會有各式各樣的規矩要擺。什麼樣的碗要幾個、什麼要素菜，給祖先還是神明，它都有一大套。我記得以前一直跟媽媽說：賣佳複雜（不要這麼複雜）啦！可是現在覺得很可惜，因爲慢慢在簡化，反而希望她可以像以前那樣，非常傳統地再現，因爲整個過程從早上準備到下午、中午，那非常精采。

林：如果沒有那些老東西，就會一直猜！問題就在這裡，我們現在發現古老的東西這麼美，可是有的已經太慢了！因爲我們都沒有回去看看自己的原點在哪裡。

鄭：大概就會聽古典樂囉（大笑）！我覺得也滿好的嘛，並不是我抱著這個東西不放這樣，我覺得是可以並存，是非常幸福的。

林：而且，也會有一種不一樣的體認。不管是肢體、創作或人的狀態，都不會有高傲的自信。

Q：林強也好、宗龍也好，這幾年來都從幕前退居了幕後，你們對這個角色的轉變怎麼看待？

林：你看到現在媒體塑造出來的明星們有什麼樣的看法？會不會太虛僞、或太假？我是在這裡面的當事人，我覺得裡面有很多的那一種惡啊、比較做作的東西。我是從那裡面出來的，我也是這樣的人哪！久了之後就會思考——你要不要一直扮演那種角色？也許是因爲心裡對那個事情懷疑，就愈來愈退到幕後。

鄭：我的話就是一張臉啦！我現在這張臉是負責出去賣票而已，回到家還是自己。我在編《十三聲》還會動來動去地跳舞，但是眞正要在台上演出可能不太適合我，應該不會了。

林：你再叫我去唱〈向前走〉我也不敢。（摀臉大笑）

鄭：（笑）是要「走」去哪裡啊！

林：想像一個歐吉桑來這唱歌，我連自己這一關都過不了，不要說你們！

Q：聽說這支舞會讓舞者邊跳舞邊發出聲音？

鄭：我跟強哥講《十三聲》這個故事時，就希望舞者可以唱歌或發出一些聲音，他就提出來說唱兩首恆春的古調。另外是我覺得台灣廟宇的那些師公們，多吵啊！但他們那種祖傳的、沒有譜的、用口傳的那種唸咒，非常好聽。那種旋律、曲調在唱片行買不到，在 iTunes 也沒辦法下載，可是如果我們去掉那些神祕的信仰，光聽旋律是非常好聽的。因爲想不知道它有沒有可能被放在舞台上？所以才去一家「天師廟」擲筊。

林：要請師公來唱。

鄭：我當兵時睡下鋪的學長家裡，是那種祖傳三代的「桌頭」（台），就是唱歌給乩童起來、幫乩童翻譯的人……會去擲筊，也是對他們的一種尊重。

林：我在咒語上面沒有加任何的音樂。純粹找那個師父來教舞者怎麼唱，我認爲這非常好！

Q：宗龍提過家裡的人看自己的舞可能不太懂，那麼做流行音樂不會這樣了吧？

林：可是最後他們又不懂啊（笑）！〈向前走〉那時候他們懂，但剛開始的時候還不喜歡，是看所有的街坊鄰居都在唱，我爸才去學。因爲他是唱演歌的，對太西方的那種形式，他不喜歡。可是他有時候去卡拉ＯＫ，就唱那個〈黑輪伯仔〉：「基隆港邊的鐵支路下……」（兩人唱歌）我記得曾幫郝明義先生寫過一首歌叫〈交心〉。我給我爸爸聽，但他也沒有說好或不好，最後我伯父過世，在他的喪禮時，我爸爸就叫我把那首歌拿出來放。

鄭：他是有感覺才這樣的。

林：我在音樂上面有一個想法，就是我在發表作品，我那些鄉下的阿舅啊、阿嬸啊，他們不要說「難聽」就走了，這樣就好。不是說他們要喜歡啦！就是說他們還待得住，這樣就好了。在音樂上還是有很多願意跟你們分享與交流的人，但我們已經飛到另一個園地、不一樣的空間了，只是我還是希望和人們有所交流。但只要願意就不難，就怕你不願意，因爲現在一般就是「我跟父母或是前輩們溝通不了，我覺得不要好了」不是嗎？

鄭：時代抗爭。

林：但是我覺得整個社會會不和諧，當然也必須經過這段，因爲有很多根本食古不化（大笑），但是還是必須用不一樣的方法！這個社會上應該有更多的體諒跟包容。

Q：從《在路上》、《一個藍色的地方》，然後到《杜連魁》、《來》、《十三聲》，宗龍覺得《十三聲》跟你之前作品最大的不同是什麼？

鄭：我覺得不一樣的，是在創作的過程。我不再去算計它、不再去安排它，而是像強哥說的那個洪通（素人畫家）的例子，還有一個莊子的〈庖丁解牛〉的故事，他就拿一把刀，然後三兩天就換一把，因為不知道怎麼砍，可是十年之後就懂了。他有句話說「官知止而神欲行」，就是說把那些東西拿掉，是用自己的感覺下去創作，去讓自己一些本來有的那種神經的細毛，再度再活過來，不然它之前就是被我「喀喀喀喀」剪得很漂亮這樣。我怎麼在這個創作過程，把自己整個投到裡面？不去管那個作品的好壞、作品的結果？就是順著那個感受下去創作，那是我一直要努力的。

所以像昨天看強哥在錄音，他是眼睛閉著，整個投入那種神情，就像我們看到一個音樂家，眞的是浸到那個音樂裡去。我很希望我在創作的過程可以這樣，而不是一步一步去計算。

林：所以我做音樂比較容易，他的比較難（笑）。我的音樂比較抽象，他要把這些東西具象化，是很困難的。我的音樂創作給很多人空間，因爲有感受就憑著感受，我也認同。不過不必要認同「我」爲「我的音樂感受」，才是我的目的和結果，所以相對的就沒有這麼多的壓力。他壓力比較大。

鄭：問題很多，還要舞者幫忙，而且這一次的合作，大家都是這樣在工作，反而就讓那個「自己」退到很後面。每一個人都爲了《十三聲》、爲了整個氛圍在努力！所以它其實是共同的、也滿和諧共處的。

Q：但我不覺得你的部分比較容易，因為還是要把一些觀念再轉化。

林：但我可以倚老賣老。（大笑）

鄭：哇！前輩！這樣不行啦～

林：（笑）那也不好。

Q：說不定正式演出會跟現在完全不一樣？

林：我跟宗龍講，我們在這裡面很盡心盡力，然後結果讓它順其自然。因爲過去，也許我們對結果……

鄭：很在意！

林：對，就想要它更好，對結果就會很多的擔心。我說，我們要把這個放下。不過票房壓力是現實啦！所以我說他會比較困難的地方，就是我不必面對這個，他要。

鄭：我都說：「放它去、放它去。」（台）以前會擔心啦，但這次沒有，這次都專注在舞蹈裡，專注在舞蹈裡！

藝外風景

30對談錄 Heart to Heart

作者　PAR表演藝術雜誌 編著
編輯　劉綺文
美術設計　羅心梅
董事長　朱宗慶
發行人　李惠美
總編輯　黎家齊
責任企劃　鄭欣
讀者服務　郭瓊霞

出版　國家表演藝術中心
　　　國家兩廳院
地址　100台北市中正區中山南路21-1號
　　　PAR表演藝術雜誌
電話　02-33939874
傳眞　02-33939879
網址　www.npac-ntch.org
E-Mail　parmag@mail.npac-ntch.org
劃撥帳號　19854013 國家表演藝術中心國家兩廳院
印製　環華印刷（股）公司
出版日期　中華民國一〇六年三月
ISBN　978-986-05-1811-5
統一編號　1010600205
定價　NT$380

本書於全國各大書店、兩廳院禮品店均有販售
如有缺頁、破損、裝幀錯誤，請寄回本社更換

國家圖書館出版品預行編目 (CIP) 資料

藝外風景—30 對談錄 Heart to Heart / PAR 表演藝術雜誌編著 . -- 臺北市 : 國家兩廳院 , 民 106.02

392 面 ; 17×23 公分

ISBN 978-986-05-1811-5（平裝）

1. 文藝評論 2. 訪談 3. 文集

907　　106001239